출렁이는 유령들

출렁이는 유령들 1

초판 인쇄 2010년 10월 14일
초판 발행 2010년 10월 22일

지 은 이 이호철
펴 낸 이 최종숙

책임편집 이태곤
편   집 박윤정 임애정
디 자 인 안혜진
마 케 팅 문택주
관   리 이희만

펴 낸 곳 글누림출판사 / 서울 서초구 반포4동 577-25 문창빌딩 2층
전   화 02-3409-2055 FAX 02-3409-2059
이 메 일 nurim3888@hanmail.net
홈페이지 http://www.geulnurim.co.kr
등   록 2005년 10월 5일 제303-2005-000038호

정가 10,000원

ISBN 978-89-6327-093-7 04810
     978-89-6327-092-0(전2권)

ⓒ 이호철 2010

출렁이는 유령들 1

이호철 장편소설

추천의 글

　　박물관과 책은 닮았다. 둘 다 기억의 저장고다. 기억이 없으면 영원한 현재만 있을 뿐 과거와 미래가 없고 나와 우리도 없으며 문명도 역사도 없다. 서울역사박물관에 새로 개설되는 현대사 방에는 "서울은 만원이다" 코너가 생긴다. 앞만 보고 달리던 이 시절의 모습을 그린 이호철 선생의 동명의 소설에서 딴 제목이다.

　　이호철 선생의 다른 소설 『출렁이는 유령들』 역시 가까우면서도 기억이 희미한 '70년대가 무대다. 한일 관계의 재개가 주제다. 해방 후 분단국가가 되어 산업화를 추구하는 한국, 패전 후 "이코노믹 애니멀"로 거듭난 일본 ─ 이 둘의 재상봉 속에 교차하는 모멸감과 미안함, 자존심과 탐욕이 그려진다. 반공방일의 기치 아래 자라나 유학지에서 이 시대를 놓친 나에게는 요긴한 간접체험을 제공한다.

　　우리에게 아직 일본은 편치 않은 대상이다. 그렇다고 "일본은 없다"고 해서 편해질 것도 아니다. 일본에 대한 생각을 정리해야 하겠지만, 그러려면 우리의 집단기억에서 출발해야 한다. 여기에 바로 『출렁이는 유령들』의 가치가 있다고 생각한다. 일제 강점기를 겪고 결별한 세대만의 재상봉을 목도한 한 동시대인의 실감나는 증언인 까닭이다.

서울역사박물관장 강홍빈

| 차례 |

추천의 글 _ 강홍빈(서울역사박물관장) … 5

제1장 … 9

제2장 … 64

제3장 … 138

제4장 … 206

제 1 권

제 1 장

1

하네다 공항.

드디어 제트여객기는 움직이기 시작하였다. 오른편 기창 너머로 공항의 첨탑이 은빛으로 한 번 반짝였는가 하자 곧 시야에서 스러지고 기체는 첫 커브를 돌아 잠시 머뭇거리는 듯 하다가는, 서서히 나아갔다. 그때마다 기름으로 번들번들한 드럼통의 산적, 각종 광고판들, 시원하게 뻗은 회색 활주로, 아무렇게나 무질서하게 정박해 있는 듯이 보이는 크고 작은 원경의 비행기들, 그 삐죽 솟은 꽁지 날개의 선연한 분홍색…… 이런 등속들이 기체가 커브를 한 번씩 돌 때마다 눈앞에서 엇바뀌며 공항 특유의 광물성 바람 냄새를 풍겨준다.

기체는 다시 커브를 돌아 잠시 또 섰고, 그러자 요란한 굉음을 울리며 앞 비행기의 마악 이륙하는 모습이 기창 밖 앞쪽으로 멀리 내다보였다.

큰 기체의 둔탁한 동작이 여름 햇볕을 정면으로 받으며 안간힘을 쓰듯이 아슬아슬 하늘로 기어오르고 있다. 어느 높이만큼 올라가서는, 하늘 한복판에서 일순 숨을 돌리듯이 조금 꼼지락거리다가, 유연하게 왼편으로 우회하여 다시 서서히 시야에서 스러진다.

비행기는 2~3분 간격으로 뜨고 있었고, 이즈미 게이조오泉敬三가 탄 이 제트여객기도 뜰 순번을 좇아 활주로를 향해 서서히 나아가고 있었다.

기체는 다시 커브를 돌았고, 천지를 온통 뒤흔드는 굉음이 또 두어 번 터지고 나자, 차례가 온 듯 갑자기 엔진소리가 맹렬하게 높아지며 속도를 내기 시작하였다.

'드디어 뜨는군'

하고, 게이조오는 느슨하게 맨 앞 벨트를 한번 확인하고 이마를 찰싹 기창에 붙였다. 기체는 미친 듯이 앞으로 나아간다. 바깥 풍물들은 어느새 뭐가 뭔지 금방 한 덩어리로 녹아들어서 춤추고 날뛰며 뒤로뒤로 스러져간다. 기체 바로 밑의 활주로도 씽씽 뒤로 물러서더니, 급기야 어느 경지에 이르러서는 그냥 제자리에 서있는 느낌이었다. 제자리에 선 채, 모든 것이 맹렬하게 휘떨고 있을 뿐이다.

어느 순간, 게이조는 머릿속이 어찔하였다. 어느 고비에서부턴가, 기체는 꼭 같은 맹렬한 속도로 스르르 뒤로 미끄러져 가고 있는 것이 아닌가. 그렇게 지난날을 향해서 같은 스피드로 거슬러 돌아가고 있는 느낌이 들었다.

드디어 엉덩이가 사뿐 들리는 듯하더니 갑자기 대지는 삐딱하게 기울어지며 급하게 깊어지기 시작하였다. 삐딱하게 기울어진 채 대지는 깊이를 더해가고 차츰 게이조오의 시야도 넓어지면서 어느새 비행장 전체가 한눈에 들어오더니, 늙은 동경 시가지와 관동평야가 끝 간 데 없이 눈앞에 펴졌다.

 잠시 후, 대지는 깊어지는 것을 멈추고, 그만그만한 깊이를 유지한 채 다시 평평해졌고, 비행기도 평형을 되찾으며 항로를 잡기 시작했다.

 남한의 조치원에 있는 이복동생인 게이스께敬介가 작은어머니와 같이 살고 있다는 것이 알려진 것은 3년 전이었다. 그 사이, 한일 국교정상화가 이루어진 후 근 십 년째, 주한 일본 대사관을 비롯하여 한국으로 건너가는 여러 인편으로 줄을 펼쳤었는데, 작은어머니 쪽에서도 주일 대사관이라든지 그 밖에 여러 인편을 통해 그쪽 나름으로 이미 몇 년 전부터 조심스럽게나마 이쪽에다 줄을 대었던 모양이다.

 그렇게 피차의 소식이 닿아진 것이 재재작년(1970) 여름, 주한 일본 대사관에서 엽서로 기별이 온 며칠 후, 바로 게이스께에게서 짤막한 안부 편지가 날아들었다. 역시 엽서였다. 서투른 일본 글씨로 6·25 동란 때 모자가 남쪽으로 피난을 나왔노라는 것이고, 현재 조치원에 살고 있다고 하였을 뿐, 그 밖에 어제오늘 사는 형편에 대해서는 일언반구 언급이 없었다. 무언지 첫 소식치고는 차디차게 싸늘한 느낌이 들었다. 엽서의 발신인 이름은 박성갑인 것으로 미루어(게이스께의 현재 이름일 것이다.) 작은어머니는 그 후 박가 성 가진 한국인과 재혼을 한 모양이라고 짐작했다. 1945년 패전 당시의 그녀 나이 스물아홉 살이었으니 당연히 그랬을 일이며, 그녀 소생인 게이스께와 게이꼬敬子가 그때 초등학교 1학년인 여덟 살과 네 살이었으니, 지금은 서른세 살, 스물아홉 살이 되어 있을 것이다. 작은어머니도 어언 쉰네 살. 아 그 스물다섯 해의 사연이 겨우 이 엽서 한 장이라니! 엽서 한 장을 손아귀 속에서 와삭 끌어 쥐고, 게이조오는 저도 모르게 가벼운 현기증을 느끼며 한숨을 쉬었었다. 아버지 이즈미 다쯔오達夫도 중풍 기운이 있는 붉은 얼굴이 더욱 시뻘게지며 탐욕적으로 삼켜버리듯이 단숨에 엽서 한 장을 내리읽고는, 몇 번씩 빠르게 이리저리 뒤척거렸다. '이렇게 섭섭할 데가 없구나 원, 이렇게 섭섭할 데라곤 없구나' 이런 낯색이었다.

"그러니까 모자만 남쪽으로 나왔다는 말이냐?"

"글쎄, 저라고 알겠습니까"

"게이꼬는 남으로 안 나왔다는 말이냐? 어째 그애 소식은 없다는 말이냐?"

아버지 다쯔오의 억양은, 벌써 스물다섯 해를 단숨에 뛰어넘어, 가까운 제 피붙이 대하듯 역정기운이 스며 있다.

"차차 자세한 소식이 오겠지요. 우선 첫 편지이니까. 그쪽에서도 우선 살아 있다는 소식이나 전하자는 것이지, 경황이 없었던 게지요."

"아무리 그렇기로선……"

다쯔오도 두어 번 거푸 입을 쓰디쓰게 다시더니 한참만에야,

"곧 답장을 보내라. 되도록 자상하게 그쪽 소식을 알리라고 해. 게이꼬 소식은 왜 없느냐고 깍듯이 작은어머니에 대하는 예의를 잊지 말고 말이다."

작은어머니라지만 실은 다쯔오의 한국인 첩이었다. 첩으로 들어오게

된 것부터, 그때가 피차 사정으로는 어쩔 수 없이 그랬다고 하더라도, 이미 일흔한 살의 나이로 조강지처까지 저 세상으로 먼저 떠나보낸 요즘의 쓸쓸한 아버지로서는, 어쨌든 한때 살을 섞었을 뿐만 아니라, 자녀까지 맡겨둔 그녀의 일이 몽매간에도 궁금하지 않을 리는 없다.

그새 너댓 번의 편지 왕래가 있었지만 그때마다 그쪽의 사는 형편을 좀 더 자세히 알려줬으면 하는 의향을 번번이 비쳤으나, 그쪽에서는 지극히 의례적인 내용으로만 회답해 왔다. 뿐 아니라 이 일을 두고 피차의 소식이 알려진 일을 두고 무언지 귀찮게 여기는 듯한, 또 혹은 그쪽 집안 식구들 사이에 그 어떤 말썽이 벌어지기라도 한 듯한 석연치 않은 구석이 답장마다에 서려있었다. 그렇게 어정쩡히 3년이 흘러버린 것이다.

며칠 전, 게이조오는 조치원의 게이스께 앞으로 미리 간단한 편지를 띄웠다. 관광여행단에 섞여서 아무 날 아무 시에 김포공항에 닿게 된다고, 그 밖에는 아무 소리도 안 적었다. 그러니, 만일 게이스께 편에서 김포공항으로 마중 나오지 않을 경우, 이편에서 조치원까지 찾아가 보아야 할는지 어쩔는지, 그런 경우에 대비한 뚜렷한 요량까지는 게이조오 자신도 아직 안 서있는 것이고, 그런대로 게이스께의 조치원 주소만은 안포켓에 소중하게 간직해 두고 있는 것이다. 게이스께 쪽에서 김포공항으로 마중을 나오지 않는다는 최악의 경우는 되도록 상정하고 싶지가 않았고 그런 경우를 미리부터 상정해서 골치를 썩히고 싶지 않았다.

"이쪽에서 무슨 말을 먼저 함부로 하지는 말아라. 되도록 그쪽 얘기를 듣도록 해. 원체 28년만이라 너도 흥분이 될 것이다만, 내 이 말을 거푸 명심하여라. 우선 그쪽 형편을 살펴보고 게이스께 어머니의 동정을 살피도록 해. 그분 나이도 이젠 쉰일곱이다. 그야 내 생각으로는 늙마에 이쪽으로 건너와서 여생을 같이 섞어 살았으면 싶었다만."

조금 전, 공항에서 마악 나오려고 할 때 지팡이에 꾸부정하게 기대어서 왼쪽 볼을 실룩이며 아버지 다쯔오가 한 말이었다. 마지막 말은 거의 꺼져 들어서 알아들을까말까 하였지만, 그 말 속에 늙은 아버지의 진정은 담겨 있어 보였다. 게이조오도 다쯔오의 눈길과 정면으로 마주치는 것을 피하였다.

"그런 일이 이쪽 생각대로 간단하겠습니까. 아버지 입장에서 아버지 나름으로 생각하시는 일한 관계와, 그쪽 현지에서 각자 나름으로 생각하는 한일 관계는 격차가 있을 테니까요. 작은어머니가 아버지와 결합되던 사정도 실은 그분 입장에서는 굉장히 굴욕이었을 테니까요."

"시끄럽다. 그 얘기는 새삼…… 그만둬라."
하고 다쯔오는 와락 역정을 쓰고는, 곧 수그러들었다.

"네 얘기는 안다. 또 그 일반론."

"일반론이 아니에요. 그게 어째서 일반론입니까. 그야 아버지 쪽에서는 그런 식으로 생각하고 싶으실 테지만, 아무튼 그쪽은 당한 쪽이 아니겠습니까. 우리가 일반론처럼 생각하고 있는 것은 실은 그쪽에서는 개개적으로 절절한 것일 테니까요."

"토론은 그만두자. 암튼……"

"암튼."
하고 게이조오도,

'이 점을 생각하세요 과연 게이스께가 김포공항으로 마중을 나올 것이냐, 안 나올 것이냐부터요. 제 배짱 가진 한국인으로 성장했다면 나오지 않아야 옳지요. 그게 그쪽 현지의 자존심이에요.'
하고, 울컥 말하려다가 입을 다물었다.

"암튼, 잘 다녀오너라. 너는 이런 나를 늙었다고 생각할 것이다만, 그 점은 너도 늙어보고 나서 할 얘기지. 나는 게이스께 모자가 보고 싶다. 못견디게 보고 싶다. 게이꼬도 한국 산천도, 산천도! 너는 나보다는 덜 할 것이다. 암 덜하구말구. 답답하다."

다쯔오는 얼굴이 시뻘게지고 서억서억 숨을 몰아쉬면서 우락부락하듯이 또 말하였다.

"복잡한 소리 그만 두어. 게이스께 어머니가 한국인한테 다시 시집을 가서 잘 산다면, 그야 어쩔 수 없는 일이겠지만 게이스께와 게이꼬는 내 피붙이다. 국적을 떠나서 그건 천륜이야. 지애비가 만나고 싶다는데 어느 누가 감히 막는다는 말이냐."

"네, 알겠어요. 고정하세요."
하고, 주위의 눈길도 눈길이었지만 무언지 약간 창피한 느낌이 들어 게이조오는 아내에게 급하게 눈짓을 하여 어서 아버지를 달래어 모시고 들어가도록 이르고는 곧장 개찰구로 나섰다.

트랩에 마악 오르면서 흘낏 돌아보자, 출영대 끝머리에 다쯔오는 여전히 지팡이에 기대어 꾸부정하게 선 채 뚫어지게 이쪽을 쳐다보고 있어 게이조오는 그 옆의 아내에게 다시 한번 크게 손을 흔들며 어서어서 모시고 들어가도록 일렀지만 정작 비행기 안에 제 자리를 차지하고 앉자 새삼 아버지 다쯔오의 정황이 측은하게 짐작이 되었다.

아버지는 이제 늙어서도 그럴 테지만 모든 일을 단순하게만 생각한다. 식민지 시절, 현지에서 저지른 저들의 횡포 쪽에는 눈을 씻고 그곳에 우연히 뿌려진 씨앗 쪽에만 생각이 미쳐서 저 안달인 것이다. 하긴 아버지 입장에서는 그러실 일이다. 청장년 시절을 식민지 한국에서 떵떵거리고 지내다가 패전 후 본국으로 돌아왔지만 어디 마음 붙일 데라곤 없었을 것이다. 돌아올 때의 아버지 나이 마흔세 살로, 패전 직후의 어려운 고비에서는 점령군부대의 막노동꾼으로도 굴러다녀야 했으니 그때부터 이미 식민지 한국에서의 화려했던 지난날은 당신의 깊은 마음속에 그리움으로 들어앉기 시작했을 것이다. 그러나 한국에 전쟁이 일어나고 그렇게 전쟁 경기도 곁들여서 패전 일본의 급속한 전후 복구가 이루어지는 가운데 당신의 형편도 그런 나름으로 펴지기 시작하였겠지만 여전히 새 일본에 마음은 그닥 붙지 않았을 것이다. 어머니가 저 세상을 떠난 후, 벌써 6년째 노인합숙소에서 지내는 아버지로서는 비록 한국여자일망정, 그리고 저간의 지난 사정이야 어쨌건 작은마누라의 그 소생인 게이스께가 한국 재래의 습성대로 늙마의 자기를 직접 모셔줄 것을 은근히 바라고 있는지도 모른다. 그야말로 엉큼하고 엉뚱한 바람이라고 아니할 수 없다. 그러나 식민지 시대의 한국을 몽매간에도 잊을 수 없고 그 시절이 한결같은 그리움으로만 남아 있는 아버지로서는, 28년 전이 바로 어제인 듯하고, 바다 하나를 사이에 두고 걸려 있는 오늘의 일들이 전혀 실감이 안 나고 문젯거리도 안 되는지도 모른다.

'서울까지 한 시간 사십 분이라.'

게이조는 기창에서 이마를 떼고, 호주머니에서 담배를 꺼내려다가, NO SMOKING의 전광판이 눈에 띄자 잡았던 담뱃갑을 도로 놓았다.

　1946년 여름에 한국에서 돌아올 때는 며칠이 걸렸던가. 며칠은커녕 몇 달이 걸렸었다. 부산에서 시모노세키까지 시커먼 바다를 건너는 것만도 열 시간 넘게 걸렸던 것이다.

　부산에서 열흘인가 묵었었다. 미군 점령하의 서울에서의 대우도 38선 이북 소련군 점령치하에 비기면 천국이라고 여겨질 정도로 좋은 편이었지만 특히 승선을 며칠 앞둔 부산 현지에서의 대우는 일본인들 자신이 어리둥절해질 정도였다. 서울에서 떠날 때부터 미끈한 남행 열차로 호화판이었다. 창 바깥으로 한여름의 초록빛 들판을 내다보며 지나간 군가들을 마음 놓고 합창을 하였지만 담당 미군 헌병들은 싱글벙글 웃을 뿐이었다. 부산에 닿자 곧장 여관으로 혹은 민가로 분할 수용되었다. 끼니마다 흰 쌀밥에 고깃국에, 간식으로 가지가지 레이션이 매일 산더미로 날아 들여졌다. 부산 현지의 한국인들은 식량 부족으로 아우성이고 하늘 모르게 곡가가 뛰어오르는 판이었는데 저자들이 저게 정신 빠진 녀석들이나 아닌가 싶기도 하였다. 큰 트럭에 쌀이며 레이션이며 정신없이 퍼부어지고 있었던 것이다. 그 무지막지한 물량은, 그런 것이 풍겨 주는 속물스러운 느낌과 더불어 어느새 패전 일본인들 사이에 미군에 대한 모멸감으로 퍼지고 있었다. 흰 화이버에 테 없는 선글라스를 낀 하나같이 뚱뚱한 하사관급 미군 헌병들도 멀렁멀렁하게 순진 덩어리이고 철부지들이었다. 언제 보나 하나같이 껌이나 짝짝 씹고 있었다.

　승선을 앞둔 일본인들은 남아나는 쌀이며 레이션 깡통이며를 인근의 한국인들에게 인심을 썼다. 한국인들은 기갈이 들어서 대어들었고, 서로 얻어 가려고 저희들끼리 실랑이를 벌이곤 하였다. 도대체 어느 쪽이 패전 국민이고 어느 쪽이 해방 국민인지 알쏭달쏭해질 지경이었다.

게이조오 또래의 소년들은 중학교에서 배웠던 영어마디를 써먹으며 어느새 백인, 흑인을 가리지 않고 미군들을 골려주는 재미에 맛들였었다.

"헤이 스미스, 유어 네임 스미스?"

"노우!"

"와아이 노우, 유어 네임 스미스?"

"노우."

"헤이, 유우 나우, 야마또다마시이? 야마또다마시이 베리베리 굳."

"노우 노우, 야마또다마시이 베리베리 배드"

이런 식으로 그들을 골려 주곤 하였다.

지나간 전쟁에 대한 견해며, 점령지 현지에 대한 의식이며, 일본의 특공대나 사무라이들에 대한 여전한 외포감이며, 그들은 전혀 백치들이었고 천진덩어리였다. 저런 정신 상태로 어떻게 지난 전쟁에서 이길 수 있었을까 싶기도 하였다.

'정말 모를 일이다.'

하고, 게이조오는 입가의 웃음을 지우고 다시 입속으로만 혼자 중얼거렸다.

일본의 패전을 북한의 안변 땅에서 맞은 후, 1946년 7월말 경이던가, 시모노세키에 상륙하기까지 그 어간의 몇 달 남짓 동안의 일은 그 후 20

여 년을 살아오는 동안 거의 그의 기억 속에서 사라져 있었고, 칼로 깨끗이 도려내지기라도 한 듯이 어느새 게이조오의 과거 속에서 공백 상태를 이루고 있었다. 하긴 정확히 말한다면, 비단 그 몇 달 뿐이 아니었다. 일본의 패전과 그 후의 몇 달 동안이 있으므로 하여 말미암은 것일 테지만, 그 이전의 세월, 그를 키워주고 자라게 했던 17년이라는 세월까지도 어느새 그의 의식 속에서는 검은 장막 하나가 내려져 있었던 것이다.

한데 지금 막상, 28년 만에 한국으로 가는 비행기에 오르자 장막 너머로 숨겨졌던 그 세월들이 기억 속에서 용솟음을 치듯이 다시 되살아나는 것이다.

더구나 그해 겨울, 경원선 화차 속에서 열흘 가까이나 같은 길을 오르락내리락 하던 일은 지금도 지옥 속을 떠올리듯이 선연하게 떠오른다. 원산의 수용소에서 갇혔다가 어떤 경로로 기차를 타게 됐는지는 지금도 기억에 아리송하다. 아무튼 팔월 패전 이후 불과 두 달 밖에 안 지난 시월 말경에는, 수용소에 갇혀 있는 일본인 누구나가 아예 북행 열차에 실려 소련 땅으로 끌려가는 편이 나은지 아니면 이대로 있다가 얼어 죽거나 굶어 죽는 편이 나은지 몰라질 정도로 나락으로 떨어져 있었고 비참해져 있었다. 차츰 날씨는 추워 오고 본국으로 돌아가 보았자 적의 점령지이기는 매한가지였을 테지만(설령 그렇더라도 본국으로 돌아가는 길밖에 없었다.) 이미 길은 끊어져 있었다. 그 무렵 어느 날 검도 5단이라는 미쯔기三木라던가, 늙은 퇴역군조 한 사람이 머리에 붉은 히노마루를 그린 수건을 동여매고 비장해 두었던 일본도를 휘두르며 소련군 분견대로 단신 쳐들어갔다가 그 자리에서 총살을 당하는 사건이 일어났다. 그 일로 수용소 속은 자못 술렁거렸는데, 그러나 그런 일이 어느 정도 작용은 됐던 모양인가. 11월 초에 들어서 드디어 본국으로 돌려보낸다는 풍문이 나돌기 시작했고, 그러고도 보름 가까이나 지나서야, 이미 거지떼나 다름없어진 일행 사백 명이 자락이 긴 회색 겨울 외투 차림의 소련군 감시병에 둘러싸여 역으로 나갔던 것이다. 역에 닿자 곧장 화차 서너 칸에 콩나물 박히듯이 올라탔으나 정작 기차는 움직일 줄을 몰랐다. 스물네 시간이나 그냥 역두에 팽개쳐진 채여서 밤이면 화차 바깥으로 겨울바람 소리가 앵앵거리고, 아침저녁으로 역 앞은 온통 난장판을 이루었다. 어찌되었건 끼니는 때워야 하는 것이다. 다시 철도국으로 역구내의 소련군 분견대로 알아보았으나 철도국은 철도국대로 금시초문이란다는 것이고 소련군 분견대도 분견대대로 모르는 일이라고 잡아뗐다. 이렁저렁 나흘째에 가서야 자락이 긴 회색 외투 차림의 소련군 장교 한 사람이 털레털레 나오더니 기관차 하나가 배당이 되었다. 이미 어두워진 초겨울의 눈발이 흩날리는 속을 기차는 남쪽을 향해 떠났던 것이다.

그때 게이조의 식구는 아버지 다쯔오에 어머니와 할머니, 그리고 게이조오 자신의 이복 누이동생 게이꼬, 다섯이었다. 맏형인 게이이찌敬一는 패전하기 직전인 6월에 만주 관동군에 있다가 오끼나와 쪽으로 나가는 길에 잠깐 안변의 농장으로 들려 하룻밤을 묵었는데, 그것이 가족끼리 대면한 마지막이었다. 그의 전사 소식은 본국으로 돌아온 후, 47년 여름에야 인편을 통해 알려졌다. 둘째형이던 게이지敬二는 패전 직전 지구헌병대에 근무했었는데, 소련군이 진주하자 포로로 잡혀 그대로 소련 땅으로 북송되었다가 지난 55년에야 본국으로 돌아왔다. 그렇게 위로 두 아들이 빠지고 난 다섯 식구가 그해 11월초 이미 거지떼나 다름없어진 일행 사백여 명과 같이 화차 속에 실려 남쪽으로 향했던 것이다. 그런데 이복 누이동생인 게이꼬를 두고는 처음부터 약간의 실랑이가 없지 않았다. 작은어머니로서는 제 소생인 게이스께와 게이꼬를 둘 다 떠맡겠다고 하였으나, 게이꼬에게 정이 들어버린 늙은 할머니가 우겨서 게이스께만 남겨두고 게이꼬는 이편에서 맡기로 하였는데, 수용소에 들면서야 이것이 전혀 세상모르는 무모한 짓이었다는 것을 깨닫게 되었다. 본국으로 돌아가는 길이 그토록 어려우리라고는 미처 생각하지를 못했던 것이다.

게이꼬는 어느새 귀찮은 애물로 둔갑을 해 있었다. 할머니도 뒤늦게야 후회를 하였지만, 네 살 밖에 안 된 게이꼬는 수용소에서부터 밤낮을 가리지 않고 울음 속에서 지새웠다. 캄캄한 화차간 속에서는 유난히도 밤새 울부짖었다.

그런대로 자며 말며 흔들리다가 이튿날 새벽 눈을 떴을 때는, 어느새 기차는 어디쯤엔가 와서 서 있었고, 멀리 가까이 기관차 소리만 빽빽 들리었다. 웬만큼 큰 역두여서, 철원쯤이나 왔는가 하고 누군가 화차 문을 열어 보았다. 순간 화차간마다 당혹으로 들끓었다. 기차는 밤새 북행을 하여 엉뚱하게도 함경남도 고원까지 와 있었던 것이다. 역 건물에는 커다란 스탈린 초상화가 걸려 있었다. 다시 화차 속에 갇힌 채 고원 역두에서 이틀을 묵었다. 기관차 교섭이 안 되는 것이다. 기온은 갑자기 내려가고 게이꼬는 밤낮으로 울부짖었다. 이틀 후에야 다시 기관차 하나를 겨우 배당 받아 대낮에 떠났다. 분명히 남행이었다. 문평 제련소 옆을 지나서 도로 원산에 닿았으나 기관차는 다른 곳으로 또다시 차출되어 갔고,

이틀 밤낮을 원산 역두에서 또 묵었다. 역구내의 얼음 강판 속의 쫄쫄 나오는 수돗물에 석탄가루로 절어든 몇십 세대의 아낙네들이 한꺼번에 매달려 온통 아비규환이었고(아, 일본 사람들은 불과 며칠 사이에 저 지경이 되어 있었다!) 게이꼬는 그것을 내다보며 이젠 잔뜩 목이 쉬어 있어 제대로 울지도 못하였지만, 그래도 막무가내로 버둥거렸다. 이 북새통으로 우선 역 당국부터가 귀찮았을 것이다. 이틀 후 밤늦게 다시 자락이 긴 회색 외투 차림의 소련군 장교 한 사람이 털레털레 나타나더니 곧 기관차 한 대가 밑구멍을 들이대었다. 화차 틈새로 별이 보이는 추운 밤을 대여섯 시간 달려 삼방이나 세포쯤 왔을 것이다. 아직 캄캄한 꼭두새벽인데 갑자기 밖이 왁자지껄하고 칸데라 불이 왔다갔다하더니,

"까아라, 까아라, 까아라"

하고, 노한 소련군 병사의 목소리가 들렸다.

순간 할머니 품에서 잠이 겨우 들었던 게이꼬가 소스라치게 놀라 깨며 자지러지게 울음을 또 터뜨렸다.

빼끔히 화차 문을 열고 내다보자, 역시 새벽 으스름 속의 역 건물 중앙에 콧수염이 있는 커다란 스탈린 초상화가 보이고,

"까아라, 까아라"

하고, 그 소련군 병사는 북쪽을 가리키며 도로 북으로 들어가라는 것이 아닌가.

어느새 화차문마다 열리고, 꽉 들어찼던 일본인들은 사생결단으로 마구잡이로 뛰어내릴 채비를 하였다. 북쪽으로 들어가느니 이대로 내려서 걸어서라도 38선을 넘으면 무슨 수든 열리겠거니 싶었던 것이다. 그곳에

는 미군이 진주해 있기도 하지만 어쨌든 일본 쪽으로 한발 다가서게 되는 것이다. 첫 화차에서 몇 사람이 산발적으로 뛰어내리는 순간 새벽 공기를 찢으며 따발총 소리가 연발로 두어 번 울렸다.

"까아라, 까아라"

여전히 따발총을 앞으로 든 채 서너 칸의 화차를 한꺼번에 겨냥하듯 하며, 소련 병사는 같은 소리를 내질렀다. 내렸던 사람들이 도로 화차 속으로 오르고 곧이어 화차문마다 닫혔다. 닫히기 직전의 화차문 바깥으로 커다란 스탈린 초상화와 전철의 시커먼 쇠기둥이 써늘하게 홀짓 내다보이고, 눈앞의 깎아지른 준령 위에서는 별 하나가 유난히 반짝이고 있었다. 화차문은 닫히자 그대로 밖에서 잠겨졌다.

곧 기관차 하나가 배당이 되어 북쪽을 향해 오던 길을 되달렸다. 그러나 원산역 못미처 갈마역에 닿더니, 기관차는 또다시 숨넘어가듯이 짧은 기적소리를 울리며 다른 곳으로 차출되어 가버렸다. 일행은 이미 지칠 대로 지쳐 있었고, 신경도 날카로울 대로 날카로워져 있었다. 도대체 어떻게 되어가는 판인지 알 수가 없고, 어디에 하소연 할 데도 없었다.

갈마역에 묶인 채 다시 이틀이 지난밤이었다. 캄캄한 화차간 속에서 게이꼬는 유난히 울부짖었다. 이미 할머니도 제정신이 아니었지만, 게이조오 자신도 신경이 거칠 대로 거칠어지고 날카로워져 있던 것이어서 저도 모르게 불쑥 내뱉었다.

"그거 갖다 버리세요. 우리끼리의 고생도 못 견딜 판인데 이런 판에 한국 계집애까지 끌어들여서⋯⋯"

일순 조용하던 화차간 속에서 한 사내의 노한 목소리가 천천히,

"뭣이 한국 계집애라고? 한국 계집애를 끌어들였다고."

하고, 어둠 속에서 벌떡 일어나 앉는 것이 아닌가. 다음 순간 일제히 화차간 속이 와글바글 떠들썩하였다.

"뭐라고? 그게 한국 계집애라고?

"어떤 놈이야? 당장 내쫓아. 이봐요, 당장 내쫓아요."

"한국 계집애는 뭐하러 끌어 들였어?"

"대체 그 애가 누구야?"

"죽여라, 죽여. 내쫓을 것도 없이. 그냥 죽여 버려."

"죽여요, 죽여"

"그냥 밟아버려."

불시에 화차간 속은 들끓었다. 그새 신경이 곤두설 대로 곤두서 있던 것이어서 제가끔 독기를 품고 당장 달려들 기세였다.

지금 자기들의 이 고생이 한국인으로 하여 연유한 것이라고 모두가 똑같이 느끼고 있는 것이었다.

그러자, 네 살짜리 게이꼬도 삽시에 울음을 뚝 그쳤다. 캄캄한 화차 속이어서 볼 수는 없었지만 게이꼬도 네 살짜리 나름대로 낌새를 눈치 채고 오들오들 떨고 있는 듯하였다.

그러나 이미 화차 속의 일본인들은 화의 보둑이 터지기라도 한 듯 제가끔 미쳐 날뛰었다.

"그 한국 계집애라는 게 어느 누구야?"

"당장 내놔."

바로 이때였다. 게이꼬를 안은 할머니가 벌떡 자리에서 일어서더니 옆에 누워 있는 게이조에게 침착하게 말하였다.

"어서 그 문 열어라. 도로 제 어미에게 갖다 주고 오마."

일순 화차 속은 물을 끼얹은 듯이 도로 조용해졌고, 게이조오가 일어나 화차 문을 열었다. 게이꼬를 안은 할머니는 게이조오의 부축을 받으며 어두운 바깥으로 내려섰다. 이때 다쯔오나 어머니도 쥐죽은 듯 조용하였다. 화차 밖으로 나선 할머니는 어두운 화차 안에 대고 다시 나지막하게 말하였다.

"나는 게이꼬를 갖다 주고 게이꼬 어미한테 있겠다. 그리 알거라."

이튿날부터 화차간의 사람들은 제가끔 연줄을 찾아 뿔뿔이 흩어지기 시작하였다. 역두에 묶인 화차간 속에 무한정 눌러있을 수는 없었던 것이다. 만일의 경우에 대비해서 친척간이나 친하게 지내온 세대끼리 연락 방법을 정해 두고는 제가끔 흩어졌다.

게이조오의 식구들도 안변읍에서 5리 가량 떨어진 석산리 농장으로 우선 되돌아왔다. 그 길 밖에는 없었던 것이다. 전날 밤 할머니와 게이꼬는 삼십리 길을 걸어서 돌아와 있었다.

이미 농장 안의 이층집 본채에도 스탈린 초상화와 함께 리인민위원회의 간판이 붙어 있었고, 게이스께 모녀는 그대로 초가집 별채를 쓰고 있었다.

동네 조선 사람들은 되돌아 온 사정 얘기를 듣고 그냥 모르는 체하였다. 냉랭한 반응이면서도 일단은 양해를 하는 듯하였다. 이리하여 그해 겨울을 온 식구가 그 별채에서 보냈다.

그해가 다 갈 무렵에는 여기저기 20개 정강이라는 벽보가 나붙고 <민

중의 기, 붉은 깃발은〉 칼날 같은 서슬이 선 귀설은 노래가 바람 곁에 들리고 새해로 접어들어 토지개혁 공고가 나붙고 하였다.

이듬해 이른 봄, 할머니는 그곳에서 세상을 떠났다. 마을사람들의 양해 밑에 뒷산에다 묻었는데, 그때 새해 접어들어서 다섯 살이 된 게이꼬가 묘지까지 따라 갔었다.

진달래가 지고 철쭉꽃이 필 무렵, 가까운 대여섯 세대가 연락이 닿아 안내원을 사서 도보로 남쪽을 향해 떠나기로 하였다. 게이스께와 게이꼬는 작은어머니에게 맡겨 둔 채, 세 식구가 떠났다.

그렇게 여러 세대가 합쳐서 산길을 며칠 걸어 연천에 닿았고, 여기서 다시 안내원 하나를 사서 38선을 넘었던 것이다.

서울에 닿자 이곳은 전혀 별천지였다. 소련군에 비해 미군은 모두 하나 같이 영양과잉으로 허여멀쑥하였지만, 초여름으로 접어들어서만이 아니라 전혀 세상모르게 안온한 계절이었다. 북쪽에서 그토록이나 험악했던 패전 일본의 실감이 남쪽에 나와서는 전혀 들지 않았다.

그렇게 그해 7월말인가, 일본 본국에 세 식구가 닿았던 것이다.

어느새 고도를 잡은 비행기는 고른 엔진소리를 울리며 제 항로를 잡았고 왼쪽으로 부사산 산마루가 나타나기 시작하였다.

솜조각 같은 구름이 바로 눈 밑으로 흘러간다.

쾌청의 하늘 아래, 멀리 동해(태평양)가 둥두렷이 솟아 번쩍이고, 험준한 산줄기들이 그곳으로 곤두박질하듯이 뻗어 있었다.

게이조오는 담배 한 대를 피워 물었다.

'정말 모를 일이다.'

하고 혼자 입 속으로 중얼거렸다.

이십여 년 동안이나 까맣게 잊어 버렸던 그 옛날의 일이 이제 한국으로 건너가는 비행기 위에서 비로소 생생하게 되살아 오르는 것이다. 북한 땅의 정거장 이름이라든지, 그날 밤 화차간 속에서 겪었던 그런저런 일이 어제 일인 듯이 떠오른다.

그때의 그 게이꼬는 어찌 되었을까. 게이스께 모녀와 같이 남쪽으로 나와 있는 것일까.

그날 밤 그런 일이 있어서였는가. 유독 게이꼬의 소식이 궁금해지는 것이다.

이제 한 시간 남짓하면 서울의 김포공항에 닿을 것이다.

2

고속버스는 인터체인지에서 오른편으로 꺾여 구舊국도로 들어섰다. 하늘을 가릴 정도의 키 높은 가로수가 양편으로 울창하게 서 있는 속을 버스는, 자 이제부터 일제 때로 들어섭니다 하듯, 갑자기 속도를 조심스럽게 늦추었다.

아닌 게 아니라 양켠의 그 가로수들은 일제 때를 연상케 하였다. 필경 일제 말에 심어졌을 것이고, 원체 뿌리가 깊게 내려앉은 큰 나무들이어서 매년 잔가지를 쳐내 주지만 늘 그만그만하게 번성을 하곤 한다.

으레 고속도로에서 국도로 내려 설 때의 일반적인 느낌이라는 것이 있다. 고속도로를 달리면서 내다보는 풍정은 대개 질펀하게 원경으로 보이지만 일단 고속도로를 빠져 나와 국도로 들어서면 어느새 그 원경 하나하나가 살갗에 박혀오듯 근시적으로 아프게 다가오는 것이다.

충남북도道 경계를 지나 미호천을 넘어서자 벌써 조치원 특유의 찝찌름한 냄새가 물씬 풍겨 온다. 그리고 그 찝찌름한 냄새는 더욱 그 옛날 일제 때를 느끼게 해준다.

박경자는 새삼스러운 듯이 창 바깥을 내다보았다. 짙은 수박색 원피스 차림에 알맞춤하게 화장을 한 흰 얼굴색이며, 꽤나 세련된 느낌을 준다. 그녀는 가벼운 하품 섞어 씁쓸하게 혼자 웃었다.

'네 살에 해방이 됐는데 일제 때를 알면 얼마나 아는구?'
싶었지만, 그러나 이런 경우에는 짐작으로라도 짚인다. 고속도로가 미국 기분이라면 구국도야말로 영락없이 일제 때의 기분이 드는 것이다.

조치원이라는 거리가 우선 그런 거리다. 일제 때의 조치원에서 그닥 벗어나지 못한 거리다. 아니 차라리 일제 때에 비하여, 서서히 퇴화해가는 거리라고 해야 할 것이다. 넓은 들판 한가운데 이러지도 저러지도 못하고 그냥 버려져 있는 듯한 거리이고, 행정면에서나 교통면에서나 물자의 집산으로나 이렇다 할 특색이 아무것도 없는 거리이다.

친정집이라고 이따금 올 때마다 번번이 느끼는 것이었지만 박경자는 이번 길에 유독 이 느낌이 더하였다.

어느덧 버스는 조치원의 역 앞에서 오른편으로 꺾여 구두닦이 애들과 아이스케끼 통을 둘러맨 애들만이 복닥거리는 종점에 닿았다. 경자는 승객 틈에 섞여 내렸다.

역두 앞에는 언제나처럼 택시 너댓 대가 모여 서서 손님을 기다리고 휑하게 뻗은 큰길은 비어 있었다. 길 양옆의 집들도 부옇게 퇴색해 보였다.

'대체 무슨 일일까?'

경자는 새삼 궁금한 듯이 중얼거렸다. 좀 급히 내려와 줘야겠다는 오빠 박성갑의 전보를 받고 지금 내려오는 길이다.

대강 짐작은 되었다. 일본서 또 그 소식이 왔을 것이다. 아니, 소식 정도가 아니라 오빠가 전보를 쳐서 경자더러 급히 내려오라고 할 만큼 이쪽에서 그 어떤 결단을 내려야 할 성질의 일이 벌어졌음에 틀림없다.

대체 그 일이라는 게 어떤 종류의 일일까.

어머니나 오빠에게 일본으로 건너오라는 초청장이라도 왔다는 말인가. 아니면 그쪽에서 누군가가 한국으로 건너온다는 기별이 왔다는 소리인가. 대강 두 가지 가운데 하나이리라고 짚혀졌지만, 그 어느 쪽으로든 경자는 이렇다 할 자기 태세를 아직은 가누지 못하고 있었다. 그저 자기는 처음부터 이 일과는 상관이 없었고, 지금도 마찬가지라고 거푸 다짐을 두고 있을 뿐이다.

그러나 이미 이런 자신이 공소하다는 느낌도 들었다. 언젠가는 현실로 닥쳐 올 일이 급기야 닥치고 있는 것이다.

서울의 경자가 오빠 박성갑에게서 다음과 같은 사연의 편지를 받은 것은 바로 3년 전이었다.

<이 글을 보고 너무 놀라진 말아라. 실은 나도 아직 꿈인지 생시인지 분간이 안 된다. 바로 어제 일본의 게이조오 형님에게서 소식이 왔구나.

아버지가 아직도 살아 계시다는구나. 큰어머니는 몇 년 전에 돌아가셨다는구나. 정작 이렇게 되니 막연하게 두려운 생각부터 앞선다. 대체 뭣이 두려운지는 분명치 않으면서도 어머니도 비슷한 느낌이신 것 같으다. 자꾸만 내 눈치를 보신다. 어머니 말씀은, 이럴 줄 알았다면 처음부터 경자 너랑 자세히 사전 의논을 하는 것이었는데 하고, 네 반응을 여간 불안해 하시지 않는다. 필경은 어릴 때부터 까다로운 성격인 네가 펄쩍 뛸 것이라고 말이다. 하지만 우린들, 너무 창졸간의 일이어서 어리둥절하구나. 주한 일본 대사관에서 기별이 와서 혹시나 하고 확인 편지를 보내 보았는데 곧장, 며칠 후에 회답이 날아 온 것이 아니겠니. 비로소 이게 이것으로만 끝날 성질이 아니라 어떤 일의 시작이라는 느낌이 왈칵 들더구나. 어머니도 우셨지만, 그 당장엔 나도 눈물이 나오더구나. 기쁨인지 슬픔인지 모르겠고 덮어놓고 감격되는 것이. 남북이 터지기 전에 현해탄부터 터지다니 싶기도 하고 어이가 없기도 한 것…… 주위에서들 알까보아 창피한 느낌도 들고 암튼 심정이 복잡하다. 너 모르게 이런 일을 저지른 것이 죄스러운 마음 금할 수 없구나. 하지만 이런 경우 피차의 소식이나마 알고 싶은 것은 누구나의 자연스러운 인정이 아니겠니. 그렇게 막연히 연줄을 대다보니까 일본의 하늘과 한국의 하늘은 어느새 그냥 통째로 뚫린 하늘이었던 모양이어서 덜컥 맞닿아진 것이 아니겠니. 정작 이렇게 되니 불안해진다. 소식을 알게 된 반가운 마음보다도 두려워지는 마음 쪽이 더 짙구나. 더구나, 거듭 얘기다만, 경자 너 모르게 이런 큰일을 괜스레 저지른 듯하여 너한테 미안해지기도 하지만, 실은 누가 저지르고 말고 할 성질도 아니지 않겠니. 북에 있는 외갓집 소식을 알고만 있더라도 이토록까지 무안한 느낌은 안 들텐데. 남북의 장벽보다 현해탄의 바다가 먼저 뚫렸다는 게 어쩐지 우리 자신이 그 무슨 죄인이 된 느낌이구나. 이 느낌을, 너는 이해하리라 믿는다. 이해는커녕 나보다도 몇 곱절 더할 테지. 암튼, 너무 심려일랑 말아라.>

읽고 난 경자는 머리가 멍해졌다. 편지지를 저도 모르게 와삭 소리가 나게 긁어쥐며, '이 일을 어쩌면 좋아, 이 일을 어쩌면 좋아, 대체 이 일을 어쩐다지'하고, 재빠르게 몇 번 옹얼거렸고, 그리고는 그길로 곧장 채비를 하고, 조치원으로 달려와, 나이 서른 살에 울고불고 펄펄 뛰고 온통 난리를 쳤던 것이다.

"이런 일을 이렇게 벌여 놓은 게 대체 누구에요? 오빠에요, 엄마에요?"

하고 다짜고짜 오빠에게 대어들자, 정작 편지 억양과는 달리 매사에 침착하고 과묵한 편인 오빠는 입가에 스르르 냉소를 어리우며 받았다.

"넌 뭔가 네 감정을 과장하고 있는 것이나 아니냐? 도대체 그렇게까지 흥분하는 이유가 뭐냐?"

"암튼 이 일은 나하고는 상관이 없는 걸로 쳐주세요."

오빠는 잠시 말이 없다가 속삭이듯이 억양을 낮추었다.

"사실을 사실대로 확인하자는 것뿐이다. 너나 내나 그것이 사실인 데야 어쩌겠냐. 일본인 친아버지가 살아 있고 일본인 형님에 오빠가 살아 있는 데야 어쩌겠니. 이게 그냥 시퍼런 사실인데."

"암튼 난 이런 데 걸려들지는 않겠어요."

"좋두룩 해라. 실은 걸려들고 자시고가 어디 있니 그냥 시퍼런 사실인데야……"

한 옆에서 지켜보던 어머니 조여사가 조심조심 끼어들었다.
"내가 괜한 일을 저질렀나 보구나. 애초에 너희들을 위한답시고 벌인 일이었는데, 누가 이럴 줄이야 알았겠냐."
하긴 나이 육십을 바라보는 어머니로서는 그러기도 했을 것이다. 1·4 후퇴 월남 후 이십여 년 동안을 줄곧 이북의 친정집 소식으로만 애를 끓이시던 당신이 아니던가. 같이 월남해 온 현재의 남편 박훈석의 눈치가 살펴져서도 그랬겠지만, 두 애(성갑과 경자)의 아버지인 일본 쪽 전남편의 생사에 대해서는 일체 내색조차 안 해 왔던 당신이다. 그러나 남북의 장벽은 여전히 굳게 닫힌 채 한일국교 정상화가 이루어지고, 그렇게 지난 몇 해 동안에 걸쳐 일본 사람들이 물밀듯이 들이닥치는 판국에, 당신인들 어찌 가슴 한 귀퉁이가 흔들리지 않을 것이며, 전남편의 소식이 궁금하지 않았겠는가. 국적이야 어찌됐건, 또 옛날의 피차의 사정이야 어쨌건, 당신 소생의 자식 둘까지 맡아 길러 이제 그 자식들도 다 성인으로 자란 터에 전남편의 생사가 궁금해졌을 것은 당연한 상정이었을 터이다. 맡아 기른 자식들이 아직도 어리다면 또 모른다. 이미 한국적으로 어엿하게 집안을 이루고, 자식들까지 있는 몸들이 아닌가. 삼십 년이 지난 지금에 와서 바다 하나를 사이에 두고 새삼스럽게 이런저런 일로 실랑이가 벌어질 일도 아닌 것이다. 성갑이나 경자나 스스로 알아서 처신할 터였다. 게다가 당신 자신은 더 말할 것도 없다. 해방 직후 이북 땅에서 현 남편과 재혼을 하고 같이 월남하여 그쪽으로도 성을, 성병, 경희, 경순, 네 남매까지 두고 있지 아니한가. 육십이 가까운 몸, 이제 살면 얼마나 더 살 것인가.

어머니 조여사의 그런저런 사정은 그런대로 이해도 되었으나 그러나 경자 생각으로는 정작 이 일이 이렇게 벌어진 것은 필경 어머니 자신의 발심이었다기보다는 현 의붓아버지인 박훈석의 암암리의 양해 밑에, 아니 차라리 간접적인 권고에 의한 것일 공산이 더 컸고, 처음부터 이 점이 언짢게 여겨졌던 것이다. 어머니로서야 그야 일본 쪽의 생사가 궁금하기는 하겠지만, 한평생을 같이 살아오다시피한 현 남편이 시퍼렇게 살아 있는 마당에 전남편의 생사를 수소문해 나서고 어쩌고 할 수는 없었을 것 아닌가. 어머니의 사람 됨됨이부터가 그럴 위인이 못되었다.

그렇다면 필경은 뒤에 무언가 있다.

경자가 성갑 오빠의 편지를 받자마자 그토록 펄펄 뛴 데에는, 실은 이 일의 배후에 그 무슨 보이지 않은 꿍심이 이미 도사리고 있다는 것을 간취했기 때문이었다.

그 후도 경자는, 지난 3년 내내 자기는 처음부터 이 일에는 상관이 없는 것으로 완강히 거부반응을 견지하여 왔다. 서른 살인 지금에 와서 일본인의 트기라는 것이 새삼스럽게 현실로 부상이 된다는 게 괴롭고 치욕적으로 느껴졌지만 그보다도 이 일이 대강 어느 방향으로 뻗어 가리라는 것까지도 대강 내다 보였기 때문이었다. 그리고 이 점은, 한일 혼혈인으로서, 일본 쪽으로 서서든 한국 쪽으로 서서든 경자 자신의 자존심이 결코 용납할 수가 없었던 것이다.

경자는 모처럼 내려오는 길인데 빈손으로는 들어갈 수 없다고 근처 잡화가게에 들러 복숭아 몇 알을 샀다.

미호천 쪽으로 되내려오다가 큰길을 건너 골목길로 들어섰다. 그새, 여관집 하나가 크게 삼층 호텔로 개축되어 있는 것에 감탄도 하며 경자는 다시 그늘이 짙게 깔린 오른쪽으로 돌았다.

친정집은 일본식 단층집이었다. 북향집이어서 늘 어두운 것은 알고 있지만 먼지가 보얗게 앉은 미닫이 유리에 바싹 얼굴을 갖다 대고 들여다보자 서서히 안의 음영이 드러났다. 좁은 마루 구석에 쌀가마가 놓여 있고 그 옆 틈에 너절한 빨랫감이 쑤셔 박혀 있었다. 살그머니 유리문을 열었으나 안으로 잠겨 있었다.

'대낮에 웬일이람.'

싶으며, 서너 번 유리문을 흔들자 비로소,

"거, 누구냐?"

하고, 안에서 마악 자다가 깨는 듯한 의붓아버지 박훈석의 거칠은 음성이 들리더니, 유리문 속이 어른어른 거렸다.

경자는 찔끔해지며 두어 걸음 물러섰다.

곧 이어 유리문이 열렸다.

"응, 너 왔니야."

의붓아버지 박훈석이 가래 낀 어눌한 목소리로 말하자, 경자는 저도 모르게 또 두어 걸음 물러섰다. 박훈석은 여전히 가슴이 두터운 땅딸막한 몸집이지만 금방 자다가 깨어서인가, 눈두덩이 조금 부성부성하였다. 대낮임에도 얼룩이 진 파자마 바람이었다.

"다들 어디 갔나요? 혼자 집 지키고 계시나부지요."

경자는 어릴 때부터 그랬지만 이 의붓아버지와 단둘이 있을 때는 늘 그래 오듯, 겸연쩍은 것을 얼버무리듯이 부러 수선스럽게 말하였다.

"다들 나갔다."

"어딜요? 오빠는 이사했다면서요?"

"좀 줄여서 갔나보더라. 그렇지 않아도 너를 기다리더구나."

"어머니는요?"

"과수원 복숭아 받으러 갔다."

박훈석도 그냥저냥 버릇대로, 제 소생이 아닌 이 딸과 정면으로 눈이 마주치는 것을 피하였다.

"오빠가 전보를 쳤던데요. 무슨 일이지요?"

"글쎄에. 나야 잘 모르는 일이다만."

하고 박훈석은 한순 예순 살로 보기에는 아직도 왕성한 정력을 느끼게 땅땅한 표정이 되었다. 쏘는 눈길로 흘깃 경자를 쳐다보더니,

"어서 들어오려무나. 바깥에서 그럴 일이 아니라."

"네, 먼저 들어가세요."

경자는, 금방 박훈석의 그 눈길이 자기를 향해 음탕하기나 했던 듯이 가볍게 몸서리를 치며 다소곳이 외면을 하고는 경순이 방인 건넌방으로 들어갔다.

실은 경자는 몸 전체가 생활력 하나로만 뭉뚱그려져 있는 듯이 보이는 이 의붓아버지에게 소녀적부터 뿌리 깊은 혐오감을 품어오는 터였다. 소녀적부터의, 아니 어쩌면 의붓아버지가 어머니와 처음으로 만나던 대여섯 살 적부터의 이 혐오감은, 어느새 경자로 하여금 사춘기로 들어서면서 엉뚱한 망상까지 갖도록 하였다. 결혼을 하고 나서야 그것이 전혀 근거 없는 망상이었다고 뒤늦게 미안해지기도 하는 것이었지만, 사춘기로

부터 결혼 직전까지 끈질기게 떠나지 않았던 그 망상의 실감만은 지금까지도 이렇게 여운이 남아 있다. 저 사람이 필경은 나를 건드릴 것이다. 이런 강박감으로 얼마나 많은 낮과 밤을 전전긍긍했었는지 모른다. 한편으로는, 저런 사람이 자기의 친아버지가 아니었기를 얼마나 다행으로 여겼는지 모른다.

그 점으로 말한다면, 박훈석 편에도 전혀 문제가 없었던 것은 아니었다. 그는 자기의 친자식이 아닌 경자의 이런 반응이 그럴만한 뚜렷한 근거라도 제 쪽에 있는 듯이 늘 받아들였고, 처음부터 자식으로서 길을 들이기보다는 옛 상전의 피를 받은 아이들로 막연하게 외경감부터 갖고 있었던 것이다. 아닌 게 아니라 그의 이런 생각을 입증이나 해주는 듯이 성갑이 경자 남매는 자기 친자식들과는 어느 구석이 달라도 다르게 세련되고 말쑥한 성인으로 커 갔다. 그리고 그는 그 모든 뒷바라지를 아무 불평 없이 감당해 왔던 것이다.

본시 박훈석은 강원도 홍천사람으로 미천한 집안의 셋째 아들로 태어났는데 열일곱 살 되던 1930년 여름에 혼자 집을 뛰쳐나왔다. 처음에는 금강산 어느 절의 사환으로 들어갔다가 몇 달 못 채우고 다시 이곳저곳의 머슴살이로 전전, 2년 후에는 원산으로 흘러나와 관다리 너머 어느 일본인 점포의 막일꾼으로 들어갔다. 그가 자동차 운전 기술을 배운 것은 그 일본인 점포 주인의 형님이 경영한다는 같은 거리의 종합병원 화부로 옮겨 앉은 뒤였다. 곧 운전수로 승격이 되고 이 무렵부터 그는 시쳇말로 때 빼고 광을 내어, 세상 돌아가는 형편에 그 나름으로 눈을 떠 갔다. 시계 차고 안경을 끼고, 사흘 걸러 목욕을 하고 시절이 시절이라,

운전수와 간호원은 새 시대의 첨단을 달리는 좋은 짝일 수가 있던 때여서, 그 종합병원 간호원과의 첫사랑을 헌신짝 버리듯, 어느새 그는 1934년에는 만주사변 뒤 일본의 대륙경영 물결을 타고 단신 만주 땅으로 흘러들었다. 그렇게 어느덧 그는 하얼빈의 어느 큰 일본인 토건 회사의 트럭 운전수로, 넓은 만주 땅 뿐만 아니라, 북지로 반도로 누비고 다니면서 곳곳에서 주색잡기의 맛도 그 분수에 맞을 만큼 절어든 몸이 되었다. 성격은 더 괄괄해지고, 북국의 추운 겨울밤을 견디면서 몸도 해를 거듭할수록 땅땅해져 갔다. 이 무렵에는 이미 하얼빈에서 중국여자와 결혼도 하여 1남 1녀의 아버지가 되어 있었고, 귓결으로 배운 일본말 못지않게 중국말도 구사하고 있었던 것이다. 이 만주 땅에서의 십여 년은 이때까지의 그의 평생에서 가장 화려한 한때라고 할 수 있었고 일자무식이었으되, 어느 누구 부럽지 않았다.

1940년인가, 서울 왔던 길에 잠깐 틈을 내어 10년 만에 고향인 홍천 땅에 들렀을 때도 그 스스로는 금의환향 기분이었을 테지만 이미 고향 사람들은 그를 외방 사람 대하듯 하였더라는 것이다. 두고두고 그 일도 자랑삼아 떠벌였었다.

1945년 일본의 패망은 그의 15년 화려한 세월에 종지부를 찍었다. 중국인 처자도 그냥 버려둔 채 단신으로 압록강을 건넌 것은 해방되던 그 해 12월이었다. 나이도 이미 서른두 살, 기력은 한창이었지만 고향으로 돌아가기에는 어쩐지 자존심이 허락하지 않았다. 평원선 기차를 타고 옛 연고지를 찾아 원산으로 들어섰다.

새해로 접어든 1946년 2월에는 십여 년 동안의 만주 생활에서 배운 재빠른 눈치와 걸걸한 입심, 그리고 투박한 생김생김 등 뼛골까지 스며든 노동자 출신임을 내세워 어느새 공산당원이 되어있었고 직맹의 말단 간부로 뛰어다니는 몸이 되었다. 그리고 그해 11월 초, 첫 지방 대의원 선거 때는 선거관리위원으로 발탁이 되어 안변군의 석산리로 나갔던 것이다. 여기서 그는 어린 두 남매의 어머니로 홀로 사는 지금의 마누라를 만나 곧장 눈독을 들였다. 그녀가 지난날 일본인의 첩이었다는 점이 무엇보다도 마음에 솔깃했던 것이다. 얼마 후 인편을 통해 청을 넣었다. 그 인편이라는 게 새로 선임된 리인민위원장이었던 것이다. 어린 두 남매의 어머니로 앞날이 막막했던 터라 그녀의 입장으로서는 사내를 두고 이모 저모 가릴 계제가 아니었을 터이다. 그 며칠 후 저녁때에 피차 대면을 하였고 어느 정도 일이 성숙될 낌새가 보이자 박훈석은 솔직하게 까붙이고 나섰다.

"님재, 같이 살아봅시다. 나도 만주 땅에서 중국인 계집 사이에 1남 1녀를 두었던 몸이오 북새통에 못 데리고 혼자 나왔소만, 흠으로 치자면 피장파장 아니겠오. 중국 계집과 같이 나와 보았자, 이 고장 풍습에 익숙하도록 되자면 골치나 썩었을 테고 나도 실은 만주 땅에서는 일본 사람을 상전으로 모시고 있던 몸이오. 트럭 운전수로 간도에서 북만주까지 안 다녀본 데 없이 쏘다녀 봤소만 사람 산다는 게 별 것은 아닙디다."

이리하여, 혼례를 치를 것도 없이 사흘인가 후에는 중간에 나섰던 리인민위원장과 덕원의 친정켠 식구들만 모여 조촐하게 저녁 한 끼 먹는 것으로 때워 버렸고 박훈석은 그날부터 그곳에 눌러 앉았다. 뒤늦게 논마지기에 마누라의 일본인 전남편이 경영하던 과수원 일부까지 토지 배당을 받아 석산리의 농맹위원장으로 옮아앉았던 것이다. 그러나 타고난 성격도 성격이려니와 살아오는 동안에 몸에 배고 절어든 버릇은 어쩔 수 없는 법이어서 그는 차츰 까다로운 조직 생활에 신물을 내기 시작하였다. 이럴 줄 알았다면 당에 들지를 않는 것이었는데 하고 뒤늦게 후회도 되었지만 이북사회 전체가 딴딴한 조직으로 째여 들던 때여서 이미 당에 들고 안 들고의 여부가 아니었다. 해방 후의 이북사회를 살아내기에는 그는 지나치게 자유분방한 성격이 되어있었고 지나간 세월에서 맛들인 것이 너무 많았던 것이다.

그냥저냥 몇 년을 지나는 동안 그는 또 한 가지 달라진 자신을 발견하였다. 만주 땅에서 중국 여자와 살 때는 사흘이 멀다고 개 패듯 주워 패곤 하였는데 그 버릇이 깨끗이 없어져 있었다. 새 마누라 소생의 성갑이 경자 남매에게도 자식으로서 길을 들이기보다는 처음부터 상전의 자식들처럼 대하고 있었던 것이다. 밑으로 태어난 제 친자식들에게는 사흘이 멀다고 손찌검을 할망정, 성갑이 경자 남매에게는 <도련님> <아씨>라고만 부르지 않는다 뿐, 여간 조심스럽지 않았다.

6·25가 터지자 그는 다시 트럭 운전수로 차출이 되어 현지 군속으로 전선을 누비고 다녔다. <어젯밤 새벽꿈에 맺은 인연도> 혹은 <남쪽나라 십자성은 어머님 얼굴> 등 그 옛날 만주 땅을 가로세로 누비며 흥얼거리던 일본 유행가와 흡사한 가락의 남쪽 유행가들이 저절로 옛날의 흥을 되돋우어 주었다. 그 뒤 1·4 후퇴 바람을 타고 그는 제 식솔들만 트럭 위에 태운 채 아예 남쪽으로 피난을 나왔던 것이다.

남한으로 나와서도 한동안 군속으로 트럭을 끌었다. 이미 중앙부두나

3부두에서 나오는 군복상자며 레이션을 트럭째로 자유시장에 갖다가 몽땅 떠넘겨 파는 재미에도 어지간히 맛들여 있었던 것이다. 그렇게 허구한 날을 술독에 빠져서 지냈다. 마누라와 아이들은 영주동 산비탈에 판잣집 하나를 장만하여 처박아두고, 노상 밖에서만 떠돌다가 열흘 보름만큼씩 술냄새를 풍기며 한 번씩 들려 생활비 목돈을 전해주고는 내리다지로 이틀 사흘씩 잠을 자거나 아니면 트럭을 몰고 다시 휭 나가곤 하였다. 그렇게나마 식구들의 식생활을 비롯하여 아이들의 교육비며 가족 뒷바라지는 착실하게 감당을 하였지만 어느새 그 옛날 만주시절에 맛들여졌던 주색잡기도 되살아나 그런 쪽으로는 날로 더더 개차반이 되어 있었고 무지막지해져갔다.

환도 바람을 타고 그는 서울로 올라오지 않고 오산 비행장 옆의 서정리에 다시 자리를 잡았다. 이곳에서 미군상대의 색시장사와 PX 물품의 암거래상을 벌였다. 그야말로 돈이 돈 같지가 않았다. 아무튼 한창 많을 때에는 색시 서른일곱까지 거느렸고 서정리 중심가에서 떵떵거렸었다. 아마도 이때는 그의 평생에서 만주시절을 훨씬 상회하는 화려한 시기가 될 것이다. 큰 아이들의 대학교육까지도 이것으로 감당을 했던 것이다.

그러나 미군 감축과 더불어 그 경기도 갯물 빠지듯 빠져 나가고, 집안 형세가 스름스름 기울기 시작하자 조치원으로 내려앉아 농장에도 손을 대보고 집장사에도 기웃거려보고 관청가 근처에 요상스런 술집도 내보고 한때는 서정리 시절에 데리고 있던 얼굴 반반한 색시와 함께 다방도 경영해 보았으나 하나같이 되는 일이라곤 없었다. 어언 나이도 60줄에 들어섰고, 작금년에는 실의와 좌절 속에 지내오는 터였다.

그리고 지난 몇 해 동안은 일본 사람들이 다시 물밀듯이 밀려드는 속에서 그 옛날 만주시절 토건회사 주인이었던 오오다니大谷喜次郎라는 자와 다시 연줄이라도 닿을 수 없을까, 그 나름으로 사방에 줄을 대어보고 조바심을 내고 있는 것이다.

"좀 나갔다 올란다. 큰애가 곧 올 것이다."
하고 박훈석이 반소매 잠바를 걸치며 집을 나서는 기척이어서, 경자도 건넌방에서 미악 문을 여는데 교복차림인 막내동생 경순이가,
"네에? 서울서 언니가 왔어요?"
하며 허겁지겁 들어서고 있다.
조치원여고 2학년생으로 원체 막내둥이로 자라 계집아이치고는 꽤나 괄괄한 성격이다. 까무잡잡한 살갗의 얼굴 생김생김이나 하는 짓은 제 아버지 박훈석을 그대로 닮았고 철딱서니라곤 없는 편이지만 경자는 어쩐지 이 막내 의붓동생에게만은 매사에 여간 관대하지 않다.
"응, 학교서 이제 오는 길이냐?"
경자도 마루로 나서며 반색을 하자,
"오머, 큰언니였구나. 난 작은언니가 왔다는 줄 알았지."
하고, 경순이는 보일 듯 말 듯 약간 실쭉해졌다.
"경희 언닌 뭐, 휴일 같은 때 좀 못 내려오나. 고속버스 타면 금방일 텐데. 백화점 재미가 꽤 있나부지."
경자는 살짝 낯을 흐리었다.
올해 스물두 살인 경희는 2년 전에 서울 연희동의 경자 집에 올라와

있었던 것이다. 경자가 작은애 해산달이어서 겸사겸사 올라 왔었는데 그 때부터 그냥 서울에 주저앉아 버렸다. 미스코리아 선발 응모를 꿈꿀 만큼 키가 훤칠하고 균형이 잡힌 몸집에 얼굴이며 흰 살색이며 아닌 게 아니라 조치원 구석에서 썩기에는 아깝다는 생각이 들만도 하였다. 성격도 경순이에 비해 음습하고 침착한 편이며 고집이 세다. 드러내 놓고 내색은 안 하지만 연극배우나 탤런트 혹은 가수 등속에 은근히 야심을 두고 있는 것이다. 그렇게 1년 남짓 연희동의 경자 집에서 기거를 하였는데, 작년 여름 명동 입구의 모 백화점에 점원으로 취직을 하자 며칠이 안 지나 따로 나가겠노라 하였다. 백화점에 근무하고 있는 친구들과 같이 있기로 했다는 것이었다. 경자는 펄펄 뛰었으나 그러나 이미 경희의 고집은 막을 수가 없었다.

그렇게 나간 후로는 언니 집에 얼씬도 안하여, 경자 쪽에서도 괘씸한 생각이 들어서라도 들여다볼 엄두가 나지 않았다.

조치원의 부모들도 아버지는 원체 그런 사람인데다가 어머니도 어릴 적부터의 경희 고집을 아는 터라, 아예 모르는 편이 속이라도 덜 썩는다고 저대로 내팽개쳐 두고 있는 것이다.

한데 그 사이 막내 동생인 경순이와는 저희들끼리 더러 오고가고 하기도 했던 모양이다. 오고가고 한대야 주로 경순이 쪽에서 경희를 찾아 서울로 올라갔을 터이지만.

경자는 씁쓰름한 얼굴이 되며 혼잣소리처럼 씨부렸다.

"우리 집 나가서는 코빼기도 안 내밀더구나. 그년 못 본 지도……"

"에잇, 참어. 참어. 큰언니가 참어야지 뭐."

"참구 말구가 어디 있니. 전혀 만날 수도 없는 데야, 저 편하고 나 편허지."

"아이, 내가 괜헌 소릴 꺼냈나봐."

"아버지 어머니가 저렇게 태평이신데 나라고 어쩐다는 도리가 있니."

경자는, 철딱서니라곤 없는 막내동생 경순이 앞에서 이렇게 정면으로 핏대를 올리고 있는 스스로가 약간 어이가 없어지며 억양을 낮추었다.

"암튼, 그년에 대해선 나한테 묻지 말아. 나는 일체 모르는 일이니까. 뒤에서라도 나한테 책임을 뒤집어씌울 생각일랑 말고."

"아냐아, 사실으은."

하고 그제야 경순이도 두 눈을 가늘게 뜨고 속삭이는 소리로 말하였다.

"일주일 전에 엄마가 올라갔었는데 말야. 경희 언니가 갑자기 또 이사를 했다고 하는 게 조금 수상해. 엄마 낯색도 안 좋고."

"이사라니. 그럼 혼자 방 얻어 나갔다는 말이냐."

"글쎄, 그걸 누가 아우? 사내 하나 잡아서 동거생활이라도 시작했는지."

"저년, 지껄이는 것 좀 봐."

하고, 도리어 경자 편에서 얼굴색이 붉어지는데, 경순이는 다시,

"옳아, 언니 그 일로 내려왔구나. 일본서 큰오빠가 온다면서? 적당히 해 두지. 뭘 그렇게 언닌 심통을 부리구 야단이우."

하고 두 눈을 가늘게 뜨고 새앨새앨 웃는다.

"아니, 그게 무슨 소리냐? 누가 그러든?"

경자는 황황하게 되물었다.

"그럽디다. 누가 그러는 게 아니라, 엄마랑 오빠랑 눈치들이…… 근데 일본 사람 그 오빠두 경敬짜 돌림이라면서요? 근데 여기 있는 오빠들은 왜 성成짜 돌림이우? 그 점이 좀 이상하던데."

"아니……"

하고 경자는, 그저 머엉하게 쳐다보았다.

'역시, 그렇구나.'

"암튼 영광이지 뭐유. 같은 경짜 돌림이라는 것만도 여기 있는 성짜 돌림 오빠들은 원체 구질구질하니까 원. 이제 올 오빠가 경삼敬三이 오빠라면서요? 일본 발음으로는 뭐래드라? 참 <게이조오>라고 하든가."

"그런 소리 너한테 누가 하든? 엄마가 하든? 오빠가 하든?"

경자는 다시 허겁지겁 물었다.

"오빠나 엄마가 그런 소리 할 리가 있우. 잔뜩 주눅이나 들었지. 왜들 그러는지 몰라. 대체 뭐가 어쨌냐고 암튼 엄마와 오빠는 요즘 둘이 마주 앉기만 하면 쑥덕쑥덕인데, 큰 우환거리나 생긴 얼굴들이지 뭐유. 제발 언니까지 그러지는 말아요. 모처럼 오는 일본 오빠에게 실례나 되지 않게 해야지."

"아부지는 뭐라시든?"

"아부지는 꿀 먹은 벙어리유. 하지만 관심이 전혀 없지도 않으시나 봐. 아부지로서야 마땅히 그럴 게 아뉴. 일본 땅에 라이벌 하나가 나타난 셈이니 부끄럽기도 하시겠지 뭐. 하지만 싫지는 않은 눈치입니다. 엄마가 미안해서 괜히 엄살을 떠는 것 같어. 나래도 그렇겠우. 그 나이에 갑자기 남편이 둘이 된 셈이니 그게 무슨 꼴이우. 조금 창피하긴 하겠지 뭐."

"……"

"암튼 난 누가 뭐래도, 그날 김포공항으로 나갈 테야."

마침 이때 문 바깥에 또 사람 기척이 들리더니 성갑 오빠가 허둥지둥 들어서고 있었다.

3

드디어 비행기는 내려앉을 채비를 하는 듯 엔진소리가 한결 작아지면서 서서히 기수를 돌리고 있었고 파아란 김포평야를 위로 주름잡듯이 휘감으면서 오른편으로 곧장 빠드름한 김포공항이 한눈에 내려다보인다.

전답가로 오몽조몽 붙어 앉은 몇 채의 초가집들과 황토색 마당이 '역시 한국이구나' 싶은 실감을 울컥 들게 하면서 새삼스럽게 게이조오로 하여금 향수 반 모멸 반의 느낌을 일게 하였다.

"역시 그렇군요 일본의 어느 지방 공항만한 규모겠군요. 삿뽀로 정도나 될까요"

게이조오는 기창에 얼굴을 붙인 채 옆자리의 나가노永野三郎가 들으라는 듯이 건성으로 한마디 하고는 금방 모멸기가 섞여있는 스스로의 억양에 슬그머니 놀란다. 하긴 이 모멸 기분으로 말한다면 이미 일본 상공에 있을 때부터였다. 3만 피트의 높이에서 내려다보이는 일본 열도는 그냥 칙칙한 산줄기의 연속이었고, 그러나 비행기 속은 이미 3만 피트 밑의 일본 열도에 관심이 있기보다는 수평으로 이어져서 곧 닿게 될 한국 기분으로들 온통 들떠있었다. 그 한국 기분이라는 것이 벌써 다분히 모멸

기가 섞여든 외설스러운 분위기였다. 비행기 안의 안온하고 쾌적한 느낌도 더하여 자리마다 그런 화제로 꽃을 피웠고 어느새 게이조오도 알게 모르게 그런 분위기에 얹혀 있는 꼴이 되어 있었다.

관광객 대부분이 그런 쪽의 호기심에 끌려서 응모한 사람들로 보였다. 관광비용을 낼 때 적지 않은 액수의 특별 서비스 요금이라는 것이 따로 미리 책정되어 있었는데, 그 명목부터가 처음부터 음습한 호기심을 자극하기에 충분하였지만 더구나, 그것이 적지 않은 액수라는 바로 그 점에 사람들마다 더 한층 기대를 갖는 것 같았다. 이를테면 천하없어도 돈 들인 밑천은 뽑아야겠다는 생각들인 것이다.

심지어 어떤 싱거운 자들은 각 관광회사마다 돌아다니면서 특별 서비스 요금이 비싸게 먹여진 곳만 골라 가며 응모를 한다는 것인데, 비싼 그만큼 무엇이 달라도 다른 점이 있지 않겠느냐는 계산에서라는 것이다. 그러나 몇 번 겪어 본 사람들의 말로는, 비싸든 싸든 특별히 다를 것은 없고 업자들의 농간에 지나지 않는다고 하였다. 소위 왈 특별 서비스란 것은 한국기생들과 얼려서 한잔 때려 마시고, 술자리가 파해질 때는 미리 정해진 제짝 하나씩을 꿰차고 호텔의 제 방으로 들어가는 일을 가리키는 모양이다. 그러나 실은 <방으로 들어가면 그뿐>인 바로 그 일이 이 정도의 집단적인 규모로, 국가 간의 단위로 거의 공공연하게 이루어지고 있다는 점이 사람들의 호기심을 더욱 배가시키는 모양이다. 어쨌든 물구나무를 선대로 일본보다는 싼 것이다.

기생파티 과정도 여러 가지로 자지부레한 조건이 붙어 도는 모양이었다. 정종을 마시는 경우에는 얼마를 마시든지 미리 낸 특별 서비스 요금에 포함이 되어 있는 것으로 쳐서 괜찮지만 맥주를 마시는 경우에는 각자의 호주머니에서 따로 내야 한다는 식이다. 한데 대개의 경우, 이런 데서 바가지를 쓰게 된다. 정종으로 일단 기분이 돋구어진 다음에 으레 맥주까지 이르게 되는데 색시 하나씩을 끼고 흥청망청 마시다가 뒤에 계산서 나온 것을 보면 술병 숫자에 조작이 있게 된다는 것이다. 원체 인원이 많으니까 그럴 일이기도 하였다. 심지어 맥주를 마시는 경우에는 딸 때마다 어느 꼼꼼한 사람하나를 정하여 병마개를 간수해야 한다는 소리까지 나돌았다.

얼마 전인가, 그런 일이 있었다고 한다. 분명히 맥주 스물여덟 병을 마셨는데 계산서에 마흔여덟 병 값이 적혀 나왔다. 지배인을 불러 따져 들었다. 지배인은, 모두 취해 있는데 당신들 자신이 몇 병인지 알 것이 뭐냐고 고분고분하게 맞서더라는 것이다. 그러자 창피한 얘기지만 맥주병마개 스물여덟 개를 절그럭거리면서 고스란히 내놓고는, 이래도 속일 참이냐고 대어들었다. 그 한국인 지배인은 웬 영문인가 하고 잠시 어리뻥뻥해 있더라는 것이다.

"암튼 지독하다고 했겠군. 그러지 않아도 그런 일로 일본인들이 욕을 먹는 모양이던데."

"아냐, 그 경우엔 한수 더 떴다던 걸, 감히 누구를 속여 먹으려고 드느냐고 말야. 이래뵈두, 6~7백년 전통을 가진 스미도모住友 재벌 산하 사람들 이노라고 큰소리를 뻥뻥 쳤다던데."

"그야, 술에 취한 기분이었겠지."

"게다가 그 한국인 지배인이라는 자가 뒤에 알고 보니 옛날 젊었을 때

군청 서기였다드먼. 굽실거리면서 사과를 하더라는 거야. 그러니 이쪽에서는 옛날 기분도 되살리면서 점점 더 큰소리를 쳤을 밖에, 우리가 한국인들처럼 무지막지하게 마시는 줄 아느냐고 말야.”

바로 앞자리에서 주거니 받거니 하는 얘기를 귓곁으로 흘려들으며 게이조오도 언젠가 들은 얘기가 생각나서 혼자 비시시 쓴 웃음을 흘렸다.

이런 얘기들이란 으레 과장이 따르는 법이지만 한국인 모 신문사 사장과 모 정객 하나가 동경에서 만나 어느 이름 있는 스시집으로 들어갔다든가. 여기서 두 사람은 스시 먹기 경쟁을 벌였는데, 둘이 앉은 자리에서 60명분을 간단히 먹어 치웠다든가. 그 스시집의 쥔 마나님은 에도江戶 시대부터 백여 년 간 이 집을 경영해 오지만 이런 손님들은 처음 보았노라고, 식대를 전액 사양했다든가. 그러자 그 두 한국인도 쥔 측의 호의를 받아들여 식대는 안 냈지만 그 대신 기분이라고 스시 60명분의 갑절푼수나 되게 팁을 던졌다든가.

앞자리에서는 다시 얘기들이 이어지고 있었다.

“문제는 그 점에 있는 거라. 기생파티 그 자체보다도 호텔방으로 들어갔을 때 바짝 정신을 차려야지, 자칫 껍데기를 홀랑 벗긴다드먼.”

“그럴 리가. 내가 듣기로는 그 점은 너무들 신경질적이어서 도리어 욕을 듣는다는군. 한국 계집들이 일본인이라면 쪼오다에 구두쇠라고 머리를 절레절레 흔든다는 거야. 껍데기라는 것도 그렇지. 그 정도로 기분이 나니까 그 정도로 기마에를 썼다는 뜻이 아니겠어.

“정말 생각해 보면 우스워진다니까. 막말로 얘기해서 이만한 규모로, 비행기 타고, ××하러가는 셈들이 아니겠어. 곳곳의 관광지네 뭐네 하지만 기실 누구나가 제일 호기심을 느끼고 마음이 동해 있는 것은 바로 고 점이거든. 저렇게 모두 시치미를 떼고 의젓하게들 앉아 있지만 말야. 기막힌 아이나 하나 걸리지 않을까, 첩감이나 하나 걸리지 않을까, 하고 모두가 횡재를 노리는 낯바닥들이 아니냐 말야. 이게 대체 별안간 무슨 짓들인지."

"그건 그래. 일본 여자들로서는 별안간 이게 무슨 재앙이냐 싶을 테지."

"어쨌든 한국 정부의 입장에서는 외화벌이일 테고, 어떤 방법으로라도 우리의 돈을 울궈 내자는 것일 테니까. 공공연히 국책으로까지 그런 일을 권장이야 안 하겠지만 말이지."

"게다가 우리나라는 돈이 남아서 걱정이 아닌가. 지난 1965년까지만 해도 우린 나라의 외화 보유고는 20억 달러 내외였었는데, 72년 말에는 세계 제2위로 180억 달러로 늘었더구먼. 그 후 두 차례나 엔圓 환율이 인상되었는데도 무역의 흑자폭은 그냥 늘기만 한다는 거 아냐. 돈은 넘쳐나고, 새로 투자할 데는 없고, 국내의 임금은 날로 올라서 생산 공장의 노동인구는 모자라고, 생활수준들은 높아져서 골프장마다 미어지는 모양인데 국토는 원체 좁고 그뿐인가, 땅값은 하늘 높은 줄 모르게 폭등해서 공장 부지는 점점 구하기가 힘들어졌고, 견디다 못 견디게 된 일본 내 중소기업들은 요즘 한국으로 나간다지 않는가. 싼 노동 임금을 찾아서 혹은 합작투자 형식으로 공장 부지를 찾아서. 게다가 한국 정부의 입장에서도 이게 나쁘지만은 않을 것이거든. 우선 안보상으로 보더라도 일본과 깊이 얽혀지면, 바로 그 얽혀진 만큼 마음이 든든해질 테니까. 게다가 성격이야 어쨌든 남아도는 일본 측의 돈을 끌어다가 개발도상국의 개발 자금으로 쓸 수 있다는 이점도 있지 않겠어. 한국의 어느 장관은 공공연하게 대놓고 얘길 했다더군. 유엔군 몇 개 사단보다 외자 유치편이 훨씬 한국의 안보를 보장해 준다고 말야."

"어쨌든 봐, 보란 말야. 우리나라는 다시 한국으로 진출하고 있어. 비록 구둣발로는 아닐망정. 모든 것은 더도 덜도 아니게 그 시기 시기만큼 가는 것이거든. 식민지 경영이라는 게 원체 무지막지할 때 사단이 벌어지는 거지. 어쨌든 우리는 다시 한국으로 진출하고 있어. 경제적으로 문화적으로 패륜이라는 형식으로 패륜이면 대체 어쨌다는 거야. 세면 센만큼 어떤 식으로든 힘을 쓰게 마련이거든. 이런 우리도 아직 미국의 핵우산은 못 벗어나고 있지 않은가. 대저 한국으로서는 손해 볼 것 없는 거 아니겠어. 이웃이 그럴만한 이웃이면, 그럴만한 영향을 받게 마련이니까. 그들도 우리 덕에 잘 먹고 잘 살면 그것으로 좋은 것 아닌가. 그것도 그냥 덮어 놓고 빌붙어서만 잘 먹고 잘 살자는 건 아니고, 저들대로의 속셈인들 따로 있을 것이거든. 저들대로 이웃인 우리를 이용해 보자는 생각인들 왜 없겠어. 그게 바로 경제협력이라는 것이 아니겠느냐 말야. 우리는 돈이 남아돌아서 걱정이고, 그편은 돈이 모자라서 걱정이니까. 요컨대 자연이 순리를 따르듯, 그리고 인간관계라는 것도 피차 생겨 먹은 대로 이듯이, 나라 사이도 매한가지야. 현재의 분수만큼으로 관계가 생기거든. 그게 뭐가 나쁘다는 말야."

"옳아, 옳아, 옳았어!"

비행기 안은 이렇게 지저분한 얘기들로 꽤나 질탕하고 저속한 분위기였는데, 더구나 이번 50여 명의 관광단은 모 재벌에서 제 산하의 매상고를 많이 올린 소매상들로 하여금 위로 여행 겸 20여 명이나 한 떼거리로 묶어 원체 질이 안 좋았고 비행기 안에서부터 제 세상 만난 듯이 어지간히 설쳐쌓고 시끄러웠다. 심지어는 벌써부터 비틀거리며 양주병을 들고 이 자리 저 자리로 왔다 갔다 하는 사람까지 있었다.

게이조오는 하필이면 이런 패거리에 껴든 것이 뒤늦게 슬그머니 후회가 되었지만, 우선은 손쉽게 한국으로 나가려니까 관광회사의 모집광고만 보고 전화로 신청한 것이 애초에 불찰이었던 셈이다. 사흘 후인가, 회사로 수속을 하러 갔었는데, 특별 서비스 요금이라는 난이 노골적으로 붙어 나온 종이를 받아들며 게이조오는 적지 않게 당혹해졌다. 원체 적지 않은 액수여서 이게 뭐냐고 차마 물어 볼 수도 없는 일이었고 여기저기서 들은 얘기로 대강 짐작은 되었지만, 설마 이런 일이 이 정도로 공공연하게 자행되리라고는 미처 생각하지 못했던 것이다.

게이조오는 가벼운 하품 섞어 기창 바깥으로 눈길을 돌렸다. 어느새 구름 틈으로 빼꼼히 뚫리듯이 바다가 내려다 보였다. 바다는 구름에 가리다가 다시 나타나다가 하였다. 다시 나타날 때마다 바다는 햇볕 속에서 온통 은빛 구슬을 깔아 놓은 듯이 반짝이고 있다. 그 바다를 잠시 내려다보고 있노라면 깜박깜박 하듯이 어느새 바다는 신선한 설경이 되어 있곤 하였다. 게이조오는 몇 번을 소스라치게 깜짝 놀랐다.

그러자 문득, 그 옛날 어느 날의 일이 선명하게 떠올랐다.

삼십여 년 전, 눈이 내리던 초저녁이었다.

하늘은 희뿌옇게 흐려 있었고 함박눈이 조금 뜸해진 틈에 주변의 먼 산, 가까운 산이 선명하게 제 모습을 드러내었고, 이 집 저 집 마당에서는 눈 내린 저녁답의 즐거운 아이들 목소리며, 눈을 쳐내는 나무가래 소리가 한가하게 들리고 있었다. 여덟 살인 게이조오도 굽 높은 어른 게다를 끌고 어기적어기적 길목까지 나갔다. 저만큼 눈 덮인 언덕길을 소달구지 한 대가 올라오고 있고, 그 옆에 검정장화에 당꼬즈봉 차림의 아버지 다쯔오가 자전거를 한 손으로 끌며 불거우리하게 술기운이 있는 얼굴로 걸어오고 있었다. 달구지는 큰 문 앞에서 섰다. 그러자 달구지 속에서 흰 저고리에 검정치마 차림의 체수 작은 낯선 여자 하나가 조그마한 보퉁이를 안고 홀짝 눈 위로 뛰어 내렸다. 다쯔오는 자전거를 기우뚱하게 잡은 채 수염이 시커먼 달구지꾼과 몇 마디 주고받고 있고, 이 사이 낯선 여자는 무표정하게 깊숙한 눈길로 과수원 속을 들여다보고 있었다.

'저 여자구나. 새 집에 들어올 여자가 저 여자인가부다.'
하고 게이조오는 속으로 중얼거리며, 가까이 다가갔다.

며칠 전에 과수원 입구의 허드레 창고로 쓰던 헛간을 개수하여 새로 방 하나를 들이고, 이엉도 새로 했던 것이다. 그때 일군들이 작은어머니 하나가 들어온다고 게이조오에게 귀띔해 주었다. 그런 귀띔이 아니더라도, 할머니와 형님들이 연일 수군거리는 기척으로 근일 안으로 무슨 일이 있으리라는 것을 짐작은 하고 있었다. 어머니는 그런 일에 처음부터 초연해 있었다. 본시 그런 사람이다. 체대가 크고 과묵하고 붙임성이 없는 성격이었다. 근 십 년을 살아오면서도 한동네 조선사람들과는 전혀 어울려 들려고 하지 않았고 과수원 속 깊숙이 들어앉은 높은 이층집 안방에만 종일

들어박혀 있을 뿐이었다. 자연 과일을 받으러 오는 동네 아낙네들과 값을 흥정하는 일이라든지, 오가리를 씌우는 일, 과일 따는 일 등등 여자들이 나서서 해야 할 일까지도 일일이 아버지 다쯔오가 아니면 할머니가 나서야 하였다.

다쯔오는 타고난 성격으로도 기왕 이 동네로 들어와 사는 바에는 동네 조선사람들과도 자주 어울리려 하였고 동네 유지들을 불러다가 이따금 술자리를 베풀기도 하는 것이었는데, 그런 때에도 주로 할머니가 시중을 들곤 하였다. 그러나 아무리 그래본들 동네 조선사람들의 게이조오 집에 대한 의식의 근저에는 한동네 조선사람들과는 전혀 상종을 않으려고 드는 게이조오 어머니가 집요하게 거치적거렸을 것이다. 더러는 일본 기모노 차림으로 깊숙한 과수원 속을 어른거리는 어머니의 모습이 약간은 신비의 베일 너머로 넘겨다보였을 터였다. 그런저런 이유로 아버지는 조선 여자 첩을 얻는 구실로 삼았지만, 굳이 그런 핑계가 아니더라도 아버지 성격에 조강지처인 어머니 하나로 만족하지 못하리라는 것은 이미 여덟 살 나름으로 게이조오도 어렴풋이 짐작은 하고 있었을 것이다.

다만, 할머니 생각으로는 기왕에 조선 여자로 첩을 얻는 바이면 같은 동네 여자를 들이고 싶어하고, 그쪽으로 물색도 한 모양이지만 아버지는 이미 점찍어 놓은 여자라도 있었는지 완강하게 반대를 하여 그새 할머니와의 사이에 약간의 실랑이가 있었던 모양이다.

아무튼 그날 저녁 이렇게 새 여자가 들어온 것이다.

정작 여자가 들어오자 자발스럽도록 활달하고 단순한 편인 할머니는 여간 자상스럽지가 않았다. 새 여자가 첫눈에 마음에 든 모양으로 노상 싱글벙글하였고, 머슴을 시켜 장작불을 넣게 한다, 손수 저녁밥을 지어 내간다, 손자들에게도 괜스레 쉬쉬하며 부산을 떨었다.

어두워지자 새로 들인 방에서는 따뜻한 등잔 불빛이 내비치고, 방문 앞 봉당에는 아버지의 검정 장화와 그 여자의 하얀 고무신이 가지런히 놓여 있고 일본말 조선말이 뒤섞인 아버지의 낮은 목소리가 새어 나왔다.

이날 저녁 게이조오는 무언지 집안 분위기가 불안하고 수선스러워 어른들 모르게 그 어두운 봉당 구석의 벽 틈에 가만히 서 있었던 것이다.

"내 말 알아듣겠나?"

아버지 다쯔오가 말하였다.

"기왕 네 집은 망한 집이다. 오라버니들이 함흥 형무소에 살아 있다고는 하지만 죽은 목숨이나 매한가지야. 살아 나오지는 못할 것이다. 살아 나온들 온전한 사람구실 하기는 글렀다. 내 말 알아듣겠나?"

"……"

"네 집의 대를 이을 사람은 오로지 너 뿐이라는 말이다. 그렇다면 네 집안을 생각해서라도 네 책임은 막중하지 않겠나. 그야, 나는 일본 사람이다. 네 집안으로 보자면, 네 집을 그 지경으로 만든 장본인의 하나요, 적이다. 하지만 그런 앙심과 원한을 가져본들 이미 아무 소용이 없어. 기왕에 이렇게 된 것도 운명이라면 운명이고, 인연이라면 인연이 아니겠나. 네가 이 집으로 들어오게 된 그런저런 사정만을 억울하게 생각할 것은 없는 거다. 어쨌든 너는 나를 통해서라도 네 집안을 다시 일으켜야 할 막중한 책임을 지고 있다는 말이다. 기왕 나로서도 이렇게 된 바에는 이 점 깊이 명심하고 있다. 네 오라버니들 문제도 크게 희망을 갖지 말라마는 내 힘 자라는 데까지 애를 써 보겠지만 기어이 가망이 없을 때는 네 몸에서 나오는 아이들을 네 성을 갖게 해서 네 집을 잇도록 하겠다는 말이다. 어떻게 들으면 이 말이 너의 집으로서는 더 없는 치욕으로 들릴 것이다만 그렇게 고깝게만 생각지는 말어라. 나로서는 나대로 진정이 담긴 말이니까. 내 피가 너의 집안에 섞여 든다는 쪽으로만 생각하지 말고 우리 사이의 자식을 너 자신의 피쪽으로 받아들일 수 있지도 않겠나. 조씨의 피로. 그러기에 네 성을 좇도록 하겠다는 것이 아니겠나. 거듭 얘기다만, 이건 나대로의 진정이다. 이 점 믿어다오. 모든 일은 세월이 해결해 줄 것이다. 알겠나?"

"……"

"살아보면서 익숙해지면 곧 알 것이다만, 내 큰마누라에 대해서는 전혀 신경 쓰지 말아. 그 사람은 본디 목석이니까. 어머니는 너를 더 귀여워할 것이다. 이제부터는 네가 이 집의 사실상의 안쥔 노릇을 해야 된다. 과수원의 그런저런 일이며 이 동네 조선인 아낙네들과의 일이며, 매사 집안일을 네가 꾸려나가야 할 것이다. 네가 사실상의 안쥔 노릇을 해줘야 되어. 네가 이 집으로 들어오게 된 경위는 기구하다면 기구하겠다만, 내가 너에게 기대하는 것은 우리집과 이 동네 토박이 조선사람들과의 사이를 원활하게 하는 윤활유가 되어 달라는 것이다. 내 말 알아듣겠나."

"……"

"거듭 얘기다만 내 마누라는 목석이나 다름없다. 겪어 보면 곧 알게 될 것이다. 하지만 내일 조반 후에 들어가서 인사는 해야 할 것이다. 이쪽에서 차릴 예의라는 게 있지 않겠느냐. 거듭 부탁한다. 서로 의지해 가면서 살아 보자. 내 말을 알아듣겠나."

"……"

여자는 시종 대답이 없고, 잠시 후 숨죽인 처절한 울음소리가 터져 나왔으나 금방 뚝 그쳤다.

그뿐, 방안은 조용하였다.

게이조오는 무언가 아이들이 들어서는 안 될 소리를 들은 듯하여 그 봉당에서 다시 눈이 퍼붓는 바깥으로 가만가만 빠져 나왔던 것이다. 가슴이 울렁이고 옥죄어 오는 느낌이었다. 아버지와 그 여자 사이에는 아이들로서는 도저히 이해할 수 없는 깊은 사연이 있어 보였던 것이다.

이튿날 저녁, 밤새 그리고 온종일을 퍼부은 눈으로 동네는 온통 깊숙하게 가라 앉아 들었는데 다쯔오는 동네의 몇 유지들을 불러 새로 들인 그 방에서 술자리를 벌였다. 깊은 눈 속이어선가, 방문이 여닫힐 때마다 등잔불이 내비치는 그 방은 유난히 그 무슨 동굴 속처럼 유현하게 들여다보였다. 술 취한 조선 사람들이 조선말로 떠들썩하고 있었다. 이따금씩 껄껄 웃곤 하는 다쯔오 옆에는 체수 작은 그녀가 앉아 눈 덮인 바깥을 멍하게 내다보곤 하였다.

본시 아버지 다쯔오가 그 석산리로 들어간 것은 게이조오가 두 살 적 1930년이었던 모양이다.

따라서 그 때 저간의 경위는 게이조오도 커가면서 차츰 알게 된 것이지만, 처음 석산리로 들어갈 때에는 그 마을 토박이들과의 사이에 꽤나 말썽도 많았던 모양이다. 으례 그랬을 것 아닌가. 석산리 전체가 한 문중이어서 여느 성姓 가진 외방사람조차 들이기를 꺼렸던 모양인데, 지구헌병대에 있던 일본인 하나가 난데없이 들어온다니, 온 동네가 발칵 뒤집어 졌을 것이었다. 그 무렵 다쯔오는 예비역으로 물러나 시내 일본인 거주지에서 잠시 초등학교 교사 노릇을 하다가 과수원 경영에 뜻을 두고 인근 농촌을 살피던 중 석산리가 구미에 당겼던 것이다.

안변평야 넓은 들이 앞으로 펴져있고, 오른쪽으로는 낭성에서 성북리를 거쳐 명사리에 이르는 명사십리의 송림이 멀리 내다보이고, 오계와 안변읍 중간쯤이어서 교통도 더 바랄 수 없이 맞춤한 곳이었다.

다쯔오는 원체 무리한 것을 요구했다. 동네 뒤의 석산 바로 옆 야산을 통째로 사겠다고 나선 것이다. 석산리 조선 사람들로서는 이건 날벼락이었다. 비록 나라 망하는 것은 눈 뜨고 볼지언정, 이 일은 참을 수가 없었을 것이다. 아니 차라리 나라 망한 실감이 제 발등에 당장 불이 떨어지는 지금에 와서야 비로소 제대로 실감으로 느껴졌을 것이다. 동네 어른들이 들고 일어나고, 족회를 열고 하였지만, 뾰족한 수가 없었을 것이다. 고작 진정서를 들고 동네의 유지 몇 분이 바쁘게 이리저리 나다니고 향교까지 한몫 맡고 나섰지만 별무 소용이었을 것이다.

보름쯤 지나 느닷없이 야산 임자인 종갓집 중늙은이가 지구헌병대로 잡혀갔다. 그리고 그날 그곳에서 매매계약이 이루어졌고, 시내에서 술 한잔 질탕하게 마심으로써 모든 일은 간단히 끝이 나버렸던 것이다.

다쯔오는 곧 인부를 사들여 개간을 시작, 2년 후에는 그 야산 전체가 제법 과수원의 구색을 갖추어갔고, 한가운데 일본식 이층집도 지었다. 이미 석산리 사람들도 기정사실로 받아들여 <일본집> 혹은 <이즈미집>으로 불러 주고 있었다. 그러나 정작 다쯔오도 이렇게 7~8년간 사는 동안 나이가 들어가는 탓인가, 처음 이 동네로 들어올 때의 군대식 우격다짐과는 달리, 한동네 조선 사람들과 좀 더 따뜻하게 어울려 들지 못 하는 데에 일말의 쓸쓸함을 느끼기 시작했던 모양이었다. 하긴 이 점으로 말하더라도 할머니 쪽이 더 했을 것이다.

그렇게 겸사겸사로 갓 스무살인 조선 여자 그녀가 아버지의 첩으로 들어오게 된 것이다.

그 후, 과연 그녀는 다쯔오의 바람에 십분 부응을 하였다. 역시 체수가 작고 부지런하던 할머니와 금방 단짝이 되어, 새벽 일찍 일어나 밤늦게까지 집안의 안팎일을 가로 맡아 손에서 물기 마르는 일이 없었다. 과수원 일을 비롯하여, 음력설, 단오, 추석이며, 야학에 나가는 일이며, 동네 아낙네들과도 전혀 상거없이 지냈다. 할머니도 이모저모로 여간 흡족해하지 않았고 이 조선 여자 며느리를 여간 끔찍하게 알지 않았다. 네 살 터울로 게이스께, 게이꼬까지 낳게 되자 그녀는 날이 갈수록 모든 것을 체념하고 당장의 하루하루에 마음을 붙이고 살게 되었다. 아이들의 적籍도 친정 쪽으로 올리지 않고 자진해서 이즈미 성姓으로 올렸던 것이었다.

그 즈음부터 비로소 게이조오도 그 여자가 작은어머니 같아졌고, 서로 허물없이 지내게 되었는데, 게이조오가 그 작은어머니의 저간의 사정을 뒤늦게나마 알게 된 것은 그러니까 태평양 전쟁도 이미 고비가 기울어 게이조오가 중학교에 들어간 후였다. 그녀가 처음 이 집으로 들어올 때부터 대강 짐작은 했으나 정작 자세한 내용을 듣고서는 적지 않게 충격을 받았다. 그녀의 친정집은 본시 인근에서는 누구나 알아주는 뿌리 깊은 명문 집안이었는데, 소위 조선 독립운동으로 온 집안이 폭삭 망하고 남은 친정 식구라곤 반은 몽유병자가 된 늙은 어머니 하나와 함흥 형무소에서 무기징역을 받고 살고 있는 두 오라버니 뿐이었다는 것이다. 결국 그녀는 열여섯 살에 의지할 데 없는 고아나 다름없이 되었는데 그녀 오라버니의 수사를 맡았던 일본인 하나가 동정심에서 그녀를 양녀 겸 식모로 맡아 기르게 되었던 것을 마침 그 자와 막역한 친구지간이던 아버지 다쯔오 쪽에서 눈독을 들여 그 자에게 청을 넣더라는 것이다.

그 늙은 어머니인들 마지막 기억력이라도 남아 있었다면 그나마 버텨 보기라도 했겠는데, 이미 집안에 어른이라곤 한 사람도 없고, 배 다른 소생의 6촌 하나가 제삿날이라도 기억해 두었다가 들여다보는 정도여서 그녀의 어머니는 형편이 어떻게 돌아가는지도 모르게 늙마에 거의 백치나 마찬가지였다고 한다. 태평양 전쟁이 나던 해 초봄에, 기어이 늙은 어머니도 지긋지긋한 이 세상을 하직하여, 그 후로는 다쯔오에게서 두 남매까지 두게 된 그녀인들, 모든 것을 운명으로 돌리며 친정 쪽은 아주 망한 집안인 셈 잡고 아예 발걸음조차 하지 않았다고 한다. 덩다랗게 남은 고옥인 친정집은 그냥 문중에서 관리하는 형편이었던 모양이다.

45년 8월 종전이 되자, 아직 한창 나이 스물아홉 살인 그녀는 다쯔오의 가슴에 얼굴을 파묻고 한바탕 서럽게 울었다.

그러나 사흘 후에는 친정 쪽에서 기별이 오자, 새침하게 가라앉은 표정으로 그때 여덟 살이던 게이스께와 네 살인 게이꼬 남매에게 새 옷으로 챙겨 입히고 함흥 형무소에서 나온 오라버니들을 만나려고 집을 나섰다. 일언반구 말이라곤 없었고 다쯔오도 물끄러미 모자母子 셋이 가는 뒷모습을 지켜 볼 뿐이었다.

나흘 후, 아이들을 앞세우고 다시 돌아온 그녀는 역시 일언반구 말이 없고 아무런 내색도 안 내었다.

게이조오는 담배를 피워 물었다.
어느새 비행기는 다시 두꺼운 구름 속으로 들어가 있었다.
"이번 멤버는 워낙 질이 낮군요. 정말 당국에서도 이건 재고를 해야지, 이런 식이니까 한국에서도 반일 기운이 번지는 것 아니겠습니까?"
약간 주볏주볏하듯이 옆자리의 나가노가 말하였다. 처음에 비행기에 탔을 때 피차 인사를 나누었는데, 관광단의 멤버는 아니고 상용으로 간다고 하였다. 게이조오는 건성으로 인사를 나누었으나 처음에는 그의 인상이 그닥 안 좋아 보였다. 얄팍한 가슴에 앞으로 조금 까불어진 어깨며, 짧은 목이며, 작은 체구에 도수 높은 안경까지 낀 옴폭한 얼굴에 빠른 하관이며, 전형적인 일본인의 얼굴이었고 체신머리가 없어 보였다. 그러나 인사를 나누면서 짧게 몇 마디 건네자, 어느새 피차의 분위기를 그쪽 페이스로 휘감아 들이는 힘을 갖고 있었고 금방 게이조오 편이 멀컹한 위인임이 드러나는 듯하여 주눅이 드는 느낌이었던 것이다.

나가노는 엷게 웃는 얼굴로 물었다.
"한국은 처음이십니까?"
"……네"
하고 게이조오는 조금 망설이듯이 덧붙였다.
"실은 종전까지 거기서 낳고 자랐습니다만."
"그랬습니까? 어디에 계셨나요?"

"안변이라는 곳입니다. 어린 때였습니다만."

"아, 안변, 저도 압니다. 항구도시 원산 옆의."

"맞습니다. 지금은 북한입니다."

"북한이라는 곳은 원체 돈의 힘이 못 미치는 곳이니까. 세계 각처 안 돌아다닌 데 없이 돌아다녔지만 북한과 중공은 아직 못 가보았지요. 중공은 조만간 갈 수 있으리라고 여겨집니다만."

나가노는 게이조오의 정체가 무얼까 하고 짚어보는 듯한 눈길로 흘끔히 모로 쳐다보았다.

게이조오는 이 눈치 빠른 자가 벌써 이쪽의 형편이나 한국으로 나가는 목적을 꿰뚫어 보지나 않았는가, 한국에서 태어났노라고 괜한 소리를 하지나 않았나 슬그머니 후회가 되었다. 다음 순간,

"북한에서 태어났다니까 조금 다르긴 하겠지만 혹시 한국에 연줄이라도 닿은 사람이 있어서 나가는 것은 아닙니까. 그런 경우도 많이 있는 모양이던데요."

하고 나가노는 그냥 지나가는 소리처럼 물어왔지만 게이조오는 화다닥 놀라며 가슴이 철렁하였고, 그 김에 저도 모르게 불쑥 실토를 하고 말았다.

"네, 실은 아버지의 한국인 부인이었던 여자와 연락이 닿아서…… 그쪽으로도 소생이 둘이나 되지요. 이를테면 이복동생들인 셈인데, 가서 만나질지나 모르겠습니다. 조치원에 있다는데."

"그런 형편이면 하필 관광단에 끼서 갑니까?"

하고 나가노는 뿌득뿌득 제 명함을 꺼내 주었다.

"그야 댁의 형편대로 하십시오만 만일의 경우에라도 피차 알아두어서 나쁠 것은 없지 않겠습니까, 외국에서 동국인끼리. 하긴 가보시면 아실 테지만 한국은 이미 외국 기분도 안 날 테지만 말입니다."

게이조오는 께름한 느낌으로 명함을 들여다보았다. 야마나까山中 무역상사의 한국지사장으로 되어 있었다.

"아, 네."

하고 게이조오가 시큰둥하게 말하자, 나가노는,

"실은 한국의 무역거래법으로는 외국인 수출입 허가를 받지 못하고 있기 때문에 단순한 오퍼상 등록만 내어서 주로 한국 무역업자들의 거래알선을 하는 셈입니다만, 암튼 잘 만났습니다. 한국에 체류하는 동안 전화 주십시오."

하고는 한국에 진출한 일본 무역업자들의 얘기를 길게 늘어놓기 시작했다. 현재 23개 상사가 한국으로 나가 있는데 전 세계에 걸친 여러 거래망과 신속한 시장정보, 방대한 자본력, 무한한 금융지원으로 한국 수출시장의 주도권을 잡아가고 있는 형편이고, 이미 그들이 한국 총 수출에서 차지하는 비중은 지난 72년에도 23.4%나 점하고 있었다고 했다.

그들 한국에서 일본 상사들의 하는 일을 대강 구분해 보면, 첫째, 일본의 본사를 대리한 자기 명의의 직수출. 둘째, 일본 국내의 본사를 제외한 여타 바이어를 위한 거래알선. 셋째, 일본 이외의 제 3국 지역에 대한 거래알선 등인데, 주요 취급 품목을 보면 조미 오징어, 신발류, 금속제품, 피복류 홀치기제품, 연 및 아연, 철강재, 섬유제품, 가 눈썹, 생사, 규석, 돼지고기, 활성탄소 등으로 다양하다고 한다. 특히 총 23개사 가운데 일본 내에서도 이름 있는 미쯔비시, 미쯔이, 마루베니, 이또오쥬우, 스미도모 등 10여 개의 종합 무역상사들은 한국 지점의 규모가 한국의 큰 종합 무역상사들과 거의 맞먹는다고 한다. 그런저런 얘기를 너저분하게 지껄여서 게이조오는 약간 지쳐오는 느낌일 때 어느새 김포공항에 닿아 있었던 것이다.

제 2 장

1

 "언니야? 난데, 경순인데, 경희언니랑 지금 여기 같이 있어."
 순간 경자는, 아이구머니나 하고 정신이 번쩍 들며 급하게 수화기를 왼쪽 귀에서 오른쪽 귀로 옮겨 잡았다. 되도록 침착하게 물었다.
 "대체 거기가 어디냐?"
 "로얄호텔이유. 경삼이 오빠도 지금 만나구 있는데 도대체 말이 통해야지. 셋이 다 눈만 뻐끔히 뜨구 어리둥절해 있어."
 "……"
 "언니, 어서 채비하구 이리루 나와."
 "엄마랑은 큰오빠는, 안 올라왔니?"
 "나만 올라왔어. 우선 경희언니한테 들렀는데, 김포에 마중을 나가기엔 시간이 늦었구 해서 여기저기 전화로 알아보구 여기 로얄호텔에 묵는다는 걸 알아냈어."

"그래, 지금 만났다는 말이냐. 거기 같이 있다는 말이냐."

"그렇다니까. 거짓말같음, 경삼이 오빠 전화 바꿔주까?"

"그만둬라. 바꾼들 나도 말 안 통하긴 매한가지지."

"그럼 어떡해. 하여튼 언니가 나와야 될 거 아냐. 언니를 불러내겠다고 했걸랑."

"그래 나가마."

수화기를 놓자 경자는 노여움 반 흥분 반 입술을 지그시 깨물며 마루 한가운데 잠시 그대로 섰다가 다소곳이 화장대 앞에 앉았다.

곧 30년 만에 게이조오 오빠를 만나게 된다는 쪽으로는 아무런 감개도 없고 전혀 무심천이었다. 도대체 일본 있는 아버지며, 곧 만나게 될 게이조오 오빠며 털끝만큼이나마 기억되는 것이라곤 없는 것이다. 무언가 비벼볼 언덕이라도 찾듯이 그들에 대한 기억의 편린을 온 머릿속을 발칵 헤치고 뒤지며 찾아보지만 아무 끈터귀도 잡히는 것이 없어, 어느새 경자는 멍하게 거울 속을 들여다보는 자기 얼굴과 부딪혀 화다닥 제정신으로 돌아오며 그런대로 두 손은 정성스럽게 얼굴을 매만졌다.

그들과 헤어진 것이 1946년 초여름, 다섯 살 적 이었으니 당연히 그럴 일이었다. 아슴푸레하게나마 깊은 안개 속처럼 기억이 있다면 할머니를 묻으러 따라갔을 적의 철쭉 꽃밭이었다. 누군가가 철쭉꽃 한 무더기를 가슴에 안겨줘서 덮어놓고 좋아했던 기억이 약간은 있다. 그리고 개인 듯 흐린 듯 봄날 특유의 황사낀 뿌연 백일 분위기도 그렇게 누군가의 손에 이끌려서 아장아장 동산을 내려오던 일이 희부옇게 떠오를 뿐, 그 밖에는 아무 기억도 없다. 다만 해방되고 며칠 후 어머니랑 셋이서 덕원 외갓집으로 갔던 일은 이상스러울만큼 희한하게도 기억이 또렷하다. 어머니는 길을 걸으면서 쉬임없이 눈물을 흘렸지만, 성갑이 오빠와 자기는 그냥 나들이 기분으로만 들떠 있었던 것이다. 넓은 안변평야를 오른쪽으로 내다보며 왼편으로는 산을 끼고 그렇게 안변읍까지 나갔던 것이다. 인적이 뜸한 안변역 대합실에서 서너 시간이나 기다렸다. 어머니는 텅 빈 대합실 의자에 앉아 혼자 울다가는, 이따금 한길로 나와서 남매를 불러들이곤 하였다. 그때마다 충혈이 된 눈이 팅팅 부은 어머니 얼굴을 이상스럽다는 듯이 한참씩 올려다보곤 했던 것이다. 그러나 금방 잊어버리고, 다시 역 바깥의 한길로 뛰어나가곤 하였다. 오후 늦게 기차를 탔던 모양이지만, 기차 속에서의 일은 전혀 기억이 없고 땅거미가 질 무렵 외갓집에 닿았다. 집 담을 따라 심어져 있는 물푸레나무 숲이 저녁 그늘에 울울하고, 촉수 낮은 전등불이 마당으로 내비치고 있었다. 마당에는 멍석을 깔고 모깃불을 피우고 있었고 동네 사람들 여럿이 왁자지껄하며 앉아 있다가 남매의 손을 이끈 어머니가 들어서자 갑자기 조용해졌다. 어머니는 터져 나오는 통곡을 목구멍으로 끄며 부엌문 쪽으로 들어가는 것이었고, 낯모를 사람의 손에 이끌려 경자 남매는 기직을 깐 마루로 올라섰다. 까닭 모르게 무섭고 가슴이 후들거렸지만 웬일인지 쉬이 울어지지는 않았다.

  마루보다 한발 폭 파여져 있는 온돌방으로 들어서자 누군가 부리부리한 목소리로 말하였다.

  "너희들은 처음 보겠구나. 외삼촌들이다. 어서 절해라."

그 옆에서 중년 여편네 하나가 말은 없이 끌끌 혀를 찼다.

성갑 오빠와 같이 들어서 가지런히 절을 하고 머리를 들자, 올이 가는 삼베 바지저고리 차림의 얼굴색이 하얀 두 사내 가운데, 눈썹이 짙고 수염이 시커먼 사내가 껄껄 웃으며 성갑 오빠의 머리를 쓰다듬어 주고 있었다.

"이름이 뭐냐. 그 놈 잘 생겼군."

그러자 종전에 혀를 끌끌 차던 여편네가 받았다.

"보나마나 일본 이름일 텐데 뭐. 이제부터 갈아쳐야지. 아무튼 늬들도 기구하게 태어났다."

뒤에 들어서 알았지만, 성갑이 머리를 쓰다듬어 주던 사람이 큰외삼촌이었다.

바로 그때였다. 얼굴을 두 손으로 감싸 쥔 채 터져 나오는 통곡을 참으며 어머니가 방안으로 들어서더니 그냥 방 한가운데 엎어지며 그대로 울음을 터뜨렸다. 그와 동시에 두 외삼촌도 일어서고 좀 전의 여편네도 일어서며 어머니를 일으켜 세워 앉히었다.

"애들 보는데 무슨 짓이냐. 어서 그쳐라."

작은 외삼촌이 핀잔하듯이 말하자 어머니도 금방 울음을 끄고는 수선스럽게 눈물을 훔쳐내며,

"앞골집 아지미, 나 냉수 한 그릇만 떠다 주겠소?"

하고 금방 가라앉은 목소리로 좀 전의 여편네에게 말하던 것이었다.

이때 경자 남매는 웃방과 통하는 벽 틈에 서서 감히 울지도 못하고 그저 달달 떨고만 있었던 것이다.

그때 일을 떠올리며 도리어 지금에 와서야 경자는 가슴이 찡해오고 두 눈에 눈물이 고여 온다.

지금 이 마당에 엉뚱하게도 처음 외갓집에 갔던 일이 떠오르다니, 경자는 비시시 쓴웃음을 흘리며 눈가장이로 눈물이 뾰조록히 돋아나온 것을 거즈로 조심스럽게 훔쳐냈다.

그건 그렇고, 대체 어찌된 영문일까. 게이조오 오빠를 가서 만난 것이 경희와 경순이라니. 그러나 영문을 알고 모르고 할 것도 없다. 일이 벌어진 것으로 보아 뻔했을 것 아닌가.

거듭 생각할수록 어머니와 성갑 오빠가 괘씸하다. 모든 일을 이런 식으로 슬그머니 자기에게 몽땅 떠넘긴 셈이다. 경순이가 게이조오 오빠의 마중을 하러 올라온 것도 어머니나 성갑 오빠가 몰랐을 리가 없다. 몰랐기는커녕 암암리에 서로 양해가 되었을 것이다.

며칠 전 경자가 조치원으로 내려갔을 때도 과수원에서 복숭아를 받아다가 시장에 떠넘기고 마악 들어선다는 어머니나, 양어장에서 들어온다면서 진흙발에 검초록색 반바지 차림의 성갑 오빠는 이런다거니 저런다거니 분명한 말은 되도록 피하고, 처음부터 떱떠름하게 경자쪽 눈치만 살피던 것이었다. 그리고 셋이 북향 마루에 앉아 주거니 받거니 하는 애기를 의붓아버지 박훈석이가 안방에 누워서 듣고 있었다. 경자는 그 안방의 의붓아버지 기척이 어쩐지 처음부터 신경에 쓰였던 것이었다.

"그러니 어쩐다? 전혀 시치미 떼고 모르는 척 할 수도 없는 거 아닌가."

하고 성갑 오빠가 반 혼잣소리처럼 말하자,

"그쪽에서 기별이 안 왔다면 모르지만 아무 날 아무 시 김포에 닿는다고 알려온 이상 입 싸악 씻고 모르는 체 하기도 그렇고, 그렇다고 동네방네 떠들썩하며 우르르 마중을 나가재도 그렇고, 일이 적잖이 남감하게 됐구나."
하고 어머니는 받았지만, 이미 어머니의 표정은 어차피 만나게 되는 쪽으로 대강 작정을 하고 있는 얼굴이었다.
"그렇지요. 전혀 안 만날 수는 없지요. 그편에서 이쪽 주소를 알고 있으니, 이 조치원까지 찾아내려 올 수도 있는 것이고 그렇게 되면 도리어 피차에 더 서먹서먹해지기나 할 것이고"
하는 성갑 오빠의 말에 경자가 나섰다.
"그럴 리는 없어요. 여기까지 찾아 내려오지는 못 할거예요. 그동안의 편지거래로도 이쪽 눈치를 대강 짐작하였을 테고, 관광단에 끼어오는 것부터가…… 분명하게 우리를 만나러 온다면 하필 관광단에 끼어 오겠어요? 아무도 김포공항으로 마중을 안 나가면 섭섭한 대로 그냥 돌아갈 거예요."
"그럼 그렇게 돌아간 다음에는, 그것으로 모든 것이 끝나질 것 같으냐. 서로 편지거래도 뚝 끊어지고 그렇게는 안 될 거란 말이다. 요즘의 한일관계 전체를 보더라도 그렇잖으냐. 그런 바이면, 굳이 만나는 일까지 피할 것은 없어 보인다. 떳떳하지도 못하고"
"글쎄 오빠말도 일리가 있겠지만 한 번쯤 그냥 돌려보냈으면 하는 제 생각이 더 이치에 닿을 것 같아요."
"글쎄다. 네 이치라는 것도 어느 정도 짐작은 된다마는 좀 야박스럽다

출렁이는 유령들 1 69

는 느낌이 드는구나."

"대체 한일 관계 전체라는 건 뭐지요? 그런 건 처음부터 없어요. 한 사람 한 사람이 그때그때 부딪치는 한일 관계가 바로 한일 관계지요."

어머니가 다시 나섰다.

"글쎄다. 어쨌으면 좋을는지. 아무튼 너희들이 확고하게 만나고 싶잖다면 나는 너희들 의향을 쫓겠다만."

이미 그렇게는 안 될 거라는 여운이 어머니의 말투에는 스며있어 보였다.

성갑이 새 담배에 불을 당기며 조심스럽게 다시 말했다.

"이럭하면 어떻겠어요. 일단 기별이 온 이상, 전혀 모르는 체 할 수 없는 일이니까, 어머니가 혼자 나가세요. 그렇게 일단 어머니부터 만나보고 나서 그때 형편대로 저나 경자나 만나든지 말든지 그러는 게 좋을 것 같군요."

그러나 어머니는 즉각 강경하였다.

"싫다, 난 혼자서는 싫다."

그 이상은 아무도 더 말을 꺼내지 못했다. 어머니의 표정에는, 그 누구도 감히 범접하지 못할 강렬한 의지가 번득이고 있었던 것이다.

결국 이 정도로 확실한 결론을 내리지 못한 채 경자는 그냥 서울로 올라와 버리고 말았다.

그러나 지금 경순이 전화를 받고 나니, 경자는 요 며칠 동안의 자기가 얼마나 오활했던가 싶어진다. 필경은 이렇게 부딪치게 될 것이 전후사정으로 보아서 뻔했음에도 말이다. 그 때 조치원으로 내려갔을 때 혼자서라도 기어이 김포공항으로 마중을 나가겠다던 경순이 말을 미루어 봐서도 이 일에 임한 조치원 집안의 분위기는 뻔히 읽혀지던 것이었다. 그럼에도 어머니와 성갑 오빠와의 3자 대면에서 그 얘기조차 한마디도 꺼내지 못했다니. 아무리 철이 없는 경순이지만 그런저런 소리를 펑펑 지껄이고 있는데, 대체 어떻게 된 일이냐고 따끔하게 한마디 했어야 옳았을 터였다. 그러나 그때 차마 그 소리를 입 밖에 내지 못했던 것은, 이미 조치원집의 분위기가 그러저러한데, 괜스레 어머니나 오빠로 하여금 무안만 당하게 할 것이 없다는 배려에서였을 것이다. 아니, 그보다도 안방에 누워있는 의붓아버지 박훈석을 부지불식간에 의식했기 때문이었으리라.

경자는 핸드백 하나만 댈롱 든 채 가벼운 차림으로 집을 나섰다.
연희동 뒷산에는 철늦은 아지랑이가 아른거리고 날씨는 쾌청이었다.
'아무튼 어쨌거나 만나보는 거지 뭐.'
하고 새삼 마음을 도사리면서도, 도사리고 자시고 할 것도 없이 무언지 공소한 느낌이어서, 경자는 거듭 가볍게 하품을 하였다.
일본서 건너온 오빠를 만나러 가는 마당에 연성 외갓집에 다니던 일만 떠오르는 것은 웬 영문일까. 경자는 홍은동 쪽으로 빠지는 택시 속에서도 먼 북한산 산마루 쪽으로 눈길을 둔 채, 어릴 적 외갓집에 다니던 일을 떠올리고 있었다.
의붓아버지 박훈석이가 들어온 연후에도 경자 남매는 어머니와 같이 덕원의 외갓집으로 자주 드나들었다. 함흥형무소에서 출옥하자 큰외삼촌은 시당에서 일을 보다가 얼마 후 곧장 도당 선전부장 인가로 옮아앉았다. 따라서 경자 남매도 이 무렵에는 해방 직후에 찾아갔던 그 음울한 물푸레나무가 을파자로 덮여있던 덕원의 외갓집이 아니라, 어느새 일본인들이 살던 시내의 적산가옥 관사로 찾아갔었다. 그러나 덕원의 외갓집은 47년 초까지도 명색이나마 외갓집이었는데, 그 후 이 고가는 큰외삼촌 스스로 조상대대로 종살이를 해오던 일군과 그 밖에 그 마을 농군 서너 세대가 들어 살도록 리 당국에 내놓았던 모양이다. 경자 남매가 마지막으로 그 덕원 외갓집으로 찾아갔을 때는 이미 옛 고가의 뿌리 깊은 분위기도 깡그리 사라져 있었고 가난한 집 몇 세대가 들어 살고 있었다. 그 무렵에야 큰외삼촌은 서른넷으로 늦장가도 들어 나이 찬 새댁을 얻었고, 언제나 파랑색 쓰메에리에 차양 없는 파랑모자에 역시 파랑색 큰 수첩을 끼고 있었다. 큰 허우대에 어울리게 위인도 걸걸해서, 경자 남매가 일본사람의 씨라는 것을 특별히 의식하는 것 같지도 않았다. 아직 제 친자식이 없어서 그렇기도 했겠지만 갈 때마다 경자 남매를 여간 반기지 않았다.

그보다 세 살 터울이던 작은 외삼촌은 47년 초봄에 소련 모스크바로 유학을 갔던 모양인데, 이 사실은 경자도 월남 후 철이 들어서야 어머니에게서 들어 알았다. 의붓아버지인 박훈석이 그 무렵의 이북 세상 물정과 재빠른 적응 능력이었을 테지만, 그가 석산리로 들어와 쉽게 자리를 잡았던 것은 역시 알게 모르게 큰외삼촌의 덕이 많았을 터였다. 지금 생각으로도 큰외삼촌 성격에 노골적으로 작용을 하지는 않았겠으나, 박훈석이라는 사람의 성분 평점에 큰외삼촌이 한몫 했으리라는 것은 틀림없었을 것이다.

그러나 월남 1~2년 전부터 갑자기 어머니는 큰외삼촌 집으로 발을 끊었다. 그 까닭은 무엇이었는지는 지금도 경자는 알 수 없다. 나이 터울이 많은 더구나 막내 여동생인 경우, 오랍누이 사이에 흔히 있게 되는 사소한 일에 삐죽거리는 그런 정도의 일이었는지도 모른다. 월남 후에는 경자도 그 일에 대해서는 일언반구 어머니에게 물어본 일이 없었고, 어머니도 굳이 자진해서 말하고 싶지는 않은가 보았다. 이미 피차에 딴 세상이 된 마당에, 먼 옛날의 그런 일을 이러고저러고 말하고 싶지 않았을는지도 모른다.

어느새 택시는 로얄호텔 앞에 닿아 있었다. 경자는 총총걸음으로 구내에 들어섰다. 여고 교복차림의 경순이가 상기된 얼굴로 마주나오며 소곤거렸다.

"사람들 이목도 있고 해서 오빠 방에서 만나재요. 7층이야. 경희언닌 거기 있다구. 통역도 관광회사 안내원이 맡기로 했어."

"그래 너희들 보고는 뭐라든?"

"뭐 별 얘기 없습디다. 그냥 덤덤하구 원체 말이 없는 사람인가 봐. 왜 둘이서만 찾아왔느냐는 소리두 없구. 조금 실망했어. 일본사람 같지 않게 키도 훤칠하게 큰데 안경을 끼었어. 생긴 건 그저 그래. 큰오빠(성갑이)를 조금 닮은 것도 같은데, 전혀 아니라면 아닐 수도 있구. 사람이 너무 덤덤한 것 같어."

엘리베이터 속에서도 경순이는 작은 목소리로 조잘댔지만 경자는 귓결으로 흘려들으며 7층에서 내렸다.

노크를 하자 안에서 문이 열리며 경희 얼굴이 삐죽 내밀고 그 뒤로 안경 낀 키 큰 사내가 다가섰다. 또 한 사내가 의자 모서리에 엉거주춤 앉

앉다가 날렵하게 발딱 일어나더니

"아, 오시누만."

하고는 급하게 두 사이로 끼어들었다.

그러나 경자는 통역으로 보이는 그 사내를 젖혀놓고 우선 게이조오라고 짐작되는 사람에게 가볍게 목례를 하였다. 게이조오도 목례를 받는 둥 마는 둥 돗수 높은 안경 속으로 두 눈을 커다랗게 벌려뜨고 한참을 뚫어지게 건너다보더니,

"게이꼽니까, 게이꼬군."

하고 잠긴 목소리로 일본어로 중얼거렸다.

"하이네."

하고, 경자도 우선 일본말로 받고는 분위기를 일신 하자는 셈으로 수선 대듯이 부러 큰소리로 되물었다.

"언제 오셨나요?"

이때부터 통역이 끼어들었다.

"지금 마악 도착했습니다."

"아부지는 편안하시고요? 큰엄마가 돌아가셨다는 소식은 들었습니다."

"네, 그렇게 되었습니다."

하고, 게이조오는 여전히 깍듯이 존대어로 응대를 하였다.

"게이꼬 소식을 몰라서 궁금했습니다. 아버지도 궁금해 하시고 혹시 북에서 월남을 못하거나 않았나 했지요. 편지 할 때마다 게이꼬 소식을 물었는데."

경자는 한 손으로 입을 가리며 쑥스러움을 얼버무리듯이 조금 장난기

섞어 웃었다.

"나는 서울에 살고 엄마랑 오빠랑은 조치원에 살아서 그렇게 되었나봐요. 아버지는 많이 늙으셨지요?"

"네, 늙었습니다. 원체 나이가 나이라서."

하고 비로소 게이조오는 조심조심 말하였다.

"나는 이번에 못 만나게 되는가 했지요. 김포공항에 아무도 안 나와서. 조치원에 계신 어머니나 동생도 무고하십니까?"

"네, 무고해요 모두 바빠서요 이번에는 서울 사는 저 혼자서만 만나기로 했지요 그래서 우선 동생들부터 내보내서…… 섭섭하겔랑 생각 마시고 이쪽 형편을 이해해 주세요"

"네, 저대로도 대강 짐작은 됩니다. 그러지 않아도 아버지께서도 떠나올 때 말씀 하시더군요 이쪽 형편을 각근히 존중하라고"

"아무쪼록 잘 여쭈어 주세요"

하고 경자는

"참 짐작하시겠지만, 어머니는 재혼을 하셨어요 저 애들이 동생들이지요 서로 인사는 나눴겠지요?"

하고, 경희와 경순이 편을 눈짓으로 가리켰다.

이때 경희와 교복차림의 경순이는 저편 창 옆의 소파에 소학생들처럼 가지런히 단정하게 앉았다가 조금 겸연쩍은 얼굴을 하였다.

"네, 압니다. 벌써 알았습니다."

하고, 게이조오도 그쪽으로 머리를 돌리며 겸연쩍은 듯이 한번 웃었다.

경자는 다시 말머리를 바꾸어서 물었다.

"대강 며칠 동안이나 묵을 예정이세요?"

"일주일 정도 될 겁니다."

하고 게이조오는 대강 이쪽의 반응이 제대로 판단이 선 모양, 일순 서운해 하는 기색이 슬쩍 어리더니 다시 핵 표정을 바꾸며 너털웃음을 섞어 덧붙였다.

"게이꼬가 완전히 중년부인이 됐군요."

"서른두 살인 걸요. 그 점은 피차일반이지요."

"그야 그렇지만. 혹 어릴 때 나에 대한 기억은 더러 있습니까?"

"아뇨 전혀 없어요 아버지 기억도 없구요 종전 후 며칠 지나서 엄마랑 조치원 있는 오빠랑 외갓집으로 떠나던 기억은 조금 있는데, 그때도 엄마 이외는 전혀 까매요 할머니 묘소에 갔던 기억은 조금 나요."

"참, 할머니!"

하고 게이조오는 일순 표정이 조용해지더니

"혹 화차간에 탔던 기억은 나는지요?"

하고 다시 불쑥 물었다.

"화차간이라니요? 전혀 기억이 없어요."

"아, 좋습니다. 그대로 좋습니다."

하고, 게이조오는 황급히 말을 바꾸었다.

"아무튼 조치원의 어머니가 건강하시다니 무엇보다도 반갑습니다. 그동안 고생이 많으셨을 텐데."

"네, 고생이야 이루 말할 수 없지요. 지금도 고생이지요 아버지랑 오빠랑도 금방 일본 땅으로 건너가서는 고생이 많으셨겠지요?"

"네, 몇 년 동안."

그런대로 이렇게 얘기가 풀리기 시작하자 경자는, '역시 이랬구나, 같은 피붙이라는 느낌은 전혀 안 드는구나. 이렇게 남남끼리인 걸 괜히 걱정을 했어. 차라리 대화가 너무 드라이하지나 않을까. 어쨌든 같은 피붙이인데 30년 만에 처음 만나서 고작 이 정도라니' 싶으면서도 사알짝 안도의 한숨을 내쉬었다.

경희와 교복차림의 경순이는 여전히 저쪽 소파에 가지런히 단정하게 앉아 있었고, 그 뒤로 기운 햇볕에 명동 성당의 한 모서리가 내다보였다.

"참, 서서 이럴 게 아니라, 자 앉읍시다."

하고, 게이조오가 약간 웃으며 그편 소파 쪽을 가리키자 경자는,

"아뇨, 저 잠깐 딴 약속이 있어요."

하고, 경희, 경순이에게 눈길을 돌리며 그만 어서 일어서라는 눈짓을 보내고는,

"아무튼 너무 섭섭하겔랑 생각마세요. 솔직하게 말해서 어머니는 만나는 걸 꽤나 겁내시구 꺼리구 계셔요. 심정적으로 정리가 잘 안 되신다고 이점 아무쪼록 이해하시구 그동안 한국에 계신 동안 틈나는 대로 제가 또 올게요. 서로 간에 조심스러운 게 이쪽 형편상 여러 가지로 좋을 것 같아서요."

일단 이 정도로 자리를 뜰 의향임을 비치며 손목시계를 들여다보자, 게이조오도,

"나도 동감입니다. 충분히 이해가 됩니다. 이해가 되고말고요. 완전히 동감입니다."

하고 건성으로 받듯이 말하고는 비로소 생각이 났다는 듯이

"아참, 언젠가, 벌써 몇 년 전입니다마는, 인편으로 북한쪽에서 소식이 온 일이 있습니다. 소식이라야. 그저 간단한 안부였습니다만. 그러니까 게이꼬 외갓집 쪽에서. 솔직하게 말해서 아버지나 저는, 그때 꽤나 어리둥절했지요. 엉뚱하기도 했고"

하고 새 이야기를 꺼냈다.

순간 경자는, 두 눈을 가늘게 하고 게이조오와 통역을 번갈아 쳐다보았다.

"대체 무슨 얘기지요? 난데없이. 이때까지 편지 거래에서는 그런 소린 전혀 없었던 모양이던데."

경자는 저도 모르게 항의투로, 주로 통역의 얼굴을 쳐다보면서 말하자 게이조오도 약간 난처해하는 얼굴로 덧붙였다.

"편지로 그런 얘기를 쓰기는 망설여지더군요. 또 사실 별로 중요한 얘기도 아니고"

그러나 경자는, 가시 돋친 표정으로 톡 쏘듯이 말하였다.

"아니에요. 게이조오 오빠에게는 중요하지 않을는지 몰라도 우리에게는 중요해요."

저편 소파에 앉았던 경희, 경순이도 자리에서 발딱 일어섰다.

"맞대놓고 그런 소리는 않는 게 낫겠지요. 그 소리는 통역을 않겠습니다."

통역이 자기 발끝을 내려다보며 속삭이듯 혼잣말처럼 말하였다.

그 일은 대체로 다음과 같았던 모양이었다.

69년 여름쯤이었다고 한다. 낯선 사람이 전화로 조금 물어볼 말이 있다고 하여 무심히 근처 찻집에서 만나기로 하였다. 나가서 만나보니 사내는 다짜고짜 명함 한 장을 내놓으며 이런 사람을 모르겠냐고 묻는데, 한국인 이름이더라는 것이다. 기억에 없다고 대답하자,

"당신 아버지가 지금 살아 계시지요? 그러구 당신 아버지가 옛날 조선에 있을 때 조선 여자 첩이 있었지요?"
하고 대들더라는 것이다.

게이조오도 긴장을 하며 비로소 부닥친 정황이 대강 짐작이 되는데, 그 낯선 사람은 비시시 시종 야유조의 웃음을 흘리며 하는 말이 이 명함에 적힌 이름은 바로 당신 아버지 첩의 오빠되는 사람이고 지금 북한에 살고 있다. 자기는 직접은 안면이 없고 아는 사람을 통해 안부라도 전해달라고 해서 이렇게 만나게 되었노라고 하더라는 것이다. 그리고 덧붙여서, 그때의 당신 아버지 첩은 6·25 때 남쪽으로 내려갔다는 사실을 알려준다고 하더라는 것이다. 그 다음에야 제 신분을 밝히는데 자기는 일본사는 조선 사람이라고만 하더라는 것이다.

"뻔하지요. 일본내 조련계朝聯系 사람인 것이. 그렇게 헤어지고 나서는, 그 후에는 한 번도 그 자는 못 만났지요. 그렇지만 그 명함을 아버지에게 확인해보니까 틀림이 없더군요. 그 후 언짢아서 그 명함은 찢어버렸지요. 하지만 그 일이 계기가 되어서 그 후 아버지는 더 적극적으로 한국 쪽에다가 줄을 댔지요. 남쪽으로 나왔다니 혹시 소식이 닿을까 해서."
하고, 게이조오는 끝머리에 이렇게 덧붙였다.

"그때 만났던 그 사람의 얼굴도 지금은 전혀 기억이 없어요. 도대체

출렁이는 유령들 1

만난 시간이 2~3분 될까 말까."

열 시가 넘어도 경순이가 내려오는 기척이 없자, 조여사는 '만난 모양이구나' 하고 덮어 놓고 가슴이 뿌듯해 왔다.

옆자리에 남편 박훈석은 언제나처럼 팔목을 눈두덩이에 얹은 채여서 잠이 들었는지 안 들었는지 알 수가 없다.

경순이는 남편 박훈석의 충동질로 올라갔을 것이 뻔하였지만 조여사는 이렇다 저렇다 한마디 말도 없이 시종 모르는 체 하였다.

아침에 경순이는 책가방을 챙겨들고 나가면서

"엄마, 나 오늘 서울 올라갈래. 경희 언니한테 가기로 약속을 했걸랑."

하여, 조여사는 가슴이 철렁 내려앉으면서도 한편으로는 천만다행이라는 느낌도 전혀 없지 않았다.

"학교는? 학교는 어쩌고?"

하자,

"오늘 토요일이걸랑. 그까짓 마지막 한 시간은 빼 먹지 뭐. 경희 언니하고 한 시에 만나기로 했으니까."

하고, 흘낏 아버지 쪽을 쳐다보는 경순이의 눈길은 역시 틀림이 없었다.

이때도 아버지 박훈석은 조반을 들자말자 팔목을 눈두덩이에 얹은 채, 잠이 들었는지 말았는지 그냥 아랫목에 발딱 누워 있었던 것이다.

'한 시에 만나기로 했으면 한 시 사십 분에 김포에 비행기가 닿는 데니까 혹시 늦지나 않았을는지 모르겠군' 하고 생각하며 조여사는 목이 칼칼하여 살그머니 일어나 어두운 부엌으로 나가 냉수 한 컵을 들이켰다.

남편 박훈석은 요즘 당뇨증세까지 있어 방안은 노상 퀴퀴하게 시금털털한 냄새로 차있는 데다가, 골목바람이 솔솔 들어오는 마루보다 무더워 조여사는 속고쟁이 바람으로 그냥 어두운 마루 끝에 걸터앉았다.

　대체 이 아이들이 만나기는 만났을까. 만났다면 어떤 모양으로 만났을까. 영악스러운 경순이 성격으로 큰언니인 경자를 불러냈을 것이지만, 앙칼지고 성미 급한 경자도 게이조오를 만나자 무안을 주지나 않았을는지 이 일 저 일 궁금한 일 천지였다. 이러나저러나 30년! 30년만의 해후! 지나간 날을 생각하자고 들면 생각할 거리 천지다. 어쨌든 당사자는 자기가 아닌가.

　그러자 이상한 일이다. 일본에 살아있다는 전남편 다쯔오며 게이조오를 떠올리려고 하면 어떤 분명한 세부가 떠오르기보다는 덮어놓고 마음부터 조급해질 뿐이었고, 차라리 이 마당에 월남하기 1~2년 전후해서의 친정 큰오빠와의 일이 떠오르는 것이다.

　그러니까 큰오빠가 도당으로 올라간 것과 전후해서 박훈석과 결혼하게 된 조여사는, 새 남편보다 조금 늦게, 공산당과 신민당이 합당을 하여 노동당이라는 이름으로 새 당원을 대량 확장하던 때에 역시 입당을 하였고, 곧 이어 석산리의 여맹을 맡게 되었다. 그야말로 남편은 농맹으로 아내는 여맹으로, 석산리 사람들의 선망을 한 몸에 모았지만 배후에는 바로 도당의 선전부장으로 있는 큰오빠의 후광이 절대적이었던 것이다. 그러나 여맹을 맡고 얼마 안 있어서였다. 해방되기 전 이즈미집에 식모로 있던 덧니네라고 흔히 불리우던 덧니빠디 여편네가 어느 날 저녁의 여맹 확대간부회의 석상에서 엉뚱한 문제를 들고 나왔다. 일제시대 이즈미의 첩으로 들어앉아서 가지가지로 일제 하수인 노릇을 다 하고 심지어 해방직전에는 소위 애국부인회를 대표하여 동네 여자들에게 몸뻬 입을 것을 권장하고 방공 연습이나 부인회 모임에서마다 유지 대접을 받으며 거들먹거리던 저 여자를 해방된 이 마당에서 다시 동네 여맹 책임자로 앉힌 것은 무슨 영문이냐, 일제 잔재가 깨끗이 가셔졌는지, 상부기관에서 과연 검토가 철저히 이루어졌느냐, 그런 잔재가 하루 이틀 사이에 가셔질리는 없지 않느냐고 들고 나온 것이다. 순간 조여사는 설마 저 덧니네가 하고 등에 찬물을 뒤집어쓰는 듯하였으나 조여사 친정권의 내용을 대강 알고 있는 다른 여편네들은 덧니네를 평소에도 약간 주책없는 여인으로 치던 터라 처음에는 그냥 어물어물 묵살하려고 들었다.

"저 여편네는 세상 물정도 모르고 괜히 저렇게 설치누먼."

"그전의 앙갚음하려고 드는 거겠지. 저는 식모노릇 했고 이쪽은 아무튼 젊은 마나님이었으니까."

"저 여편네가 요즘 기가 났당이. 장사소리 듣는 큰 물집 일군에게 시집갔지, 토지배당 받았지, 게다가 내외가 다 당에 들고, 저는 여맹 확대간부회의에까지 참여 할 만큼 되었응이 세상에 보이는 게 있을게라고."

동네 여편네들은 이렇게 쑤군쑤군 거렸지만 그 덧니네인들, 조여사네 친정권의 그런저런 내용을 몰랐을 리는 없었을 것이다. 한동네 다른 여편네들의 이런 반응을 짐작한 덧니네도 곧 수그러들었던 것이다.

"글쎄 인정으로 치면야, 내가 제일 가까블 것이오. 게이꼬 엄마하고는. 아닌 말로, 그전 때도 나헌티는 그럴 수 없이 잘해 주었시오 이 점은 나 개인적으로는 지금도 고맙게 생각 한당이오 그렇지만 내 얘기는 그 애기가 앙이오. 요즘 어디서나 할 것 없이 떠들썩한 것이 일제 잔재에 대해서 적개심을 일층 높이고 경각심을 드러내라는 것이어서 나대로 궁리 끝에 해본소리니 게이꼬 엄미도 너무 고깝게일랑 생각마시오."

하고는 덧니를 드러내고 웃으면서,

"하긴 나도 마찬가지오. 지금도 게이꼬 엄니라고 부르고 있응이 이렇게 버릇 고치기란 힘든 일이오."

하여, 그 자리는 그 정도로 때워졌고 그 일은 회의록에도 올리지 않았던 것이다.

그러나 닷새쯤 지났을까. 당 세포회의에서 이 문제가 다시 본격적으로 논의되는 것이 아닌가. 이미 이날 저녁의 분위기는 여편내들만 모였던 그 전날 저녁과는 비교가 안 되게 서슬이 등등하였다. 서너 시간을 조여사는 이 사람 저 사람에게 호되게 비판을 받았다. 일단 얘기의 방향이 잡혀지자 평소에 친숙하게 지내던 사람들도 하루 사이에 돌변하여 핏대를 세워 맹공격을 하였다. 이튿날 저녁 당의 리간부회의가 다시 열려 이 문제가 좀 더 중점적으로 논의되었다. 이 자리에는 남편 박훈석도 참가하여 아내의 이런 문제에 소홀했던 점을 완곡하게 자기비판하는 발언을 하였고, 이 날 회의 분위기는 겉으로 보아서는 전날 저녁보다 험악한 편은 아니었다. 다만, 리당위원장은 결론에서 이 문제는 보기보다는 심각한 것으로 보이며 적어도 리 자체로서는 최소한 인사조치는 해야 마땅하다고 생각된다. 적어도 조 동무의 여맹위원장 자리는 무리였고, 그 남편인 박훈석 동무의 농맹위원장 자리도 고려될 여지가 없지 않겠다. 단, 두 동무의 당적에까지는 별 지장이 없어 보인다. 아무튼 지난날에 그런 흠이 있는 이상 다른 사람보다 배전의 노력이 있어야 할 것이며 이 문제는 상부 기관에 보고하여 처리하도록 하겠다고 쌀쌀맞게 말하고는, 그대로 자리를 떴다.

일이 이렇게 되자 이튿날로 바로 조여사는 시내로 큰오빠를 찾아갔던 것이다. 초저녁에 관사로 들렀으나 큰오빠는 아홉 시가 넘어서야 집으로 들어섰다.

"응, 너 왔니야. 집안 다 무고하고?"
하고 범상하게 인사마디는 하였으나 벌써 낯색은 그닥 안 좋아 보였다.

조여사는 그간 동네에서 있었던 얘기를 조심조심 털어놓으며 이렇게 억울한 일이 없다고 푸념 섞어 말머리를 떼자, 대번에 큰오빠도 험악한 얼굴이 되는 것이 아닌가.

"나도 오늘 대강 얘기를 들었다. 그런 일이라면 나한테 이러구저러구 말어. 너 자신이 잘 생각해 보면 알 것이 아니냐. 너도 그렇지만 박서방도 괜히 설치지 말고 얌전하게 농삿일이나 열심히 하라고 해."
하고 더 이상 말을 붙여볼 수도 없게 추상같이 불호령을 내리는 것이었다.

큰오빠의 이 말은, 그 얼마 전에 남편 일을 부탁하러 왔던 것까지 겹쳐서 하는 말인 것 같았다. 남편 박훈석이 도당 사무실이나 그 비슷한 시내 직장에 근무하였으면 하여 그런 얘기를 비치러 왔다가 한마디로 거절을 당한 것은 물론 서슬이 시퍼렇게 핀잔을 들었던 것이 불과 얼마 전이었던 것이다.

"노상 그런 일로나 올려면 이제 다신 오지 말어라. 나 자신이 오늘 공석상에서 적극 주장했다. 박서방이나 너나 즉각 간부 자리를 내놓게 하고 농삿일에나 전념하도록 해 달라고 말이다. 그러니, 그렇게 알고 근신하도록 해."

큰오빠의 거듭 추상같은 말을 뒤로 조여사는 그냥 집으로 돌아왔던 것이고 그 후로는 일체 큰오빠 집으로는 발길을 끊었다.

그 며칠 후, 남편 박훈석과 조여사는 각각 농맹위원장 자리와 여맹위원장 자리에서 밀려나게 되었던 것이다. 남편 박훈석은 앙심으로 지글지글 타고 있었다.

"이런 놈의 세상이 어디 있어. 인정사정이라곤 한 푼어치도 찾아 볼 수 없으니. 생판 표독한 놈들만 사는 세상이다. 우리 같은 건 아무래도 기회 보아 남쪽으로나 나가야 할까 보다."

계속 당적을 갖고 있으면서도 이렇게 노상 지껄여 조여사인들 이런 남편의 비위를 맞추기 위해서라도 큰오빠 쪽과는 더욱 발을 끊었던 것이다. 사실 이 무렵의 박훈석은 트럭 운전수로 만주 땅을 동서남북으로 누비던 하얼빈 하늘 밑에서의 지나간 일들을 이미 못 견디게 그리워하고 있었던 것이다. 그리고 큰오빠도 큰오빠대로 박훈석의 이런 위인을 이미 어느 정도 눈치채고 있었던 것 같았다.

한길을 달리는 자동차 소리가 이따금 부풀어 오르는 것이 밤도 어지간히 깊어진 것 같다. 솔솔 들여치는 바람기도 초여름답게 겨드랑이에 차갑다.

조여사는 그런저런 생각에 잠겨 있다가 가볍게 한숨을 내쉬며 일어섰다.

2

게이조오는 일행이 마악 돌아가자 '역시 그랬구나, 이랬구나.'하고 약간 무안을 당했을 때처럼 선하품이 나오며 스르르 맥이 풀렸다. 하긴 일본서 떠나올 적부터 이런 경우를 전혀 예상하지 않았던 것은 아니지만.

다만 '역시 그랬구나. 이랬구나.'하는 이 느낌은 김포공항에 내려서 이 로얄호텔에 닿을 때까지, 그리고 방금 경자랑을 보내고 나서도 줄창 반복되는 느낌이었다.

설마 김포공항에 누구 하나 마중 정도야 나와 있겠거니, 입 싸악 씻고 모르는 체하지는 않겠거니 하고 연상 주위를 두리번거렸으나 누구 하나 나와 있는 기척이 없고, "자 떠납니다. 손님, 어서 타주시지요"하고 곤색 제복의 관광회사 소녀가 간드러진 목소리지만 꽤나 어색한 일본말로 재촉하는 말을 듣고서야 게이조오도 허덕허덕 버스의 맨 뒷자리로 올라탔는데, 그때의 첫 느낌도 '역시 이랬구나, 한국이란 역시 이랬구나.'하였던 것이다. 관광회사 소녀의 그 곤색 제복과 삐딱한 모자에 이르기까지 어쩌면 그다지도 일본의 같은 업종 종사원들의 차림과 너무나도 똑같았던 것이다. 그것이 이를테면 근 30년 만에 나와 보는 한국이라는 곳의 첫인상이었다. 그러나 한편으로는 급하게 담배 한 대를 꼬나물면서 '역시 그랬구나, 이걸 어쩐다?'하고, 아무도 마중을 나오지 않았다는 점으로 새삼스럽게 곤혹감에 빠져들었다. 역시 그랬구나 마중을 나오지 않았구나. 이걸 어떻게 받아들여야 하남 매우 난처해졌는걸. 대체 이걸 어쩐다, 하지만 혹시 시간을 잘못 안 것이나 아닐까 아니면 비행기가 너무 정시에 닿은데 비껴 마중 나오는 쪽에서 조금 늦어져서 길이 어긋나는 것이나 아닐까. '그렇다, 필경 그럴지도 모른다. 그럴거다, 옳아 저기 지나가는 저 택시가 바로 그건지도 모르겠군.'하고, 게이조오는 버스 뒤 창문에 바싹 얼굴을 갖다대고 부옇게 멀어져가는 공항 쪽에만 두 눈을 꼬나박고 있었던 것이다.

길가의 간판들이 한국 글자이기는 하지만 일본의 간판들과 어슷비슷하게 생겨 있다는 점이 우선 친근감으로 다가온다. 그러나 품격이 훨씬 떨어지게 얄팍하고 싸구려들로 보였다. 가까운 야산들도 하나하나 뜯어보면 제법 가꾸고 단장을 하려고 애쓴 것처럼 보이지만 전체로서 볼 때는 무언지 메말라 보인다. 끝 간 데 없이 뻗어있는 김포벌의 파란 논들도 일본의 논들과는 어느 구석인가 느낌이 다르다. 가라앉아 보이지 않고 색깔이 엷어 보이고 떠 보인다. 그러고 보면 대기도 습도가 부족한 듯하고 콧구멍이 맵잔하게 메말라 오는 것 같다. 논두렁 여기저기에 덩다랗게 서있는 약품 광고판들도 일본의 그것과 대강 같으면서도 어쩐지 분수에 어울리지 않아 보이고 위태위태해 보인다.

그것은 어디가 어떻다고 분명히 따져들 수는 없으나 일선, 혹은 전시 분위기였다. 그것도 처절한 느낌을 쏙 빼버린 황폐한 쪽의 일선 분위기인데 그것이 생소한 외국이라는 느낌이기보다는, 차라리 그랬다면 외경이 곁들인 처절한 생각인들 들었을 터인데, 그냥 홋카이도北海島나 시코쿠四國쯤 되는 일본의 어느 변방에나 온 것 같은 처음부터 익숙한 느낌인 것이다. 그리고 이 익숙한 느낌 속에는 벌써 부지불식간에 모멸기운이 스며들어와 있었다.

'역시 그랬구나. 한국이란 고작 이랬구나.' 하고 요컨대 일본에서 풍문으로 듣던 대로 거의 틀림이 없었고 짐작했던 대로였다. 좁은 바다 하나만 상거해 있을 뿐 일본이라는 나라의 그냥 연장 같고 시간적으로도 30년 전 그 한국의 그냥 평면적인 연장이라는 느낌이었다. 그렇다면 작은어머니 편에서 마중을 의당 나왔어야 할 터인데 코빼기도 안 내민 것은 무엇일까. 이걸 어떻게 생각해야 할까. 그러나 이점도 '역시 그랬구나.' 하고 금방 이해가 안 되는 것은 아니었다. 한국이란 나라가 풍문으로 듣던 대로 '역시 이랬구나.' 싶듯이, 작은어머니 쪽에서 누구 하나 코빼기조차 내밀지 않은 점도 '역시 이랬구나.' 하고 끄덕거려지는 것이다. 이 두 가지 상극된 '역시 그랬구나.' '역시 이랬구나.'는 어느새 게이조오 속에서 각기 상이한 조명을 받고 있었다.

하긴 이 점도 일본서 떠나올 적부터 전혀 예상하지 못했던 것은 아니었다. 도리어 한국에 대한 요란한 쪽의 풍문보다는 은밀한 쪽으로 일말의 기대를 갖고 혹은 우려를 하곤 했던 것이다. 한국에 대한 흔해빠진 쪽의 풍문보다는 설마하니 그렇기만 하랴 하고, 작은어머니 편에서 마중조차 나오지 않으면 어쩌나 하는 쪽으로 내밀하게 더 조바심을 느끼고 우려를 했던 것이었다.

이럴 줄 알았다면 아예 아무 날 아무 시 김포에 닿는다고 기별조차 하지 않으니만도 못하였다는 생각이지만 실은 이렇다는 것이 명명백백히 미리 알려졌다면 처음부터 한국으로 나올 이유부터 없었던 것이다.

이러나저러나 일이 난감해졌다는 생각으로 호텔에 닿아 마악 방 배정이 끝난 무렵인데 느닷없이 찾아온 것이 〈게이꼬〉의 이복동생들이었다.

그때도 일순 어리벙벙한 속에서 '역시 이랬구나, 오긴 왔구나'하고 한숨 놓은 듯이 이나마 다행이라는 느낌이었다. '오지 그럼. 안 나타나고 배겼을라고'하고 가만히 혼자 속삭이기까지 하였다. 일본 여고생들과 전혀 구별이 안 되게 똑같은 교복차림도 이미 새삼스럽지가 않았고, 숫기 없이 대어드는 동생 쪽과 달리 화려한 모란무늬 색깔의 원피스 차림인 언니 편은 심히 쑥스러워 하는 듯 하였다.

처음에 게이조오는 롱사이즈로 시원하게 빠진 그녀 편을 <게이꼬>가 아닌가 하고 착각을 했던 것인데 자기소개들을 하는 얘기를 듣고는 적이 실망을 하였었다. 역시 나이로 보아 그럴 리는 없었던 것이다. 이 소녀들을 통해 <게이꼬>도 역시 월남해서 지금 서울에 살고 있다는 것이 확인되었고 그 점도 여간 천행으로 여겨지지 않았다.

'그럼 왜 <게이꼬>랑은 나오지 않았습니까?'
하고 기갈스럽게 목구멍까지 마악 나오는 소리를 게이조오는 급하게 도로 삼켜 버렸다. 언니 쪽은 그 큰 허위대에 어울리지 않게 두 손으로 입을 싸쥐고 교복차림의 동생 등 뒤로만 숨으려고 드는 것이 조금 병적으로 모자라 보였고, 까무잡잡하게 다부지게 생긴 동생 쪽은 전혀 반대로 너무 빤빤해 보였다. 몇 마디 얘기를 나누고는 자청해서 <게이꼬> 언니에게 전화를 걸겠노라고 수선댔다.

아무튼 그렇게 전화 연락이 되어 삼십 분쯤 뒤에 <게이꼬>가 나타났던 것인데, 그때도 '역시 이렇구나, 삼십년 만에 만나는데도 이렇구나.'하고, 싱거울 정도로 덤덤하였다. 피차에 피붙이로 와 닿는 구석은 전혀 없었다.

그녀들 일행이 마악 돌아간 다음에도 '역시 그랬구나, 이랬구나.' 하고 마지막 결론을 내리듯이 혼자 중얼거리고는 약간 무안을 당했을 때처럼 선하품이 나오며 스르르 맥이 풀려 침대에 벌렁 누워버렸다.

그새 관광객 일행들은 촌시나마 허투루 하지 않은 떨거지들의 탐욕으로 벌써 가까운 시내관광으로 나갔다고 한다.

게이조오는 담배를 피워 문 채 맥이 타악 풀리며 밀려오는 졸음 속에서 '관광은 무슨 관광이야, 생판 지랄들이지'하고 혼자 중얼거렸다. 그리고는 담배를 도로 끄고 잠 속으로 빠져들었다.

얼마나 잤을까. 노크 소리에 잠이 깨었다. 게이조오는 "네."하고 침대에 누운 채 일본말로 큰소리로 대답하였다. 문이 열리며 좀 전에 들어왔던 통역이 비쭉이 얼굴을 디밀고 그 뒤로 웬 소녀 하나가 서 있었다. 게이조오는 화다닥 일어나서 쩍쩍 묻어나는 것 같은 기분 나쁜 고무 슬리퍼를 끌고 문 쪽으로 다가갔다. 조금 전에 왔던 게이꼬의 어린 동생이었다. 여고생 옷차림에 큼지막한 책가방을 앞으로 들고 숫기 없이 비죽비죽 웃고만 있으면서도 적지 아니 어색해 하는 얼굴이었다.

"조금 할 얘기가 있다고요"

통역이 귀띔하듯이 말하였다.

"네, 어서 들어오시오"

하고 게이조오도 부러 큰소리로 황급하게 받으며 경순이의 그 책가방을 받아들려고 하였다. 그러나 경순이는 찔끔하고 피하면서 쪼르르 미끄러지듯이 방안으로 들어왔다.

게이조오는 손목시계를 들여다보았다. 꽤 시간이 지난 줄 알았는데 그 새 십오 분 밖에 안 지나 있었다.

"그새 꼬소하게 한숨 잤지요"

하고 게이조오가 익살로 손짓 섞어 웃으면서 말하자 그 소리에는 대꾸를 않고 경순이는 다짜고짜 지껄였다.

"게이꼬 언니는 원래 성격이 좀 그래요. 혹시 섭섭하게 생각하셨나 하고."

"그래서, 내가 섭섭하게 생각했을까 보아 다시 이렇게 찾아왔습니까?"

"아니에요, 그건 아니에요. 조금 할 얘기가 있어서요"

하고 경순이는 강경하게 머리를 가로 흔들고 이런 얘기는 단둘이 있으면 좋겠는데 하는 낯색으로 약간 꺼리듯이 통역 쪽을 곁눈질하였다.

게이조오는 우선 경순이를 소파에 앉혔다. 시종 무표정한 통역도 경순이 옆자리에 우두커니 앉았다.

"할 얘기라는 건 뭐지요?"

하고 게이조오는 여전히 어리둥절해 하듯이 통역과 경순이를 번갈아 쳐다보았다.

"무슨 심각한 얘기입니까?"

다시 통역이 귀띔을 하듯이 재빠르게 말하였다.

"처음 올 때부터 실은 두 소녀가 부탁했었습니다. 큰언니 되는 분이 돌아간 다음에 저희들끼리만 잠시 만나게 해 달라고 그래서 셋이 같이 나갔다가 나이든 분은 돌아가고 이 분들이 다시 들어왔지요 둘 가운데 키 큰 분은 밑에 커피숍에 그냥 앉아있더군요 올라오지 않고 이 동생만 올려 보내는군요."

"아하, 그래요! 그래요?"

하고 게이조오도 건성건성 받으며 점심 궁금해지는 낯색으로 얼굴색이 약간 흐려졌다. 그러나 으레 이런 경우 손아래 사람들에게 흔히 그러듯이 장난기 섞인 웃음으로 일단 얼버무리려 들면서 경순이 쪽으로 시선을 돌렸다.

"무슨 심각한 얘긴가 보군요. 언니까지 밑에서 기다리고 있는 걸 보니까. 웬만하면 같이 올라올 것을 그랬지요."

"아니에요, 그런 건 아니구요. 실은 저들은 별로 상관이 없는 일이에요."

하고 경순이는 이 나이 또래의 숫기 없는 소녀들이 흔히 그러듯 딴청을 부리듯이 방안의 사방을 이리저리 두리번거렸다.

게이조오는 내심 '역시 그랬구나, 아내 말대로 간단한 선물 정도 갖고 오는 것을. 이 소녀 생긴 것부터가 그런 것 주면 덥썩덥썩 잘 받게 생겼는걸. 혹시 그런 것을 바라고 꾸역구역 이렇게 늘어붙는 것이나 아닌지 모르겠군. 설마 그렇지는 않겠지만 이런 경우에는 간단한 선물 정도 주면 아내 말대로 한결 분위기가 좋았을 걸.'하고 슬그머니 후회가 되었다.

원래 아내 다까에高江는 집안의 자질구레한 일을 비롯하여 이따금 들르는 아버지를 깍듯이 모시는 일에서 그 밖에 이웃 간이나 동창 간의 우의 같은 것에 꽤나 자상하고 빈틈이 없는 편이지만. 그러니까 한국으로 나오기 사나흘 전이었을 것이다. 집에 들렀던 아버지를 지하철 정거장까지 배웅을 하고 돌아오더니 아내는 지나가는 말처럼 그런 의견을 비쳤던 것이다.
 어른들 선물까지는 좀 뭣하겠지만 조카들이 있을는지 모르니까 애들 선물 정도는 준비해 가는 것이 좋지 않겠느냐, 서로의 어색한 분위기를 금방 녹일 것이라고 말했던 것이다.
 "간단한 사진기나 트랜지스터 혹은 예쁜 어린이 장난감 같은 거라도 정말이야요. 요즘 백화점에 가보면 애들 장난감으로 별별 희한한 것이 다 많습디다. 기가 막혀요. 그런 것이라도 몇 개 장만해 가시는 게 좋을 것 같군요."
 그러나 그때도 게이조오는 으레 아내와 한국 얘기가 화제로 올랐을 때는 늘 그래왔듯이 부지불식간에 한국 편으로 서서 한국 쪽의 자존심을 내세우며 퉁명하게 받았던 것이다.
 "한국 사람들이 뭐 거지인줄 아남. 트랜지스터 같은 건 이젠 한국에도 흔하다구. 애들 장난감도 여기저기 수출까지 한다든데."
 순간 아내 다까에는 피식 하고 '또, 또 저렇게 나오시는 군.' 하듯이 웃었다.
 "당신은 그렇게 웃는군."
하고 게이조오는 약간 정색을 하면서 멍뚱히 아내를 쳐다보았다.
 "우습지 않아요 그럼. 그렇게까지 정색을 할 얘기는 아니지 않나요"
 "뭐라구?"
 "또, 또 저렇게 나오시는군. 누가 한국 사람들이 어쨌댔나요 그냥 애들 선물 정도는 가져가는 것이 자연스러운 것 같아서 해본 소리에요."
 "우리가 자연스럽게 생각하는 걸 그쪽에서는 그렇게 생각하지 않을 수도 있거든."

 "그런 건 콤플렉스지요. 그편에서 어떻게 받아들이건, 이쪽이 선의로 가져가는 데야."

 "그 선의라는 게 글쎄 문제라고 방금 당신의 그 웃음부터가 한국인 일반에 대한 그 무슨 선입견 같은 것이 껴있어 보이는데 어쩌겠어."

 "어머어머, 그건 당신의 오버센스라는 거예요. 한국얘기만 나오면 당신 쪽에서 그렇게 신경을 곤두세우곤 하는 게 그게 도리어 수상해요.

 "그만둡시다. 하여튼 선물 같은 건 안 가져가려는 게 내 생각이니까."

 "좋도록 하세요. 어쨌든 당사자는 당신이니까요. 하지만 다시 한번 말하겠지만 요즘 당신 신경이 좀 날카로워져 있는 것 같아요. 이유는 나로선 알 수 없지만."

 순간 게이조오도 울컥하고 소리를 지르고 말았다.

 "당신은 너무 쉽게만 생각하고 있다고 아버지가 그러신 건 그렇다 치려니와 당신까지도 우선 이 점을 알아야 한다구. 과연 그들을 만날 수나 있을까 하는 점이야. 제대로 제 배짱 가진 한국인으로 자랐다면 <게이스께>나 <게이꼬>나 마중을 나오기는커녕 만나자마자 나를 때려죽이려고 들 것인데 그 점은 왜 생각 못 하는가 말이요."

 아내도 기겁을 하듯이 놀라며 질린 얼굴로 남편을 멀거니 쳐다보더니 곧장 사과를 하였다.

 "내가 잘못했어요. 나는 그렇게까지 깊은 생각은 없이 그냥 해본 소리에요. 하지만 이런 생각은 드는군요. 만일 그렇게 정말로 생각하신다면 이번에 나가지 않아야 옳지요. 가기는 뭣하러 가는 거지요. 당신 이복동생들인 <게이스께>나 <게이꼬>가 제 배짱 가진 한국인으로 자라지 못한 것을 보고 싶은 건 아니지 않겠어요 그 점 잘 모르겠어요."

비로소 게이조오도 흥분을 가리 앉히며 받았던 것이다.

"바로 그 점이야. 그리고 그 점, 사실은 나도 잘 모르겠어."

"너무 복잡하게는 생각 마세요. 형편 돌아가는 건 생각만으로 되는 건 아니니까요. 그냥 가서 만나보는 거죠 뭐."

"실은 지금 내 개인적인 생각으로는 그렇구면. 나가서 한 번쯤 본때 있게 묵살을 당했으면 싶어. 아예 공항에도 마중을 나오지 않고 말야. 그러면 당장 섭섭허긴 하겠지만, 그렇게 그냥 허탕을 치고 돌아오면 작은 어머니나 동생들이 훨씬 믿음직해질 것 같구면. 그렇게 새 차원으로 편지 거래도 다시 시작되고 그때는 우리 관계가 피차간에 훨씬 떳떳해질 것 같다는 생각이군."

"듣고 보면 그럴듯하긴 하지만 이상론처럼 들리네요 요즘 일한 관계가 그런 관계는 아니잖아요."

"요즘 일한 관계라는 건 대체 뭐지? 그런 건 실은 없어. 개개적으로 부딪치는 일한 관계가 바로 일한 관계지."

"당신 말이 옳아요. 너무 옳아요. 그렇지만 당신 생각처럼 되지는 않을 거예요. 그만 해둡시다. 아무튼 선물 얘기는 제 편에서 취소하겠어요"

"요컨대 내가 하고 싶은 얘기는 다른 것이 아니야. 아버지의 저 기대가 너무 어이가 없고 어떻게 생각하면 끔찍스럽다는 거지. 아버지 같은 사람에겐 한 번쯤 본때 있게 충격을 주어야 하거든. 이건 당신에게만 얘기지만 나는 어쩌면 갔다 와서 아버지에게 거짓말을 하게 될는지도 모르겠어. 작은어머니 쪽에서 아무도 공항에 마중을 안 나왔더라고 말이야. 그렇게 아버지 같은 사람에게는 한 번쯤 찬물을 끼얹어야 한다구. 그러구 이 일본 땅에 아버지 같은 사람이 한두 사람은 아니거든."

"어머 그건 좀 너무했어요. 물론 당신 생각은 알겠지만 그랬다가는 아버지는 금방 졸도하실 걸요. 마지막 기대가 무너지는 셈일 테니까."

그러나 지금에 와서는 역시 아내의 그 말을 들었더라면 하고 슬그머니 후회가 되는 것이다. 현실적으로 일상으로 벌어지는 형세는 역시 아내가 얘기하던 차원으로 벌어지는 것인가.

게이조오는 담배를 피워 물면서 다시 경순이를 건너다보았다. '네 용건요, 이거예요' 하듯이 경순이는 급하게 교복 포켓에서 흰 봉투 하나를 꺼내 게이조오 쪽으로 내밀었다.

"아버지께서 주셨어요. 큰언니 몰래 갖다 드리라고요. 그러구 답장을 줄 테니 받아오라고 하셨어요."

통역하기 전에 무슨 말인지 알아들을 수는 없었지만 탁탁 내뱉는 경순이 억양으로 미루어 약간 불미한 일일 것이라는 느낌은 벌써 들었다. 게이조오는 조금 불미한 일이어서 집안끼리만 알 일을 제3자가 껴들어서 좋을까 하듯이 통역의 표정부터 흘끗 살폈다. 그러나 통역은 별로 이렇다는 표정이 없이 일관한 억양으로 통역만 해주었다. '하긴 이런 사람들은 이런 일을 흔히 겪을 테지.' 싶으면서도 게이조오는 저도 모르게 살짝 미간을 찡그렸다. 봉투를 그냥 든 채 꺼림칙한 느낌을 재확인하듯이 다시 물었다.

"어머니는 이 사실을 아시나요?"

"글쎄, 우린 잘 모르겠어요 아실 테죠 뭐. 어머니는 처음부터 이 일에는 아무 말도 없으셨어요."

"이 일이라니요 제가 오는 일 말입니까."

"글쎄요, 좋도록 해석하세요."

하고, 순간 아무리 경순이지만 조금 얼굴을 붉혔다.

"그러니까 큰언니 <게이꼬>는 모르는 일이군요"

"그렇다니까요 좀 전에 애기했잖아요."

하고, 대체 통역을 제대로 하는 거예요 마는 거예요 하듯이 이번에는 경순이가 통역에게 째려보듯이 못마땅한 눈길을 보냈다. '이 아가씨가 갑자기 왜 이렇게 떡떡거리고 수선이람' 싶으면서도 게이조오는 끈질기게 물고 늘어졌다.

"아버지에게서 이 편지는 언제 받았습니까?"

"……아침이에요"

사람을 놀리는 거예요 뭐에요, 하듯이 경순이는 아랫입술을 잠시 사려 물었다가 마지못한 듯이 대답했다.

"오빠는? <게이스께> 말입니다."

"……모르겠어요"

경순이는 고주알미주알 캐어묻는 것이 귀찮다는 듯이 신경질적으로 거듭 미간을 찡그렸다.

게이조오는 조금 뒤숭숭해지는 느낌으로 서서히 봉투를 뜯었다. 얇은 편지지에 다음과 같은 사연이 적혀 있는데 일본말로 쓴 편지 글씨나 문장이 여간 서툴게 보이지 않았다.

출렁이는 유령들 1 97

敬三氏 貴下

  모처럼 오시는 길에 직접 공항까지 의당 나가 보아야 할 것인데, 이런저런 사정으로 못 나가게 되는 것을 무슨 말로 사죄를 드려야 할는지 몸 둘 바를 모르겠습니다. 경삼씨의 숙모와 동생 두 분을 소생이 맡은 지 어언 30년이 된 이 마당에 다시 이 땅을 밟으시는 경삼씨를 맞이하는 소생의 감개는 여러 가지로 착잡하기만 합니다. 경삼씨의 숙모나 경개 경자 남매를 젖혀 놓고 주제넘게 소생이 이런 글줄이나마 드리는 것이 분수에 안 맞고 실례라고 생각은 하오나 소생으로서 필히 경삼씨를 직접 대면하야 사뢸 말씀이 있삽기 실례를 무릅쓴 것입니다. 이미 경삼씨도 여러 가지로 짐작이 가셨을 줄로 믿사온 바, 경삼씨의 숙모나 경개 경자 남매로서는 또 그럴 수밖에 없는 그럴만한 사정이 있다는 점, 아량으로 이해 있으시기 바랍니다. 소생으로서는 그동안 30년간 세 분을 맡아 있던 책임감으로도 이 일을 전혀 오불관언으로 묵살할 수만도 없어, 염치를 불고하고 이렇게 나서기로 작심을 한 것이올시다. 어쨌거나 긴말은 이런 글줄 정도로는 다 사뢸 수가 없는 형편이고, 날짜와 시간을 정하셔서 한번 만나 뵈었으면 싶은데 어떠실는지요. 물론 우리 두 사람의 상봉은 당분간 경삼씨의 숙모나 경개 경자 남매에게는 극비로 붙여 주셔야 하겠습니다. 그래야만 여러 가지로 소생에게도 편리하고, 그뿐 아니라 경삼씨에게도 앞으로 편리할 것으로 사료되옵니다. 그럼 이 아이의 편으로 날짜와 시간을 지정해주십시오. 되도록 속할수록 좋겠습니다. 아무쪼록 이번 여행이 즐겁기를 손 모아 빌고, 모처럼의 길인데 많은 내한성과가 있으시기를 빕니다.

                                                              小弟 朴勳錫

읽고 나자, 게이조오는 또 한번 '역시 이랬구나' 싶어지며 저도 모르게 가볍게 한숨을 내쉬었다. 짙은 혐오감이 등줄기를 스물스물 기어 내려갔다. 요만한 짧은 글에서일망정 박훈석이라는 위인이 손에 잡히듯이 짐작되는 것이다. 버젓한 제 아내를 시종 <敬三氏의 숙모>라고 부르고 <30년간 맡아 있었다>느니, 뼛골 깊숙이 스며있는 그 비굴이 몸서리가 쳐지는 것이다. '이랬구나, 역시 이랬구나' 싶다.

경순이도 게이조오의 표정으로 지레 무안을 느끼는 듯 약간 굳어진 얼굴로 딴청을 부리듯이 제 발 끝 쪽을 내려다보고 앉아 있었다.

게이조오는 사려 물었던 입술을 풀며 별일이 아니라는 듯한 억양으로 통역 쪽을 쳐다보며 말하였다.

"당신은 이제 나가셔도 되겠군요. 이 소녀에게 간단히 쪽지 하나만 적어주면 되겠으니까요."

"네, 알겠습니다."

하고, 통역은 조용히 일어서서 조금 미련이라도 남는다는 듯이 일순 주뼛거리다가 그냥 나갔다.

게이조오는 잠시 궁리를 하였다. <게이꼬>는 다시 들르겠다고 했으니 틀림없이 연락이 올 것인데 이 사실을 통고하는 편이 좋을까 어떨까 선뜻 이 자리서는 결단이 서지 않았다. 어떻게 생각하면 마땅히 그래야 할 것도 같지만 한편으로 생각하면 박훈석이라는 자를 만나보고 모든 형편을 자세히 파악하고 나서도 늦지는 않을 것이라는 생각이었다.

게이조오는 명함 쪽지에 간단히 적었다. 날짜는 나흘 후로 잡고 저녁 여섯시 이 호텔방에서 만나기로 하였다.

경순이가 돌아가고 나서야 게이조오는 여간 쌀쌀하게 대하였다는 것이 뒤늦게 후회가 되고 조금 너무했다는 생각이었으나 그러기를 도리어 잘 했다는 쪽의 생각도 없지는 않았다.

일주일간의 관광 스케줄은 빈틈없이 짜여져 있었다. 경주, 울산, 속리산 법주사, 유성 온천 등등도 들어 있고 그 밖에는 거의 서울에서 지내는 것이었다. 이튿날 당장 지방으로 떠나 경주에서 하룻밤 묵고 그 다음 속리산에서 하룻밤, 그리고 유성온천에서도 하룻밤 묵게 되어 있었다. 이 스케줄을 감안해서 미리 그 자와 만나는 시간을 나흘 후로 잡았지만 그렇다고 딱히 스케줄대로 움직이고 싶은 것도 아니었다. 관광단이라는 떨거지들 틈에 끼어서 우르르 이리저리 싸돌아다니는 것부터가 게이조오의 비위에 맞지 않았다. 도리어 게이조오로서 굳이 나흘 후로 잡은 것은 관광 스케줄을 존중해서였다기보다는 되도록 시간을 두어 그 자와 만날 일을 곰곰이 생각해 보아야겠다는 심산에서였다. 편지 문면으로 미루어 그 자가 대강 어떤 식으로 나오리라는 것이 짐작되지만 그러한 그 자에게 어떻게 응대를 할 것이냐 하는 점도 문제였다. 그렇다고 도대체 만나서 하겠다는 얘기가 무엇인지도 지금으로서는 전혀 요량할 수가 없었다. 그러나 정작 이 일을 두고 곰곰이 생각해 보자고 들수록 곰곰이 생각하고 말 것도 없이 그냥 막연하고 어느새 오리무중이 되곤 하였다. 다만 게이조오대로 분명히 의식한 것은 아니지만 그 자를 만나기 전에 미리 <게이꼬>를 한번 만나는 것이 좋겠다는 생각은 끈질기게 어느 한구석에 도사려 있었다. 차라리 그런 복선을 깔고 나흘 후로 날짜를 잡았다는 편이 옳을 것이다. 그렇다고 <게이꼬>를 만나서 모두 까붙이고 얘기를 해야 겠다는 생각도 아니었다.

아무튼 게이조오는 그 자와의 약속만이라면 넉넉히 지방을 다녀올 수 있음에도 불구하고 그새 <게이꼬>에게서 연락이 올는지도 모른다는 점을 염두에 두고 지방행을 포기하였다. 그 뜻을 내비치자 처음에는 관광회사 쪽에서 난색을 표하였다. 지방 다니는 동안은 호텔방의 예약이 안되어 있다는 것이다. 그동안 호텔방을 쓰려면 자비 부담이어야 하는데 그러기도 하려니와 여러 가지 부작용을 피하기 위해서도 단체행동에 좇아야 한다는 것이 회사측 의견이었다. 그러나 방법은 전혀 없지 않을 것이라고 귀뜸을 해주었다. 게이조오는 즉각 말귀를 알아차리고 쑥스러움을 무릅쓰고 절충안을 내놓았다. 즉 특별 서비스라는 것은 유성 온천에서 있을 모양인데 그 비용과 여타 비용이면 충분히 상쇄가 되지 않겠느냐, 그리고 이 호텔에서 묵는 동안 방값만 회사에서 감당하면 식대는 자비로 부담하겠노라고 그제야 회사측에서는 마지못한 듯이 응해주었다.

"꼭이 그런 사정이라면 어쩔 수 없습니다만 원칙적으로는 개인행동을 엄격히 규제하고 있습니다."

이런 정도로 양해가 이루어졌다.

그사이 덕수궁까지 갔던 관광객 일행이 우르르 돌아오고 있었다. 한 방에 두 사람씩 묵게 되어 있어 게이조오와 같은 방을 쓰게 된 니이가다 시에서 잡화상을 한다는 예순 살 가까운 작달막한 중늙은이는 덕수궁에서 돌아오자마자 훌훌 벗어 붙이고 목욕부터 하였다. 목욕을 마치고는 헐렁한 가운 차림으로 소파에 나른하게 기대어 앉아 떠벌이었다.

"형씨께서는 안 가시기 잘했소이다. 고궁이라고 별로 볼 것도 없더군요. 교토의 고궁에 비하면 형편이 없어요. 덩실한 석조건물 하나뿐인데 그게 이를테면 이궁이었던 모양이라. 고궁다운 정취도 전혀 없고 하기야 뭐 어차피 그러고 그러리라는 건 미리 알고는 있었지만 말입니다. 원체 나 같은 사람은 그런데 취미도 없고 그렇지만 말입니다. 교토를 돌아보면 그런대로 옛 정취가 나거든요. 금각사나 은각사나 우리 같은 문외한이 보아도 무언가 은근하게 느껴지거든요. 석정을 보아도 그렇구요. 그런데 이곳은 전혀 평범하더군요. 도대체 무엇을 보라고 끌고 가는지 알 수 없단 말이에요. 돌아오는 길에 백화점에 잠깐 들러 보았는데 이것도 일본과 비하면 하늘과 땅 차이구요. 하기야 뭐, 관광이라고는 하지만 핑계에 불과하지 않겠어요. 그저 일주일쯤 휴가 삼아 기분이나 풀자는 것이지 지방에 가도 뻔할 거예요. 특별히 뭐 보잘 것이 있겠습니까. 판문점이나 금강산이라면 약간 호기심이 동하겠지만 말입니다. 판문점은 수속이 복잡하다는구먼요. 제대로 운이 좋아서 회담이라도 열리는 경우에는 가볼 수도 있기는 있는 모양입니다만. 금강산은 옛날에 너댓 번인가 가 보았지요. 구룡폭포나 만물상이나 조금 볼만하기는 하지만 하긴 그것도 별 것은 아니에요. 말이 났으니 말입니다만 종전 전에는 저는 황해도 해주시청에 근무했었지요. 그땐 좋았어요. 진짜 그때가 좋았다니까요. 동해안 송전에 별장 하나를 갖고 있어서 여름 한철은 늘 그곳에서 지냈구요. 송전서 조금 더 내려가면 고저라고 총석정이 있는데 그게 해금강으로 치면 백미지요. 온천도 그래요. 양덕 온천이나 주을 온천이 진짜 온천 맛이 나지. 그때는 이름이나 있었나요 뭐. 그것들이 지금은 모두 북한 땅인데 하긴 뭐 못 가보는 곳이니까 더 근사해 보이는지도 모르지. 자아, 이제부터는 스케줄이 어떻게 되는고? 슬슬 배가 고파지는데."

게이조오가 별로 말대꾸를 않자 중늙은이도 슬그머니 김이 새는 듯 시커먼 털이 무성한 뚱뚱한 배를 긁적이며 비로소 정면으로 게이조오를 쳐다보았다.

게이조오는 단 하룻밤일망정 저런 사람과 한방을 쓴다는 일이 벌써부터 끔찍스러워지는데 중늙은이 편에서도 모 재벌 산하의 매상고를 많이 올린 소매상답게 이편의 눈치를 즉각 알아차리고는 조금 가라앉은 표정으로 억양을 바꾸었다.

"이것도 인연인데 정식으로 인사라도 나눕시다. 보아하니 나 같은 장사꾼 같지는 않고"

게이조오도 별로 당기지는 않았으나 간단히 이름만 대었다.

"도쿄에 사시겠군요."

"그렇습니다."

"근데 보아하니 아무렇게나 묻어서 관광 나오신 것 같지는 않아 보이는데, 지방행까지 포기하신 걸 보니 무슨 그럴만한 사연이 있으신가 보지요."

"네, 있다면 있구 별일은 아닙니다."

게이조오는 점점 잘못 걸려드는구나 하면서도 곧이곧대로 대답하였다.

"실은 동생들이 한국에 살고 있습니다."

"그러니까, 상사 같은 현지 대리점에라도 근무하시는 가부지요?"

하고 중늙이는 조금 의아하게 되물었다.

게이조오는 잠시 망설였으나 어차피 알아질 일이다 싶어서

"실은 옛날에 아버지와 같이 살던 한국 여인과 소식이 닿아서……"

"네? 아하 그렇군요. 그러시군. 그러니까 형씨께서도 종전 전에는 한국에 계셨구면. 어디였습니까?"

"북쪽 안변이었습니다."

"아하 그러셨구면. 그러셨군."

하고 중늙은이는 필요 이상으로 반색을 하였다.

"그러면 연락이 닿았습니까. 옳아, 그래서 시내 관광도 안 나가시고, 지방행도 포기를 하셨구면."

"네, 조금 전에 만나보았지요."

"그러니까, 삼십 년 만에?"

"네, 그런 셈이지요."

"아하, 그러셨구면, 그러셨구면. 아하, 그거 부럽습니다. 나 같은 사람도 옛날에 그런 끈터기라도 남겨 두었더라면 늙마에 꽤 재미있는 일이 벌어졌을 텐데. 그때에야 앞일을 알 수 있었어야지. 주색잡기에 들어서는 누구에게 뒤떨어지지 않았지만 말입니다. 그래 아버지는 아직 살아계십니까? 무얼 하시던 분이셨는데."

"네, 살아 계십니다. 안변에서 농장을 경영하셨었지요."

"아하, 그러셨구면. 그러니까 형씨께서는 그때 중학생 정도였겠군요."

"그렇습니다."

"그랬으면 진짜 좋은 재미는 그닥 맛보지 못하셨겠구면. 전쟁 회오리바람에 휘감겼을 테니."

결국 게이조오는 뜨적뜨적 대강의 정황을 설명해주었다. 작은어머니인 셈인 그 여인은 이미 재혼을 하여 조치원에 살고 있고 이복동생으로 남매가 있다, 좀 전에 그 중의 여동생 되는 사람이 잠시 왔다 갔노라고 그런데 원체 삼십 년 만이어서 전혀 남남끼리나 마찬가지더라고 말하였다.

"저런 그런 줄 알았다면 볼품도 없는 고궁 관광에 나설 것이 아니라 그 역사적인 상봉 순간을 보는 것을 그랬군요 그래, 어떻습디까? 전혀 남남끼리처럼 덤덤하더라는 말씀이요 그게 그럴까, 설마 그렇지만도 않았을 것인데. 그럼 그 조치원이라는 데는 내려가시겠군요 그러니까 아직도 주 당사자인 작은어머니는 여직 만나지 못했다는 말씀이군요

"그런 셈이지요"

바로 이때 인터폰이 짤막하게 울리자 중늙은이는 여전히 게이조오에게서 눈길을 떼지 않은 채 수화기를 들었다.

"하이네"

하고는,

"네? <이즈미>씨요?"

하고 '옳지, 왔군요 왔어.' 하듯이 화다닥 놀라며, 게이조오를 향해 웃었다.

게이조오는 좀 엉뚱하다는 낯색으로 수화기를 받았다.

"이즈미씨입니까?"

"네."

저쪽은 사내 목소리였다.

"방금 어떤 여자분께서 전화가 왔는데 관광 스케줄이 어떻게 되는가고

물어와서 <이즈미>씨께서는 지방에는 안 내려간다고 여쭈었더니 내일 정오에 호텔로 찾아오겠다는 연락이었습니다. 성함을 물었더니 그렇게만 말하면 아실거라고요."

"네, 알았습니다."

게이조오는 수화기를 놓았다. <게이꼬>로구나 하고, 비로소 차분하게 안심이 되었다. 박훈석인가 하는 그 자를 만나기 전에 <게이꼬>를 만나게 된 일이 대강 그렇게 되리라고 짐작은 하고 있었지만 새삼 다행으로 여겨졌다.

"누굽니까?"

하고 중늙은이는 어느새 간단한 실내의로 갈이 입으며 어린애 보채듯 두 눈까지 반짝이며 물어왔다.

"네, 내일 낮에 다시 여동생이 찾아오겠다는 전갈입니다."

"아하! 저런. 내일 우리는 지방으로 떠나는 모양인데. 나도 그만 포기해 버릴까부다. 그게 그럴 수도 없고."

중늙은이는 천진해 보일 정도로 아쉬워하였다.

"그건 그렇고, 이렇게 부딪치기도 쉽지 않은 일인데 목도 컬컬하고 하니 제가 맥주 한잔 사리다. 저녁밥을 먹으려면 아직 시간이 있는 것 같으니."

하고, 게이조오가 뭐라고 말할 틈도 주지 않고 부자를 눌렀다. 맥주 두 병에 마른안주 하나를 값을 확인하고 주문하였다.

맥주가 운반되어 오자 그는 다시 수선을 피우며 컵에 따르고는

"기억해 두시우, <이즈미>씨 삼십 년 만의 해후에 동국인으로서 축

하를 해드린 것은 이 사람이라는 것을 아무쪼록 잊어서는 안 됩니다."
하고 허황하게 한바탕 지껄였다.

그러나 게이조오는 전혀 겉도는 느낌이었고 시종 차분하고 침착하게 가라앉아 있었다.

3

얼추 열한 시가 되어서야 경순이는 조치원으로 내려왔다. 들어서는 기척도 없이 경순이 방문을 열자 마침 방 아랫목에 누워 있던 박훈석은 팅기듯이 일어나 앉았고, 조여사도 남편 못지않게 깜짝 놀라면서 일순 둘이다 '어떻게 됐니? 만나기는 만났니?' 하는 기갈스런 눈길로 쳐다보는데, 경순이는 경순이대로 책가방을 훌러덩 윗목으로 내던지고는 수선스럽게 교복 단추를 끄르면서

"아이 배고파. 엄마 나 어서 밥부터 줘."
하였다.

"아니 여직 저녁도 못 얻어먹었다는 말이냐? 경희 언니는 만났고?"
하고 조여사는 남편과 경순이 기척을 번갈아 살피듯 하면서 무릎을 짚고 일어섰다. 딴은 경순이 밥상을 차려주자는 셈이지만 일단 부녀만 만나도록 이 자리를 피해주자는 속셈이었다. 그러나 피하고 자시고 할 것도 없이 이미 조여사도 대강의 내용을 알고는 있었다.

남편 박훈석이가 경순이를 서울로 올려 보냈고, 서울 사는 경자가 비행장에 마중을 나가지 않을 경우에 대비해서 경희 경순이로 하여금 마중

을 나가도록 하려는 것일 거라고 그 정도로만 상상하였을 뿐 그 이상은 되도록 생각을 않기로 하고 일부러 진종일을 밖에서 지내다가 느지막이 들어와서 늦저녁을 해먹었던 것이다. 저녁을 먹는 동안에도 양주 간에 딴청만 피우다가 저녁상을 물리자 남편은 잠깐 바깥바람을 쏘이고 들어와서는 그대로 아랫목에 누워 또 손을 두 눈두덩 위에 얹고 있어 자는지 마는지, 다만 머리맡의 담뱃갑에 손이 자주 가는 것으로 남편대로 조바심을 하는 것이 짐작은 되었던 것이다. 조여사도 괜스레 부엌으로 건넌방으로 들랑날랑 하면서 혼자 안달을 하였는데 갑자기 남편은 벌떡 일어나 앉더니 담배 한 대를 피워 물면서 불쑥 말하는 것이다.

"이보게. 임자도 벌써 짐작은 하겠지만 경순이는 내가 서울로 올려 보냈네."

순간 조여사는 화다닥 놀라듯이 멀거니 남편을 쳐다보았다.

"임자 입장도 모르는 바는 아니야. 그렇다고 기왕 오는 사람을 전혀 시치미 뗄 수도 없는 거 아닌가베. 이런 일에 내가 나서는 것이 어떨까 싶어 며칠 동안 나대로 주저도 하였으나 경자 고집이 저렇고, 임자나 성 갑이로 말하더라도 이렇다 할 작정이 없는 것 같기에 당장 오늘 사람은 오는 판국이니 경순이와 경희더러 우선 마중을 나가보도록 손을 써 두었네."

조여사도 '잘하셨어요.' 하듯이 두 눈이 빛났으나 금방 외면을 하면서 작은 목소리로 물었다.

"그러니까 당신이 만나보겠다는 얘기에요?"

"아무도 안 만나면 나래도 만나야지. 삼십 년 동안 맡아 기른 책임으로도……"

"네? 그게 무슨 소리지요?"

박훈석도 아차 하는 얼굴로 그러나 금방 비시시 웃음으로 얼버무리고는

"경순이 편에 일자 편지를 썼네. 근간 만날 날짜와 시간을 정해 주면 내가 올라가겠노라고"

"……차라리 애들 보내지 말고 직접 당신이 올라가실 걸 그랬군요 그러는 편이 나을 뻔했지요"

"나도 그럴 생각이 없지는 않았지만 일단 그쪽 눈치도 떠보아야겠고"

"그쪽 눈치를 떠본다는 것이 되레 이쪽의 눈치를 보이는 꼴이 되는 수도 있지 않나요 그럴 바이면 아주 처음부터 정면으로 마주치는 편이 나을 뻔했어요"

"어차피 만나면 정면으로 마주칠 테니까. 이나저나 너무 꼬장꼬장하게 생각할 것은 없당이."

"꼬장꼬장하게 생각하는 게 아니지요. 그래서 편지에다가는 뭐라고 썼지요? 그리고 만나서는 대체 어쩔 참이에요?"

"글쎄, 걱정 말고 나한테 맡겨 봐. 그냥 맡겨 보랑이."

"맡기고 말고 할 게 뭐가 있나요 너무 결례나 되지 않나, 경순이든 경희든 이쪽에서 못 만나게 될 사정을 적당히 둘러대기만 하면 그뿐이지 당신이 만나는 것은 무엇이며, 더구나 날짜와 시간을 정해주면 올라가겠노라는 것은 또 뭐지요?"

조여사는 내친 김에

"조금 전에 당신은 삼십 년 동안 맡아 기른 책임으로 만나야겠다는 소리를 하였는데 혹시 편지에다가도 그런 소리를 쓴 것이 아닌가요?"
하고 물었다.

"글쎄, 잔소리 하지 말고 나한테 그냥 맡겨 두랑이."

박훈석은 다시 능청맞은 웃음을 비시시 흘릴 뿐이었다.

역시 이랬구나. 이 사람이 하는 일이 으레 이러리라는 것이 뻔했음에도 그냥 어영부영 지냈다는 것이 조여사는 뒤늦게 후회가 되고 가슴이 달아올라 견딜 수가 없었다.

"성갑이 하고는 얘기가 되었나요?"

"얘기하고 말고가 뭐 있어. 이까짓 일에. 아, 애들 둘 공항에 마중 정도 내보내는 게 뭐 그리 대단한 일이라고"
하고 박훈석은 어느새 두 눈을 벌려 뜨며 역정을 썼다.

"대단한 일이어서가 아니라 당신이 앞으루 무슨 일을 벌이려는지 걱정이 되어서 그래요. 성갑이 하고는 어느 정도 얘기가 되었는 줄 알았지요."

"쓸데없는 걱정은 말랑이. 성갑이도 그렇지 양어장 합네하고 벌써 몇 년을 저러구 있지만 부지하세월로 그 꼴 못 벗어나지 않나. 나도 나대로 이래저래 궁리를 해왔으니까 그냥 잠자코 기다리고 있으라고만 해. 되레 내가 나서는 게 얘기하기도 좋고"

"그러니까 일본서 건너오는 사람한테 말이지요?"

"그 밖에 누가 있다나?"

"그럼, 당신이 나서서 얘기하시겠다는 내용은 뭐지요?"

"글쎄 호주알 미주알 꼬치꼬치 캐어들 것은 없당이까 이러누만. 성갑이나 경자에게도 당분간 입 다물고 괜스레 산통 깨지 말고 말야."

그러나 조여사는 조여사대로 그냥 보아 넘길 수는 없다는 듯 와락 팔깍지를 끼면서

"난 그럴 수 없어요. 내일이라도 성갑이 경자를 당장 만나서……"
하자

"뭐이 어째."

하고 박훈석도 금방 재떨이에 손이 가면서 온몸을 부르르 떨었으나 일단 참는 것 같았다.

"일이 그렇잖아요. 당신이 나설 일이 따루 있지."

"왜, 왜 내가 못 나서. 엄연히 삼십 년 간 맡아 기른 사람인데."

"그러니까 맡아 기른 값을 받아내야겠다는 말이군요."

"아문. 잘 아는군. 세상에 공짜가 어디 있어. 난 삼십 년 동안 피땀 흘렸다구."

저 지경으로 까붙이고 나오자 조여사는 하도 어이가 없어 차라리 웃음이 나왔다.

"그만둡시다. 말이면 다 하는 건 아닐 테니까. 어린애들도 아니겠고"
하자 시익시익거리던 박훈석도 새 담배에 불을 갈아 붙이면서 다시 한번 다짐을 하듯이

"암튼, 일주일 동안만 아무 소리 말구 있어. 그동안만 모르는 체 하랑이. 방금 한 소리는 분김에 한 소리니까 고깝겔랑 생각 말고 그건 그렇구, 이 기집아는 왜 아직 안 내려오누. 자고 올라는가베."

하였다.

'그럽시다, 그렇다고 합시다.'하고 조여사도 더 이상 한마디 대꾸도 안 했다. 요 며칠간의 돌아가는 눈치로 남편의 동정이 수상쩍다고 짐작하였지만, 도리어 뜻밖에 풀릴 실마리가 남편에게서 열릴는지도 모른다고 불안스러운 대로 아는 체를 안 했었는데 아무리 무지막지한 남편이기는 하되 설마 이 정도이기까지야 하랴 싶었던 것이다. 그러나 정작 지금에 와서는 역시, 능히 이러고도 남을 사람이었다는 것이 새삼스러웠고 갑자기 백치나 된 듯이 멍멍한 느낌이었다. 저런 사람과 자식새끼 낳아 기르면서 삼십 년 동안을 같이 살아 왔다니 싶어지면서도 그 어이없음이 어쩐지 자꾸만 피식피식 우스워지는 것은 웬일일까. 하긴 저이가 저런 위인임은 이미 익숙할 대로 익숙해 있는 것이다.

이렇게 한바탕 북새를 떨고 남편 박훈석은 다시 방 아랫목에 벌렁 누워 버렸고 그렇게 삼십 분쯤이 지나서 경순이가 들어선 것이다.

지금 조여사는, 비록 삼십 년 동안 살을 섞은 사람이고 한쪽은 직접 낳아서 기른 자식일망정 부녀간에 이제부터 주고받을 얘기를 차마 그 자리서 같이 듣기는 무언지 끔찍스러웠다.

조여사는 경순이 밥상을 차려준다는 핑계로 부엌으로 나왔으나 부엌이라야 방에서 여닫이문 하나 사이여서 부녀간에 주고받는 소리는 말짱하게 들렸다.

"만났니?"

"어머, 아부진…… 엄마 들어요."

"엄마두 안다."

"어머 어머, 엄마두 알아요? 엄마는 뭐래요? 어머 어머."

"만났느냐는데 딴소리구나."

"어머, 아부지는 괜히 신경질이다. 신경질 낼 것은 되레 나라구요."

"뭐라구? 그게 무슨 얘기냐."

"뭐, 그딴 사람이 다 있어."

"왜, 무슨 일이 있었니야?"

경순이 목소리는 금방 소곤거리듯이 작아지고 혀 놀림도 빨라졌다.

"글쎄 나한테 괜히 신경질이지 뭐야."

"신경질이라니?"

"아부지가 준 그 쪽지 받아 보구서지 뭐. 경자 언니는 알고 있느냐, 엄마도 알고 있느냐, 성갑이 오빠도 알고 있느냐, 꼬치꼬치 캐어묻구 창피해서 혼났어."

"경희도 같이 있었니야?"

"경희언닌 밖에서 기다리구 나만 방으루 올라갔어."

"신촌 언니는 못 만났니?"

"아니, 내가 전화를 걸어서 신촌언니도 나와서 같이 만났어."

"그럼 신촌 언니 있는 데서 주었다는 말이냐?"

"아니, 신촌 언니랑 같이 나왔다가 나만 다시 들어갔어."

"답장은 주더냐?"

"줍디다."

"그거, 이리 내봐라."

밥상을 들고 조여사가 방으로 들어와서 부녀간의 얘기는 끊어지고 남편 박훈석은 아랫목 벽에 느슨히 기대어 앉아 있었는데 낯색이 안 좋았다. 경순이는 밥상 앞으로 낼름 다가앉으면서

"엄마, 엄마두 안다면서."

하고는 쑥스럽게 웃었다.

"배고플 텐데, 어서 밥이나 먹어라."

조여사는 부러 딴청을 부리듯이 말하고는 남편을 쳐다보았다. 남편은 회답 쪽지를 와삭 글어 쥐고는 곧장 일어서서 방을 나갔다.

경순이는 퍼지르듯이 밥순갈을 뜨면서 속삭였다.

"엄마, 아부지하고 무슨 일 있었구나 말다툼했어?"

"넌 참견 말아."

"엄마두 다 안다면서."

"글쎄 그런 참견 말래두. 경자언닌 만나서 뭐래든?"

"경자언니야 뻔하지 뭐. 자존심 차리느라구 기를 쓰구, 엄마랑 성갑이 오빠랑 못나오게 된 이쪽 형편을 이해하시라고 그러지 뭐."

"다시 만날 약속은 안 허든?"

"인사치레처럼 전화를 걸겠다구는 했어. 근데 모르지 뭐. 내일쯤 다시 단 둘이 만나게 될라는가."

"울지는 않던?"

"울기는. 다 큰 사람들이 울라구. 통역이 끼니까 싱거워 전혀 남남끼리 만나는 것 같구."

이날 밤새 조여사는 깊은 잠을 못 들었다. 내일이라도 당장 성갑이와 경자에게 알려서 남편 박훈석의 일에 쐐기를 박아야 할는지 아니면 남편

말대로 그냥 모르는 체 해야 할는지 갈피를 잡을 수가 없었다.
 그러나 일은 이미 엎질러진 물인 것이다.

 경자 생각으로는 오후 한나절 정도 시간을 내어서 서울 근교나 한바퀴 돌리라 하였지만 아직 그렇게 확정한 것은 아니었다. 서울 근교라고는 해도 어디를 어떻게 돌아야 할는지 도무지 막연하였다. 북악 하이웨이로 접어들어 팔각정에서 서울거리를 내려다보며 점심이나 먹고, 다시 신촌 쪽으로 나가 강변도로를 따라서 워커힐로나 갈까, 거기서 빠찡코나 즐기다가 형편보아 실내수영장에서 수영이나 잠깐 하고 저녁 대접으로 끝마무리를 지을까, 대강 이 정도의 스케줄이 이런 경우의 공식일 것 같았다. 그러나 경자는 어쩐지 썩 마음이 내키지 않았다. 흔히 서울의 약진상이라고 불리우는 이런 것들이 치부로서 받아들여질는지도 모른다는 생각이 한구석에 집요하게 늘어붙어 있었다. 그렇다고 고궁이니 박물관이니 하고, 소위 왈 한국의 가장 한국적인 모습을 둘러본다는 것도 썩 마음에 내키지 않는다. 울긋불긋한 치장도 창피하려니와 그런 면에는 경자 자신이 너무 무식하여 어려운 질문이라도 받으면 난처하겠다는 생각이었다. 그야, 통역 없이 단 둘이서 다닐 테니까 그럴 염려는 없을 것이지만 무언지 너무 조촐하고 찌들어 보이지나 않을는지 싶었다. 이 점은 여고시절이나 대학시절 그런 곳에서 늘 어김없이 받았던 감회였다. 그런대로 오랜 세월이 절어든 고졸한 맛은 풍기지만 다 둘러보고 나면 저도 모르게 후유하고 한숨이 나와지곤 하던 것이었다. 무언지 분명치는 않으나 찌들어지게도 아슬아슬하게 이어온 민족이라는 생각이었다. 더구나 민속

극이나 구슬픈 농악 같은 것을 보고 들을 때는 울음을 삼키느라고 정신이 없곤 했었다. 작년엔가 열렸던 옛 미술전에 갔을 때도 신라, 고구려, 백제, 고려, 이조로 연면하게 내려오는 도자기들, 그림들, 특히는 자질구레한 생활용품들이 변화해온 자취, 소위 왈 양식의 변천에 그 이상 실감이 날 수가 없었지만 다 둘러보고 나서 밖으로 나왔을 때는 역시 큰 한숨이 내쉬어지면서, 찌들어지게도 가난하게 살아온 민족이고 지겹게도 짓밟히며 살아온 민족이라는 게 여실하게 느껴지던 것이었다. 그리고 저 속에서 그 무슨 노여움 같은 것이 불끈 솟던 것이다. 역시 옛 문화일수록 그림이라든지 도자기 같은 문화의 모습으로 있는 문화보다는, 밥그릇, 팽이, 숟가락이나 저봉 혹은 일상 입던 옷 같은 실제 생활에 자질구레하게 쓰이던 생활용품이 더 찡하게 때려온다. 그것도 왕족이나 귀족들이 멋으로 쓰던 것들보다는 전혀 이름 없는 일반 서민이 쓰던 것일수록 짙다. 그림이라든지 도자기들도 그렇다. 당대의 생활이나 풍속에 밀착해 있는 것일수록 더욱 감회를 불러일으킨다. 이미 당대부터 완상용이던 잘생긴 도자기들보다는 찡그려지고 못생긴 것들이 훨씬 가슴 뭉클하게 하고 부피 있는 느낌을 자아내게 한다. 그러나 그런 것들은 경자처럼 조금 취미가 있거나 전문가가 아닌, 더구나 외국인인 경우에는 별로 흥미를 느낄 것 같지 않았다.

  한편으로 생각하면 아예 오늘의 한국인들이 살아가는 가장 현장다운 현장, 이를테면 영등포 공단 지역, 면목동이나 금호동 혹은 봉천동 근처, 여의도 혹은 반포 아파트 같은 초현대식 맨션들, 그리고 마지막으로 신촌집으로 데려다가 저녁대접이나 하면 어떨까 싶기도 하였다. 물론 이런 경우에는 몇 군데의 백화점과 남대문 시장이나 동대문 시장을 빠뜨릴 수 없을 터였다. 그러나 그러기도 무언지 번거로울 것 같고 괜히 유별난 짓일 것 같았다.

경자는 어쩔까 하고 자못 망설이다가 아무튼 게이조오와 내일 만나서 그의 의향을 묻고 결정하리라 하였지만 결국 종당에는 가장 상식적인 코스인 북악하이웨이, 강변도로 워커힐로 낙착이 되지 않을까 싶어졌다. 그러자 문득 성병이 생각이 났다. 이런 경우에는 성병이를 불러내서 셋이 같이 만나는 것이 부담도 덜하고 나을 것 같았다. 어차피 이런 자리에까지 통역을 끼어 넣을 수 없는 것, 그럴 바이면 성병이를 껴넣어서 손짓 발짓 섞어 영어마디 섞어가면서도 익살이라도 부리는 편이 분위기로 좋을 것이다. 그러나 과연 성병이가 응해줄 것인지가 문제였다. 성병이에게는 게이조오가 온다는 얘기나마 꺼내는 것조차 망설여지게 되던 것이다. 어린 적부터 형제 중에서 그중 싹수가 있던 녀석이지만 성깔이 대단해서 중, 고등학교 때부터 사사건건 아버지와 충돌하고 몇 번이나 가출을 하여 말썽을 일으키곤 했던 것이다. 지금은 C대학 경제과 2학년으로 명륜동에서 가정교사를 하면서 학비도 자력으로 벌고 있고 조치원집과는 거의 발을 끊다시피 하고 있다. 경자는 만날 때마다(그쪽에서 들러야 몇 달만큼씩 코빼기라도 보는 형편이지만) 안쓰러워 신촌집에 와 있든지 아니면 기왕에 경희가 방을 얻고 있으니 같이 있으라고 권고도 해보지만 번번이 성병이는 들은 척도 안하였다. 그러나 경자에게 제 전화번호만은 가르쳐 주고 있다. 조치원의 부모들도 성병이가 형제들 가운데서 그중 싹수가 있다고 생각은 하면서도 원체 성깔이 있고 말썽을 부리는 아이어서 내놓은 자식

셈 잡고 제멋대로 내버려두고 있는 형편인 것이다.

경자는 곰곰 생각 끝에 성병이에게 전화를 걸었다. 그러나 정작 성병이가 전화를 받자 무슨 말부터 꺼내야 할는지 당황해져서 조금 일이 있으니 만나자고 하였다. 성병이도 조치원 식구들에게는 사사건건 대들지만 이 누나에게만은 성깔에 비해 고분고분한 편이어서 즉각 와 주었다. 까무잡잡한 얼굴에 청바지 차림이었다.

"요즘도 등산 다니나보구나."

하고, 경자는 눈치 떠볼 것도 없이 단도직입적으로 일본서 사람이 왔노라, 방금 만나고 오는 길이라고 하자, 성병이는 그닥 놀라는 것 같지도 않았다.

"그럼 엄마랑, 큰형도 올라왔우?"

하고는

"그게 나하고 무슨 상관이란 말이오."

하고 의외로 표정은 담담하였다. 경자는 어쩌면 응할 것도 같다 싶어

"실은 만나려서 만난 게 아니구, 나 혼자만 피치 못해 이렇게 되었는데 말이다. 성병아, 나 좀 도와다오 내일 오후 한나절만 틈 좀 내라. 기왕 이렇게 되었으니 서울 근교 안내라도 해주어야 할 판인데 나 혼자서는 조금 무엇할 것 같아서 말야."

하자, 성병이는 비시시 웃으면서 쉽게 응해 나섰다.

"그럽시다. 힘들거야 없지요"

하고

경자는 여간 다행이 아니었다.

"역시 성병이가 나를 이해해 주는군. 긴 말은 그만 두자. 너도 대강 눈치 채고 있는 일일 테니까. 암튼 너만 믿겠다."

하였지만, 결국 경자는 저간의 사정을 다시 짤막하게 얘기하고는 필경 경순이가 올라온 것은 조치원 아버지의 그 무슨 꿍꿍이속일 거라는 짐작까지 다 털어놓아 버렸다.

성병이는 꿈틀하듯이 두 눈을 바로 뜨더니 금방 눈길을 내려 깔며 나지막하게 지껄였다.

"그 녀석 끌고 그냥 튀어 버립시다."

"뭐야? 어디로 튄단 말이냐?"

하고 경자는 역시 성병이답다 싶어 비시시 웃음이 나오는데,

"며칠 동안 묵는답디까?:

"한 일주일 묵나 보더라. 관광단에 껴서 왔는데 일행은 사나흘간 지방 관광 떠났다나 보더라."

"그러니까 잘 됐지 뭡니까. 내일 만나서 당장 설악산으로라도 갑시다. 등산이나 가자고"

"글쎄다. 그 사람 형편이 어떨는지······"

"형편이 어떻긴요 누나가 가자면 마다하지는 않을거요 3박 4일이면 청봉 다녀올 수 있을 테니까."

듣고 보니 그런 방법도 괜찮겠다는 생각이어서,

"아무튼 내일 같이 만나 보아서 형편 닿는대로 하자꾸나."

하자, 성병이는 다시 못을 박았다.

"어찌 됐든, 아부지는 못 만나게 해야 해요. 무슨 방법을 써서라도 필

경 아부지는 벌써 손을 써 두었을 것이니까."

 이날 밤 성병이는 신촌서 같이 자고 이튿날 새벽 등산 장비를 챙기려고 명륜동으로 갔다가 오정 십분 전에 명동의 다방으로 나오기로 하였고 경자도 성병이의 극성으로 등산화, 등산모, 청바지에 잠바차림으로 나갔다. 일이 이렇게 되고 보니 설악산으로 가든 안 가든 경자는 덮어놓고 신이 나고 재미가 있었다. 과연 오정 십분 전 정각에 성병이는 큼지막한 배낭까지 메고 그야말로 중장비 차림으로 다방으로 나타났다. 다짜고짜

 "속초 가는 버스가 열한 시 반 막차일 것인데 어쩌지요."
하고, 완전히 그렇게 결정이라도 한 듯이 웅얼거렸다.

 경자도 손목시계를 들여다보면서

 "갈 땐 가더라도 그 배낭은 일단 여기다가 맡겨 놓자, 그걸 메고 호텔까지 갈 수는 없는 거 아냐."
하자

 "뭐 어때요 이런 배낭 메고 호텔로 못 들어간다는 법이라도 따로 있답니까. 그럴 거 없어요. 이런 걸 메고 가야만 그 녀석도 빼도 박도 못하고 딴소리 못하지요."
하고 제 고집대로 배낭을 메고 어슬렁어슬렁 다방을 나서는 것이 아닌가.

 경자도 이런 성병이가 무언지 더욱 든든해지는 느낌으로 뒤따라 나섰다.

 정오 조금 지나서 경자가 노크를 하자 게이조오는 미리 통역까지 대기시켜 놓고 기다리고 있다가 질겁을 하듯이 놀라며 두 눈이 휘둥그레졌다. 등산 차림의 경자도 경자지만 그 뒤로 배낭까지 메고 서 있는 낯선 청년

을 훌끔훌끔거렸다. 경자도 한 손으로 입을 가리며 끼들끼들 웃으면서

"놀라셨지요?"

하고는, 통역을 쳐다보았다.

"동생이에요. 어저께 만났던 두 아가씨의 어간에 낀 동생인데 지금 대학 2학년이지요. 재미있는 아이에요. 같이 오자니까 글쎄, 무작정 설악산으로 가자는 군요. 이 길로 그냥 떠나자고."

하였다. 통역은,

"그러니까 이분도 같이 가자는 건가요?"

하고 게이조오 편을 가리키면서 되물어왔다.

게이조오는 매우매우 유쾌하다는 듯이 손바닥으로 제 이마빡을 한 번 가볍게 쳤다. 비로소 성병이에게 손을 내밀었다. 하는 짓거리가 첫눈에 마음에 든다는 낯색이었고 성병이도 건성건성 악수를 하고는 한발 물러서서 배낭을 벗어 벽에 세워 놓았다.

잠시 게이조오의 얼굴에는 약간 망설이는 기색이 어리더니 금방

"어쨌든 앉읍시다."

하고, 성병이를 이끌듯이 자리에 앉히고는 저도 옆에 앉으면서 팔깍지를 끼며

"놀랐는데."

하였다.

경자가 조심스럽게 말하였다.

"스케줄에 별 지장이 없다면 가도 무방하지 않겠어요."

"큰 지장은 없지만……"

하고 잠시 게이조오는 말꼬리를 흐리었다.

이때 성병이가 담배를 꺼내 물면서 툭툭 내던지듯이 말하였다.

"갑시다요. 스케줄이 무슨 스케줄입니까. 기왕 관광 왔으면 설악산 정봉쯤 가는 거지요 뭐."

게이조오도 담배를 피워 물면서,

"어쨌든 조금 생각해 봅시다. 날짜는 며칠이나 걸리지요?"

하고 물었다.

"3박 4일 정도 걸리나봐요."

하고 경자가 받았다.

"이건 완전히 기습이로군. 하지만 사실 가고는 싶은데."

하고 게이조오는 잠시 궁리를 하는 낯색이더니 딴청을 부리듯이 물었다.

"대학은 무슨 과지요?"

"경제과라나요"

경자가 받자 성병이는

"자 갈려거든 빨리 일어섭시다. 어차피 버스 시간은 늦었으니까 택시라도 한 대 대절해서. 그래야 나도 덕분에 장거리 택시 한번 타보지요."

하고 막무가내였다.

게이조오도 일이 이 지경까지 된 이상 빼도 박도 못하게 되었다. 멍청하게 성병이를 올려다 볼 뿐이었다.

"자, 어서 떠나요 애기는 택시 속에서도 얼마든지 할 테니까. 나도 학원에 조금 다녀서 일본말 약간 한다구요"

하고 성병이는 재떨이에 담뱃불을 비벼 끄며 통역으로 하여금 셋이서만

떠난다는 것을 암시해 보이며

"자, 어서요 누나부터 어서 일어나슈."
하고 설쳤다.

"글쎄 조금 앉아라. 그렇게 수선 피우지 말구."

경자는 달래듯이 성병이를 되앉혔으나 이번에는 게이조오 편에서 벌떡 일어섰다.

"좋습니다. 갑시다. 3박 4일은커녕 5박 6일도 좋으니까, 갑시다."
하고 결단을 내듯이 말하였다.

이리하여 곧장 셋은 근처 등산기구 가게로 나섰다. 게이조오도 이렇게 결정을 해버리고는 성병이 못지않게 어린애처럼 서둘러 이게 무슨 횡재냐 싶은 표정이었다.

오후 두 시경 박훈석은 조치원에서 버스를 탔다. 날씨는 구름이 낮게 내려앉았으나 비 올 낌새는 아니었다. 이미 경순이 반응으로 미루어 별로 탐탁지 않은 상대라는 것은 알려졌으나 그럴수록 이쪽에서 더 뻔뻔하게 나가리라 하고 새삼 독하게 마음먹었다.

집에서 나올 때 또 한바탕 아내와 실랑이를 벌였다. 부득부득 따라 나서겠다는 것을 달래기도 하고 위협도 하면서 겨우 주저앉힌 것이다. 그러나 박훈석으로서는 아직 이렇다 하게 뚜렷한 엄두는 안 서 있었다. 얘기를 붙여 볼 몇 가지 건은 미리 생각하고 있지만 어차피 그쪽 눈치를 보아 가면서 할 얘기인 것이다. 그러나 이렇게 단둘이 되는 것만도 어디냐 하는 쪽으로 위안을 삼으려고 하였다.

엷은 남색 창 너머로 5월의 들판을 내다보면서 박훈석은 되도록 그 일과는 상관없는 생각에 잠겨 들려고 하였다. 어차피 이런 일이란 만나고 나서야 일정한 윤곽이 잡힐 터였다. 그러나 막상 끈질기게 조바심은 떠나지 않아 잠시도 입에서 담배를 떼지 않았다.

박훈석은 대강 세 가지로 작정을 하고 있었다.

첫째는, 그 옛날 만주시절 트럭 운전수로 있을 때 그가 소속되어 있던 토건회사 주인이었던 오오다니라는 자의 소식을 수소문해 달라는 것이다. 해방되던 해 이미 마흔 살이 넘었을 것이다. 설령 살아있대도 이젠 일선에서 물러나 있을 것이지만 그 가족들이라도 무방하다는 생각이었다.

사실 오오다니라는 자는 그 무렵 만주 일대, 신경(장춘), 하얼빈, 봉천 등지에서는 누구나가 알아주던 사업가였다. 그러나 그 무렵 만주에서의 일본인 사업가라는 것은 그 내용을 자세히 알고 보면 무지막지하기가 짝이 없었다. 일본 관동군을 등에 업고 마구잡이로 대어들었고 그것이 얼마든지 통할 수 있었던 세월이었다. 그 당시 섬나라 속에만 박혀 있던 일본인 장사꾼들로서 인구 삼천만의 넓은 만주 땅 황무지는 하루아침에 굴러든 먹이나 다름없었던 것이다. 자연, 일본 안의 굵직굵직한 재벌들인 미쯔이, 스미모도, 야스다, 이노우에, 야마가다 등등의 대표들이 몰려들었는데 그 선두에 서 있었던 것이 벌써부터 일본 정부가 소유하고 있던 남만주 철도였다.

관동군 장군들이 창졸간에 조작해냈던 만주국은 그 소위 독립선언에서부터 분명하게 못을 박고 있었다. 즉, 일본인은 만주에서 외국인이 아니라 만주인과 동등한 권리를 지닌다는 것이다. 소위 만주국이 최초로 취한 조치는 일본인에게 이중국적의 특권을 인정한 것이었다. 뿐만 아니라 만주국은 일본인과 한국인에 의한 무제한의 농지구입 및 소유를 법률로서 승인했고, 한편으로는 사유지와 국유지의 값을 동결시켜 버렸다. 이리하여 만주의 넓은 들판에서 생산되는 농산물인 주로 콩, 고량수수, 팥, 옥수수, 밀, 보리, 쌀, 담배, 면화, 채소, 과일 등은 거의 고스란히 일본인의 손으로 넘어가고 있었고, 게다가 가경지의 반 이상이 아직 개간되지 않은 황무지로 내팽개쳐져 있었던 것이다. 특히 콩은 그 무렵 전 세계에서 생산된 총 생산량과 그 부산물들의 60% 이상을 만주에서 공급하고 있는 형편이었다. 그것은 구라파와 미국에서 대량 수입해갔고, 아시아에서도 수백만을 먹여 살리고 있었다. 한데 일본이 만주를 정복하기 이전에도 이미 이 콩의 수출취급은 중국, 소련, 일본, 그 밖의 외국 상사 몇몇이 독점하고 있었는데, 1931년 가을 이후에는 중국이 떨어져 나갔고, 일본이 흑룡강성을 지배하게 되면서 소련도 떨어져 나가게 되어, 그 엄청난 이권을 완전히 일본 단독으로 독점 취급하게 되었던 것이다. 그러나 만주사변으로 얻은 일본의 더 큰 이점은 콩 정도가 문제가 아니었다. 만주에 있는 거의 모든 철광과 석탄자원을 자유롭게 일본이 개발할 권리를 지니게 되었으니, 이것이야말로 일본이 만주를 정복한 가장 핵심적인 실속이었던 것이다.

그러나 뭐니 뭐니 해도 당시의 일본 식민주의가 당장 가장 웅대한 구상으로 달려든 것은 만주에서의 철도건설 사업이었다. 만주 땅에 거미줄처럼 퍼져 가던 철도 노선이야말로 만주 경영의 실제 윤곽을 판가름하는 바로미터 역할을 하고 있었다. 때로는 하루에 5킬로라는 초스피드로 철도가 부설되어 갔고 사람 그림자조차 아직 얼씬하지 않았던 태고 그대로의 삼림이나 깎아지른 골짜기를 뚫고 일본제 철로가 놓여지고 일본제 기관차가 요란하게 지나가기만 하면 금방금방 일본의 전화, 전신, 전기, 발전소가 뒤따라 건설되어 갔다. 넓은 산야에서 벌어지고 있던 이 요란한 건설사업의 당사자들인 일본사람들은 자기들을 국제적인 날도적에 불법자라고 생각하기는커녕, 선구자, 변경개척자, 아시아의 건설적 정복자로 자처하고들 있었다. 그런 시절이었던 것이다.

특히 그 무렵에 건설되던 철로 중에서도 가장 중요하게 각광을 받았던 것은 대흑하―도문 철도라고 불리던 노선이었다. 단구간의 노선들 몇 개가 이어져서 만주 땅을 횡단하는 대간선을 이루고 있었는데, 바로 이 철도 계획은 시베리아 국경과 접해 있는 북만주 끝의 북진 기지와 한국의 웅기, 청진, 나진 등 한국 동해안 북쪽 끝의 세 항구를 이어놓자는 속셈이었다. 이 북으로부터의 새로운 간선이 완성됨으로써, 종래에는 동지나 철도를 사용하여 우라디보스토크를 경유하든가, 남만주 철도를 사용하여 대련을 경유하든가 두 가지 길밖에 없었던 것이, 옹근 하루나 그 이상이 당겨져 한국의 동해안을 통하여 일본으로 물자를 실어갈 수가 있었던 것이다. 뿐만 아니라 화물 운임도 그때까지는 소련 관리 밑에 있던 동지나 철도보다 엄청나게 싸게 먹혔다. 이 철도가 완성됨으로써 길림성이나 흑룡강성의 자원을 개발하는 지선과 함께 이 큰 철도 동맥은 동지나 철도의 기능을 일거에 축소시켜 아무 쓸모도 없는 보조 노선 정도로 전락시켜 버리고 말았다. 얼마 후에는 소련도 아무 쓸모없이 된 이 철도를 할 수 없이 일본 관동군이 조작해낸 만주국에 싸구려 값에 팔아버리고 말았다.

바로 박훈석이가 만주 땅으로 들어서던 1934년 무렵의 현지 정세는 이러하였고 열하의 산악지대를 넘어 철도건설이 한창이던 때였던 것이다. 동으로부터 북으로부터 그것은 승덕을 목표로 하고 있었는데, 이곳은 누대에 걸쳐 청조의 천자가 여름 한철 이곳 별장에 묵으면서 전 몽고를 지배하던 요충이었다.

일본군이 이 열하를 정복하기까지 이 근처는 탕옥린이라는 마적 출신의 관할 밑에 있었는데, 그는 그 무렵 벌써 예순 살이 넘어 있었다. 그러나 그의 파란만장한 평생을 알기 전에 우선 일본군이 정복하기 전의 만주 대륙 주인이었던 장작림이라는 자의 정체부터 알 필요가 있을 것이다.

장작림은 만주 최남단인 봉천성에서 태어났다. 본시는 미천한 유목민 출신이었는데 젊어서부터 벌써 만주 마적이 되어 있었다.

청조의 쇠퇴와 더불어 만주 마적은 숫자도 늘어났을 뿐 아니라 차츰 강력해졌다. 그들은 이미 재래의 단순한 도적이 아니어서 때로는 큰 거리를 수개월씩 점령하여 지배하는 것이다. 노일전쟁이 일어나고 만주 땅이 그 전쟁마당이 되어 버리자, 이미 대도적단의 두목이 되어 있었던 그는 눈치 빠르게 일본군과 흥정하여 일본 쪽의 장군으로 임명되었다. 한편 그의 부하 마적들은 유격대원이 되어 전쟁기간 중 제정 러시아군의 골머리를 썩혔다.

그 덕으로 장작림은 전쟁이 끝나자 일본으로부터 막대한 보상금을 받았고, 부하의 숫자도 급격하게 늘어나 일약 만주의 지배자로 부상이 되어 자연 일본도 그에게 주목하게 되었다. 그러나 한편으로는 이미 장작림은 봉천에서 북경 청조의 현지 대표격이 되어 봉천군의 사령관이 되어 있었다. 일조일석에 마적집단이 정규군으로 둔갑을 한 셈이었다. 1912년 신해혁명으로 청조가 망하기 전까지, 그는 독군督軍의 지위에 올라 남만주 대부분의 생사여탈권을 한 손에 잡게 되었다.

신해혁명 후에도 장작림은 중국 새 정부의 대통령이 된 원세개에 의해 성장으로 임명되었다. 다시 그는 중국 정세가 혼란 속에 빠져드는 것을 기화로 남으로 일본과 협력하고 북으로는 러시아와 협력, 양수 겹장으로 권모술수를 구사하여 자기 권력을 강화하는 데만 신경을 썼다. 그는 군대를 더욱 늘이고 공공 토지나 재산을 사물화해 버리고 그것을 다시 팔아 치우고, 지폐를 발행하여 농산물을 사들이고 그것을 되팔아서 금이나 은으로 바꾸었다. 그는 그 금은으로 적을 매수하는데 사용하고 이것이 통하지 않을 때에는 싸움을 걸어 무자비하게 목을 잘랐다. 1916년 북경의 원세개가 드디어 신해혁명을 배반, 제국 회복을 꾀하고 자신이 황제로 오르려고 획책했을 때 장작림도 그와의 의리를 깨고 배반 그를 실각시키는데 한몫하였다. 그 후 곧 원세개가 죽어 버리자 일약 장작림의 권력은 한때 중원 땅에까지 승승장구로 뻗어 갔다. 장작림은 정치적으로도 전혀 무력한 사람은 아니었다. 어쨌든 그는 만주를 분열의 위기에서 구해냈고 중국 전체를 분열과 혼란의 외중으로 몰아넣었던 군벌 간의 투쟁에도 만주 땅이 말려들지 않도록 구해 냈다. 일본을 비롯한 이웃나라들과의 분쟁도 교묘한 솜씨로 피하였다. 뿐만 아니라 그는 먼 장래를 내다보면서 무슨 일이 있더라도 만주를 중국으로부터 떼어내서는 안 된다고 믿고 있었고, 이 소신에 입각해서 몇 백만의 중국인이 만주로 이주 정착

하는 것을 묵인했을 뿐 아니라 은근히 장려까지 했던 것이다.

아무튼 1926년부터 1928년까지의 그는 중국 화북 지방에서 만주에 걸친 넓은 지역을 통치하고 있었으나 화남 국민당군의 북벌로 북경에서 쫓겨나게 되자 도로 봉천의 본거지로 돌아와 있었다. 바로 이 틈을 타서 일본 측이 그에게 흥정을 붙였으나, 장작림은 그의 소신대로 만주를 중국에서 떼어내려는 일본의 분열정책에 완강히 반대를 하였다. 이리하여 그가 타고 있던 열차가 남만주 철도의 철교를 지날 때 다리에 장치해 놓았던 폭탄은 바로 그의 전용차 밑에서 폭발, 횡사를 하고 마는 것이다. 그가 죽자 후계자가 누가 될는지 내외의 주목을 끌었다. 아들인 장학량보다도 장작림 측근의 두 장군이 유력한 후보자로 물망에 오르고 있었다. 그중의 어느 쪽이 되더라도 일본으로서는 만족하게 여길 참이었는데, 그때 스물아홉 살이었던 장학량이 날세게 선수를 써서 새 후계자가 되었다. 그는 두 장군을 죽은 아버지의 관저로 초대, 연회가 끝나자 정중하게 체포하여 총살시켜 버렸던 것이다.

남경의 국민당정부는 환호성을 질렀다. 그 당시 국민당정부는 새로 마악 열강의 승인을 얻고 있었는데 국민당정부가 내거는 목표를 장학량이 흔쾌히 받아들이리라고 믿어 의심치 않았던 것이다. 과연 젊은 장학량은 국민당정부의 기대에 부응 그에 의한 만주 지배가 공식적으로 승인되었다. 남경 정부는 그에게 총독의 지위를 내렸고 그도 그 답례로서 남경정부를 승인하였다.

이리하여 일본은 전격적인 편법의 기습을 감행, 북경의 자금성 깊숙이 박혀 있던 청조의 폐제廢帝를 납치하여 만주로 끌어 오고 한편으로는 만주사변을 일으켜 일거에 봉천을 점령해 버렸던 것이다. 그것이 1931년 9월이었다. 이렇게 일본군은 봉천에 진주하자 즉각 전시조치를 취하였다. 성의 재정, 산업, 우정 통신 등 행정기관을 접수하고 동시에 철도, 전신국, 방송국, 전화국 및 전력국과 염업국도 접수하였다. 그리고 일체의 금융기관과 관청이나 반관의 공공기관들을 폐쇄시켜 버렸다. 또한 정부 재산을 관리하는 기관 속에 일본인 고문을 앉혀 실권을 장악하게 하였다.

이 밖에 관동군은 콩을 비롯하여 각종 곡류의 판매를 취급하던 중국인의 공사, 봉천 방직공장, 복주만 광산, 봉천, 안동, 장춘의 발전소 등등을 일본인 관리로 넘겨 버렸다. 중국 관리들의 재산도 몰수되었다. 그러나 가장 크게 피해를 입은 것은 그 당시 열하성장이던 탕옥린 장군이었다. 그는 비취, 옥기, 홍옥, 상아 등등 많은 재물을 잃었다. 일본군의 트럭은 궁전 못지않은 그의 저택으로 들이덮쳐 그가 개인적으로 저장해 두었던 엄청난 양의 아편도 실어가 버리고 말았다.

이 탕옥린이라는 자는 그 당시 내외의 주목을 받은 약간의 거물 축에 드는 위인이었다. 그는 전형적인 마적으로서 젊었을 적 청조말에는 만주 땅 사방을 싸돌아다니던 자였다고 한다. 자연 그는 일찍부터 마적 두목이었던 장작림과 알게 되었다. 장의 권력이 커지면서 장과 더욱 친해진 그는 소수 부하를 이끌고 장작림 밑으로 기어들어, 장작림은 그를 봉천에 있던 사관학교에 집어넣었다가 곧장 사령관으로 임명하였다. 그 후 그의 이름은 급속도로 유명해졌다. 그는 부하의 수를 급속도로 늘리면서 권력과 돈의 확충에 열을 올렸지만 늙은 장작림도 장작림대로 몽고 정복이라는 꿈이 있는 이상, 열하성 태생인 그의 비위를 어느 정도는 맞춰

주었다. 그렇게 그의 휘하부대가 늘어나기까지 늙은 장작림은 봉천에서 수년간 그를 잘 대우하였으나, 차츰 그의 존재가 잠재적인 위협으로 느껴지자 장은 그로 하여금 내몽고 동쪽의 마적을 퇴치하라는 핑계로 내쫓아버리고는 다시는 불러들이지를 않았다. 그러나 약삭빠른 탕옥린은 변경에서의 새 기회를 이용하였다. 열하지방을 제 지배 밑에 두자, 그곳에서 대량으로 취급되던 아편의 출하권부터 장악해 버리고 말았다. 그리고는 청조 대대로 내려오던 별궁만으로는 성이 차지 않아, 봉천, 북경, 천진 그 밖의 도시에 궁전 같은 저택을 사놓았다. 한편 봉천의 장작림의 허락을 받아 아편은 그의 철도를 이용, 만주로 운반하여 판매이익은 일본의 장사꾼들과 반반씩 나누었다. 1928년에 장작림이 비명에 죽고 실권이 그 아들에게 넘어 갔으나 그들의 동맹관계는 그대로 이어졌다. 남경의 국민당 정부도 그의 열하성 지배권을 인정, 1929년에는 열하성정부 주석이라는 칭호를 안겨 주었다.

그러나 일본의 만주정복으로 그의 지위가 불안해지자 그는 약삭빠르게 새 만주국에 추파를 던지면서 관동군사령부에 접근, 한편으로는 북경의 장학량과도 우호관계를 그냥 유지해 가고 있었다. 왜냐하면 장학량의 지배 밑에 있던 화북지구는 그 무렵의 탕옥린으로서는 식량과 무기의 유일한 공급원이었으며 또한 아편의 유일한 판로였기 때문이다. 탕옥린의 강점은 세수입에 있었다. 그는 중국인 몽고인 합쳐 약 사백만 명으로부터 세금을 짜내고 있었는데 이에 견디다 못한 수많은 현지 주민들은 제 고장을 버리고 떠나가곤 하였다. 주민이 줄어들자 그는 다시 출국세라는 것을 뜯었다. 뿐만 아니라 토지, 가옥, 모든 농산물, 교육, 목초지 및 농민들에게 강제로 재배시키고 있던 아편 소비에서까지 세금을 뜯었다. 그의 역내에서 아들이 태어나면 인두세를 뜯어내기까지 하는 정도였다.

박훈석이가 만주로 흘러들어갔을 때는 바로 남만주를 정복하고 만주국이라는 괴뢰정부를 조작해 낸 일본이 다음 목표로서 이 열하성 일대를 석권하고 난 때였던 것이다. 그리고 봉천에서 그를 트럭 운전수로 고용했던 오오다니라는 자는 관동군 특무장교로 있다가 금방 퇴역한 자로서, 처음에는 일본군이 오지로 들어갈 때 민간인 자격으로 일선군인들과 함께 따라 들어가서는 점령지역에 몇 시간 안으로 행정기구를 만들어 내고 그 고문으로 들어앉아 닥치는 대로 약탈을 일삼던 자였는데 차츰 이골이 들기 시작하자 주로 철도 부설의 청부를 맡는 큰 토건회사를 경영하고 있었던 자였다. 이리하여 그 무렵의 박훈석은 주로 봉천, 하얼빈, 승덕 어간을 오락가락 하였고 때로는 새 만주국의 수도로 신경이라고 불리던 장춘에도 들렀다. 숱한 하수인을 두고 그들로 하여금 현지 일을 내맡기고 있던 오오다니는 하얼빈, 신경 사이를 오락가락하면서 갖은 향락에 흠뻑 빠져들고 있었고 그 무렵만 해도 운전수는 흔하지 않던 때여서 박훈석은 오오다니에 처음부터 잘 보여져 하얼빈과 신경의 그의 숙소로 거의 무상출입을 할 수가 있었던 것이다.

그러나 이미 오오다니는 벼락부자들이 흔히 그런 것처럼 주지육림 속에 빠져들어서 가족이 있는 신경보다는 외국인 첩을 두고 있던 하얼빈에서 주로 소일을 하고 있었다.

아닌 게 아니라 이 무렵의 하얼빈은 이색적인 분위기가 뒤섞여 있는 지상 낙원이었다. 겉보기로는 제정 러시아의 거리를 그대로 연상케 한다.

무거운 돌로 포장된 폭넓은 길이라든지, 둥그런 지붕을 지닌 이색적인 큰 사원이라든지, 길가에 즐비하게 이어져 있는 다방이라든지, 그 밖에도 두터운 외투를 걸친 마붓군이 채찍을 휘두르면서 대낮에 쌍두마차를 몰아가고, 혹은 시커먼 수염의 카자크 사람이 거리를 활보한다는 식이다.

가두의 간판도 주로 러시아 말이고 중심가에서 조금 떨어져 있는 중국인 거리를 제외하고는 중국어 간판은 거의 눈에 띠지 않는다. 게다가 거리는 어디를 가도 시원하게 널직널직하고 음악 환락 워트카의 냄새로 차 있다. 이렇게 그 무렵의 하얼빈 거리는 그 당시 상해의 외국인 조차지 혹은 파리에 망명해서 한숨 섞어 쯔아 제정의 부활을 꿈꾸고 있던 러시아 늙은 장군들의 향수에나 어려 있을 법한 그런 거리였던 것이다. 사실로 하얼빈은 망해가는 러시아의 최후 거점인 셈이었는데 또한 그것은 황색인종이 백인종을 지배하는 세계최초의 도시이기도 하였다.

하얼빈은 원래 중국 땅이었지만 망해가는 청나라로부터 빼앗은 이권의 하나로서 쯔아 정부에 의해 건설되었던 것이다. 노일 전쟁으로 러시아가 장춘 북쪽으로 쫓겨 나오게 되자 하얼빈은 기사회생을 노리는 쯔아주의자들의 활동 중심지가 되어 몇백만 루블이 투하되었고, 쯔아와 그 막료들은 노일전쟁의 패배로 남만주에서 일본에게 양도했던 이권을 되찾기 위한 전초기지로서 이 거리를 개발했던 것이다. 그러나 그 계획이 구체화되기 전에 제정러시아는 혁명으로 붕괴되어버리고 말았다.

러시아에서 혁명이 일어나자 몇 천 명에 이르는 러시아 부자들이 만주로 피난을 해왔다. 1918년 이후 이 피난민의 물결은 몇 년 동안에 걸쳐 끊어질 줄 몰랐다. 원체 넓은 땅에 적은 인구여서 중국인들도 그들에 대해 그닥 적의를 품지 않았다. 토지는 남아돌아갔고 북부의 넓은 지역에 몇 천 몇 만 정도의 러시아 피난민이 들이닥쳤다고 해도 눈 하나 깜짝하지 않았다. 많은 러시아인이 하얼빈으로 몰려들었고, 제정 시대의 쯔아 깃발이 나부끼고, 그들은 그들을 내쫓은 소련에 대한 공격을 책동하고 있었지만 그것은 허망한 꿈에 지나지 않았다.

시베리아에서 코르챠크 지휘하의 백색 러시아 정부가 완전히 붕괴해버리자 동지나 철도는 중국인이 장악하고 말았다. 그 후, 중국인들은 러시아가 갖고 있던 철도의 이권과 하얼빈거리에 대해 지배권을 구사하기 시작했다. 드디어 1924년에 중국은 소련을 승인했다. 양국 간에 협정이 새로 맺어지고 동지나철도에 대해서는 중국, 소련 양측이 공동으로 관리하기로 하여 러시아의 공산주의자가 새 총재로 부임해 왔다. 그 대신 중국인은 러시아인이 개발한 하얼빈의 중심지구를 송두리째 장악해 버렸고, 소련은 현지에 살고 있는 러시아 국민에 대한 시정권의 포기에 동의하였다. 이리하여 현지로 피난해 온 수천 명의 러시아인에 대해서는 일체 간여하지 않는다는 것이어서, 현지의 백계 러시아인들은 하루아침 사이에 무국적자가 되어 버렸고 하얼빈에서의 그들의 특권도 하루아침 사이에 산산조각이 나고 말았다.

하얼빈은 그렇게 이 하루 사이에 무국적자가 되어 버린 사람들의 거리였고 그런 여러 가지 특징을 여실하게 드러내고 있었다. 외양으로는 송화강의 물과 더불어 꿈의 도시 낭만의 도시이면서 차츰 범죄도시로 전락해 갔다. 전기도 공급되고 도로는 그때그때 잘 수리되고 있고 버스와 전차는 제 시간에 어김없이 운행된다. 러시아어와 중국어를 가르치는 학교가 있고 공원, 번화가도 여전하고, 그런대로 주택지구나 공공시설도 확장은 되고 있었지만, 갑자기 치정관계 범죄를 비롯하여 폭력이 난무하기 시작하였다. 한 러시아 청년이 그의 젊은 아내와 하룻밤 잤다는 중국인 장사꾼을 찔러 죽였다는 둥, 발레를 하던 러시아 처녀와 청년이 정사하였다는 둥, 카바레의 혼혈 미인을 둘러싸고 일본의 모피 상인과 러시아인 신사 사이에 칼부림이 있었다는 둥, 송하강 둑에서 두 사람의 러시아 부랑자가 유서를 써 놓고 굶어 죽었다는데 내용은 사랑과 워트카가 없는 생활에 절망했다는 식이었다. 어떤 레스토랑에서는 엄연한 소련 시민이 제정시대의 러시아 늙은 군인에게 구타를 당했다. 체포되었을 때 그 노인은, 차를 마시는 앞에서 해충이 얼쩡거리는 것을 참을 수 없었다고 일갈하였다.

게다가 현지의 백계 러시아인들은 중국의 재판소에 대해 여간 불평이 아니어서 차라리 일본이 하얼빈을 점령하기를 은근히 기다리고 있었다.

과연 일본군이 진주해 들어와서도 하얼빈거리의 그 기묘한 특징은 그대로 보전되었다. 다만 환락가의 주인이 바뀌었을 뿐이었다.

러시아에서 망명해 온 부호들은 한동안은 보석, 의류, 가구, 가보 등속을 팔아서 연명하였지만, 현지에서 재빨리 장삿길로 빠진 사람들을 내놓고는 몇 년 간에 몽땅 바닥이 나버렸다. 자연, 여자들은 창녀로 나섰다. 가문 좋고 교양이 풍부한 미끈미끈한 창녀들이어서 일본군인들이나 장사꾼들은 침을 흘리고 환장하였다. 이틀쯤 예정으로 하얼빈으로 왔던 여행가가 몇 개월 쯤 내리묵는 일이 예사였고 더러는 그냥 그대로 주저앉아 버리는 일도 적지 않았다. 신경에서 온 만주국 고관이나 일본의 크고 작은 장사꾼들이 나이트클럽에서 흥정을 벌이면 옆에는 시중드는 계집이 으레 붙어 있다. 전쟁으로 황폐해 있는 속에서도 하얼빈거리는 여전히 환락가 그대로이고 호텔의 레스토랑은 호화판이다. 저녁식사가 끝나면 카바레로 간다. 여름에는 색깔도 가지각색의 유람보트와 요트가 떠 있는 송화강으로 간다. 저녁바람이 시원하다. 강 한가운데에는 섬이 있고 백사가 깔리고, 흑룡강 상류의 인적미답의 숲에서 흘러내리는 물은 맑고 수영을 즐기기에 맞춤하다. 번쩍번쩍 빛나는 사모왈이 강가에 이어져 있고 조그만 매트를 깐 방갈로에서는 러시아풍의 홍차와 커피를 팔고 있다. 물론 이곳에도 레스토랑이 있고 댄스가 있다. 백인처녀 아랍처녀들이 씨글씨글하다. 까무스름한 인도인이 금발의 폴란드 아가씨와 손을 잡고 걸어간다. 타시켄트에서 왔다는 무섭게 생긴 터키인 뒤로 엉덩이 큰 이르크츠크의 여자가 걸어간다. 희랍인이 기모노 차림의 일본인 아내와 춤을 추고 있다. 일본에서 온 상인이 그르지아인 미녀에게 추파를 던진다는 식이었다. 그 무렵 일류라고 알아주던 파리스탄 거리의 클럽은 유명하였다. 알몸이 훤히 들이비치는 명주 야회복의 러시아 처녀가 항상 스무나므 명씩 기다리고 있었다. 시쳇말로 호스테스였던 셈이다.

    근사한 목소리의 가수가 무대에 나타나 스텐카라진을 부르고 그 다음 러시아 처녀가 스라브댄스를 춘다. 기모노 차림의 일본기생과 일본인 장사꾼이 마주 끌어안고 춤을 춘다. 더러 중국인 장사꾼은 제 마누라와 같이 와서 추는데 태반은 클럽의 러시아 처녀들과 춘다. 전원이 수염을 기른 오케스트라 단원들은 그 옛날 뻬트르그라아드의 왈츠를 연주하는데 그야말로 관록 있는 연주 솜씨다. 이때 동양인의 팔에 안긴 러시아의 백

인여자들은 별 표정이라곤 없다.

　이 틈에, 박훈석의 고용주였던 오오다니도 시베리아 귀족출신으로 우즈베키스탄 태생의 스물한 살 먹은 알짜 처녀였다는 기막힌 미인이던 첩을 데리고 와서 돌아가고 있다.

　박훈석은 간간이 창밖을 내다보았다. 버스는 곧 서울에 닿을 모양이었다. 박훈석은 다시 포켓에서 담배 한 대를 꺼내 물었다. 성냥을 그어대면서, '하얼빈……하얼빈……'하고 혼자 중얼거리며 웃었다.

제 3 장

1

 어제는 저녁답에 비 한줄기가 내리더니 오늘은 새벽부터 쾌청이었다.
 박성갑은 새벽조반을 몇 술 뜨는 둥 마는 둥 급하게 잠바를 걸치며 아내에게 말하였다.
 "오늘은 시내(조치원)부터 다녀 올테니 만일 늦거들랑 당신이 어장에 좀 나가 있구려. 어제 아버지가 서울 올라가는 모양이던데 그 결과도 궁금하고"
 "낚시꾼들이 아침부터 몰려들 텐데요. 엊저녁에 비도 한줄기 내렸겠다. 나 혼자 감당하기가……"
하고 아내는 말꼬리를 흐렸다. 아무리 그렇기로선 그쪽 내용도 뻔히 아는 터에 남편을 적극적으로 만류할 수도 없다는 어투였다. 사실 그 일에 대해서는 피차에 드러내 놓고 어쩌질 못하고, 눈치놀음으로 우물딱쭈물

딱 하는 데에 부부간에도 익숙해져 있는 터였다. 게이조오의 내한을 두고는 처음부터 성갑이 무언가 찝찌름하게 쑥스럽게 여기고 있었는데 어느새 이 쑥스러움은 아내에게도 그런 식으로 옮아져 있었던 것이다. 게다가 둘 다 조금은 내성적인 성격들이다.

성갑의 뒤를 따라 뜰로 나오면서도 아내는 시종 불안한 낯색이었다. 성갑은 아내와 눈길이 부딪히지 않도록 아직 어두운 헛간에서 자전거를 끌어내어 안장 위의 먼지를 손바닥으로 탁탁 쳐서 털어냈다.

"애들 어서 조반 먹여서 학교 보내구."

"네."

하고 아내는 여전히 두어 발짝 남편 뒤를 따르면서 조심스럽게 덧붙였다.

"그 일엔 너무 깊이 얽혀들지 않는 게 나을 것 같은데요"

일순 성갑은 꿈틀 하듯이 아내 쪽을 한번 돌아보았다가 다시 외면을 하였다.

"나야, 깊이 얽혀들 거라나 있는가. 오면 오나부다 가면 가나부다 그뿐이지."

"누군 그렇지 않나요 어머니도 그럴 게고, 서울 있는 애들 고모도 그 점 매한가지지요. 어차피 사람이 와 놓고 보면 그게 그렇지만은 않을 테니까 말이지요."

'이 여편네가 오늘따라 왜 이렇게 말이 많고, 이 일에 열을 내누' 싶으면서도 성갑은 정작 할 말은 없었다. 아내의 말이 옳은 것이다.

"아버지께서 몸소 상경하신 것부터가 수상한 일이에요 무슨 꿍꿍이속인지."

"글쎄 당신은 너무 염려 말구."

하고 성갑은, 다시 한번 안장 위를 손바닥으로 쓱쓱 훔치듯 하고는 훌쩍 올라 앉아 서서히 페달을 밟기 시작했다.

"금방 다녀올 테니까."

하고 힐끗 돌아보자, 아내는 팔깍지를 끼고 그 자리에 그냥 서 있었다.

실은 아버지(박훈석)의 상경을 두고, 성갑이가 가장 염려하는 것이 방금 아내가 귀띔한 그 일이었다. 아니 정확히 말하자면 염려는커녕 부지불식간에나마 일말의 기대조차 갖고 있는 것이다.

이 점도 이미 아내는 간파하고 있었던 것이 틀림없다. 성갑은 어쩐지 등이 서늘해지며 이마의 땀을 손수건으로 닦아냈다. 동시에 발놀림도 더욱 빠르게 자전거 페달을 밟아갔다.

간밤의 비로 들판은 말끔히 씻어 내려져 있었으나 호수 건너에는 몇 군데 안개 기운이 떠 있었다. 그 너머로 몇몇 집의 불빛도 새벽 기운에 스러지며 젖어 보인다. 그리고 그 너머 언덕에 가려져 보이지는 않지만 갯뚜루 마을에서의 개 짖는 소리도 말갛게 들려온다. 호수 물은 금방 물감을 푼 듯하고 방죽이자 길의 가상이 풀잎에는 이슬이 촉촉이 내려 있었다.

'대체 어제일은 어떻게 된 걸까?'

성갑은 혼자서 새삼 중얼거렸다.

게이조오의 내한을 두고는 성갑이 처음부터 아내에게 무언가 엷은 장막 하나를 치고 대하였는데, 그게 그냥 쑥스러움만은 아니었다는 것이 지금 와서는 더더욱 선명하게 느껴진다. 혹시나 난마처럼 얽히고설킨 어장일이 게이조오의 내한을 계기로 그 어떤 돌파구가 뚫릴는지도 모르겠다는 암암리의 기대가 그것이었다. 원체 일본은 양어가 발달한 나라라지 않던가. 성갑이 이 일에 착안했던 것부터가 우연한 기회에 일본의 그 방면 잡지를 한 번 보고부터였던 것이다.

군대에서 마악 제대한 무렵이었다. 어떤 계기로 그런 잡지가 입수되었는지 지금은 기억이 안 나지만 그 연배로서는 아슬아슬하게 일본글을 익힌 덕분으로 그 양어관계 잡지 한 권을 통독했던 것이고, 마땅한 자리만 나선다면 평생 직업으로 양어라는 것도 해볼 만하겠다는 정도의 막연한 생각이었던 것이다. 그렇게 이 일 저 일에 손을 대보고 취직도 해보고 하였으나, 모든 것이 신통치 않은 사이에도 그는 양어에 대한 집념만은 버리지 못하였는데 결국은 그가 실제로 양어에 손을 대기 시작한 것은 온 가족이 조치원으로 이사를 내려오고도 몇 년이 지나서 그 인근에 잉어, 양어에 적당할 만한 저수지가 있다는 것을 안 연후였다. 이 저수지는 농지개량조합에서 관리하는 관개용으로서 근 십만 평의 넓이였고 잉어사육에는 어느 모로나 조건이 적당하였다. 이리하여 박성갑은 지난 70년 봄에 조합 측과 5년간 기한부로 임대계약을 체결하였다. 농사일에 전혀 지장을 초래하지 않는다는 전제 밑에 저수지 사용료는 매년 만 원씩으로 정하고, 송어 양어에 적합한 용수로 사용료는 저수지에 부수된 것으로 쳐서 서로 양해사항으로 한다는 조건이어서 박성갑 측으로서는 그 이상 좋은 조건일 수가 없었다. 다만, 박성갑으로서도 난생 처음 해보는 일이어서 썩 자신이 서지는 않아 만일, 1년 후부터 숫자계산대로 잘만 되어 나간다면 계약조건과 관계없이 조합 측에다가 선심을 쓰겠고, 이 저수지를 이용하는 인근 농민들의 수세까지도 이 수익으로 감당을 하겠다는 것을 구두로나마 큰소리를 쳤던 것이다. 그러나 조합 측에서는 누구하나 이 방면에 관심이라도 있는 사람이 없었던 형편이어서 시종 반신반의하는 낯색이고, 계약하면서 받은 초년도 사용료 만원조차 공돈처럼 여겨 도리어 박성갑에게 못할 짓이라도 하듯이 미안하게 여겼다.

그 이튿날로 박성갑은 양어장에서 잉어알 백만 개를 일금 이만 원에 사다가 부화지에 넣었다. 이렇게 직접 부화된 약 2,30만 마리의 치어를 저수지에 그대로 방어하였다. 이젠 기다릴 일 밖에 안 남아 있었던 것이고, 박성갑은 제 식구만 이끌고 이 저수지가에 바라크 하나를 짓고 살았다.

거의 1년이 지난 71년 5월에는 과연 넓은 저수지 안에 2,30센티짜리 잉어가 마치 구더기 끓듯 하였다. 원체 저수지가 넓어서 잉어 사육에는 조건이 좋았던 것이다. 본시 잉어는 1년생이 평당 5마리, 2년생이 3마리, 3년생은 1마리 정도로 잡고 있어서, 양어가 발달한 일본 같은 데서는 크게 기업화하여 대개 1년 마다씩 처분해 버리고 2년 이상 두지를 않는다는 것이다.

암튼 10만평 가까운 저수지에 1년생짜리 2,30만 마리의 잉어가 구더기 끓듯 하자 놀란 것은 우선 당자인 박성갑이었다. 이만한 성공이 즐겁기도 하였지만 한편으로는 불안해졌다. 판로며 조합 측 반응이며가 불안하지 않을 수가 없었다.

아니나 다를까, 반신반의하던 조합 측도 갑자기 딴소리를 하기 시작했다. 바다와 같은 저수지를 사용료 단돈 만원으로 빌려줄 수가 있느냐고 인근에 여론이 들끓는다는 것이고 면장, 지서장까지도 관심을 갖기 시작했다는 것이다. 그러니 현 계약조건을 알게 되면 조합 측이 오해를 받을 수도 있겠으니 계약갱신을 해야겠다는 것이고 조건은 순이익의 3·7제로 하자고 나섰다. 물론 7할이 박성갑의 차지고 3할이 조합 측의 차지였다. 박성갑으로서도 어쩔 수 없이 조합 측 제의에 좇았다. 다만 이때도 박성갑은 누누이 자기의 뜻을 피력하였던 것이다. 이렇게 말하면 요즘 세상에 곧이들을 사람은 없겠지만 자기의 목적은 돈 버는 것만은 아니다. 우리나라가 원체 양어에는 미개발이어서 한번 본보기를 보여 사람들을 깨우치려는 데에 있다. 농촌 곳곳에 이런 저수지가 좀 많으냐, 그 저수지들이 오로지 관개용으로만 쓰이고 있다는 것은 너무 비경제적인 것이 아니냐, 자기의 뜻은 그전에도 간접적으로 비쳤었지만, 이 저수지의 몽리구역이 3백정보요, 혜택을 보는 가구가 약 3백 가구인데, 그 수세가 연 5백만원 정도라고 하지 않는가. 가난한 농민들로서는 실로 만만치 않은 돈인 그 수세도 형편 보아서는 자기가 몽땅 떠맡을 용의도 없지 않다. 이 점, 조합 측도 충분히 이해하시고 인근 농민들로 하여금 더 이상 시끄럽게 하지 않도록 해달라고 당부를 하였던 것이다.

그러나 저수지 십만 평이 온통 잉어로 들끓고 그것이 몽땅 박성갑의 것이라고 소문이 퍼져 나가자 인근 농민들의 반발도 날로 거세어 갔다. 더구나 박성갑이 근처의 토박이가 아니라 외지에서 흘러 들어온 사람이었다는 점이 더욱 현지 농민들의 배척을 받게 된 원인이었다.

"봉이 김선달쯤 났네. 그 자는 대동강 물을 몽땅 샀다더니, 이건 저수지 물을 몽땅 샀으니 그쪽보다는 조금 나은 셈인가."

"아니, 이 저수지가 누구 것인디 이 물을 제 마음대루 팔구 말구 해여.

내 말은 그것이여. 최소한 이 저수지를 이용하는 농민이 삼백가구쯤 되니까, 이 문제로 전체회의 한 번쯤은 소집해야 마땅하지 않았겠느냐 이것이며. 그러지 않고 조합 측과만 저희들끼리 쓱싹쓱싹 해버렸으니 저희들끼리 무엇이 오고 갔는지 누가 아느냐 말여. 이만한 이권이면 국회의원까음이여. 이 지방출신 국회의원인 송씨도 서울 앉아서, 아직 제 출신 구역에서 이런 일이 벌어지고 있다는 것을 모르니 망정이지 알았어봐. 가만히 있을 사람이겠는가. 박성갑인가 그 자와 <쇼오브>를 치던지 어쩌든지 해서라도 저 이권을 제 산하에 집어넣어 뻐리지."

"아녀, 모르는 소리. 저만큼 생각을 할 만하였으면 그 박성갑이라는 자도 대강 알아 봐야지. 아, 저만한 아이디어를 낼만한 사람이, 송씨 정도 미리 생각 못했을라고 아직은 이런 기척이 전혀 안보이지만, 송씨하고도 내밀하게는 무슨 약속이 있을 것이구만. 그렇게 송씨까지 껴들어서 조합 측과 형식상으로 3,7제로 하고 설란에 송씨와 박성갑인가 그 자와는 단둘이 별도로 약속이 있을 것이야. 저런 아이디어를 낼 만한 사람이면 그냥 순진허게만 달려들지는 않았을 것 같구먼."

"글쎄요 내가 박성갑을 조금 아는디, 그런 것 같지는 않구만요. 그냥 순진한 사람이에요. 저 잉어도 그렇다니까. 우선 그 사람부터 여간 놀라고 있지 않더먼요. 이렇게 정통으로 맞아 떨어지리라고는 그 사람부터 상상을 못했던 거죠. 정작 일이 이렇게 커지니까, 첫째 당황하고 불안해 하는 건 그 사람으로 보여집디다. 제정신이 아니에요. 어디다가 어떻게 손을 써야 할는지 전혀 막막한 모양이어서 내가 한마디 귀띔 했지요. 요는 몽리구역 가구가 삼백호 가량 되니까, 한번 전체회의를 소집해라, 그래설란에 이 일을 시작하게 된 첫 계기부터 소상하게 밝히고 조합 측과의 계약 경위와 그 내용, 그리고 형씨가 누누이 주장하는 수세부담 용의까지 시원하게 한번 밝혀라. 뿐만 아니라 형편에 따라서는 이것을 농민들 전체의 이권으로 넘겨 버리고 당신은 관리인 식으로 앉을 수도 있지 않느냐. 그런다치면 당신은 요다음 국회의원까음이라고 그랬더니 한다는 소리가 '난 국회의원 같은 것도 싫고요, 농민회의를 열면 당국의 오해를 사게 되지나 않을까요. 불온해 보이지나 않을까요' 하는 거야요. 이 소릴 듣고는 나도 대강 짐작했지. 흥, 싹수가 훤하다고 말이요. 그만한 복을 차지하기엔 사람 틀이 잘아 보이드면."

"아니, 그건 모르는 소리지. 내 생각에, 이 일에는 반드시 국회의원 송가의 모종 꿍꿍이속이 작용하고 있다고 보누만. 당연히 그렇지 않겠어. 요즘 얼마동안 코빼기도 내밀지 않은 것만 봐. 그 점부터 수상하다니까. 사실은 서울 앉아서 이 일을 조정하는 것은 송가가 틀림없어. 그 사람이 아직 모른다는 것도 말이 안 되는 소리고 말여. 다만, 그런저런 말썽이 나면 그 방패막이로 박성갑을 이용하자는 생각일 것이야."

"그 점은 그렇지 않아요. 잉어가 커서 소문이 난 것이 불과 얼마 되나요. 국회의원 송가는 아직 이 일을 모를 수도 있지요."

"실은 좀 더 두고 보아야 해. 벌써들 이렇게 떠들컨 없어. 장본인도 제정신이 아닌 모양인데. 본시 옛날부터 잉어는 쌀 한 말과 맞바꾸는 값이거든. 물론 큰 것 한 마리 값이 그렇다는 게지. 저 정도의 1년생이면, 그러니까 마리당 천원은 될 것이구먼. 그렇담 계산해 봐. 2십만 마리 쳐서 현재 이 저수지 속에는 2억원 어치의 잉어가 들끓고 있는 셈인데 이게 아직 현금은 아니니까 문제는 문제지. 그렇다면 이게 어디서 현금이 되느냐. 그 다음부터는 결국 장사인데 여기서부터는 만만치 않을걸. 판로개척이다, 수송이다, 세금 때려 먹인다, 복잡해질 테지. 그러니 벌써부터 우리까지 흥분해서 산통 깰 것 없는 거여. 말은 바른대로 그 사람이 없었어 봐. 이 저수지는 십 년 백 년 가도 그냥 이 저수지지. 그만한 착안을 한 것부터가 그만큼 그 사람이 용하다는 점 하나는 인정해 주어야지. 괜스레 지레짐작으로 시기 질투할 것은 없는 게야."

날이 갈수록 현지 농민들의 반발은 거세어져 갔다. 그러나 박성갑은 어디에 비벼볼 대라곤 없었다. 결국 반발을 막는 길은 박성갑으로서 세 가지 방도를 대강 생각할 수 있었다.

첫째는, 누군가의 권고도 있었지만, 농민회의를 소집해서 모든 것을 허심탄회하게 토론하고 그래도 풀리지 않는다면 그 이권을 몽땅 삼백가구의 농민에게 넘겨주는 방법이었다. 그러나 그러자고 해도 문제는 정작 그 다음에 있었다. 그럴 경우에도 어차피 어느 한 사람을 정해서 관리인 같은 것을 두게 될 것인데 그가 누가 되느냐 하는 것이다. 필경은 박성갑이 밖에 될 사람이 없다. 물론 이 점은 현지 농민들과 전혀 껄끄럽지 않다는 존재에서이고, 만일 그렇지 못하고 관리인 자리나마 박성갑에게 차례 되지 못한다면 이건 일고의 가치조차 없게 된다. 어쨌든 박성갑이가 그 관리를 맡은 경우에도 사정은 대강 원점으로 되돌아오게 될 것이다. 다시 말하면 오해나 시기 질투를 받기는 거의 매한가지라는 말이다. 아니 도리어 지금보다 더욱 험악해질 것이다. 물론 이 점은 하기 나름이긴 하다. 보름 내지 한 달 만큼씩 정기적으로 농민회의를 소집하여 그때

그때의 운영 및 진행상황을 소상하게 밝혀서 털끝만큼도 의심날 구석을 남기지 않고 운영위원회다 혹은 감사기구다 구성해서 철저하게 해갈 수도 있다. 그러나 이렇게 될 경우에는 사공이 많아져 능률이 떨어지고 배는 산마루로 올라갈 수도 있는 것이다. 그러나 이것도 박성갑의 생각으로는 관리인을 자기에게 맡긴다는 전제에서이지, 만일 관리인 자리가 생판 다른 사람에게 넘어갈 경우를 상정한다면 처음부터 일고의 가치조차 없는 것이다. 막말로 남 좋은 일만 시키는 병신이 어디 있느냐는 쪽의 생각이다. 박성갑으로서는 그야말로 공을 위해 사를 희생한다는 생각으로 이 모든 이권을 농민에게 내놓는다는 것인데, 결국 그 이권이 당장 갈 곳은 농지개량조합일 공산이 크다. 이를테면 그 저수지의 관리는 인근 몽리구역 농민들을 대표한 농지개량조합이니까. 이렇게 될 경우는 결국 어떻게 되는가. 조합 측에서는 얼씨구나 하고 받아먹을 것이며 조합 간부 몇몇의 개인 이권으로 전락하고 말 것이다. 그렇게 될 것이 뻔하다. 그리고 박성갑은 병신이 된다.

둘째로, 국회의원 송가를 찾아가거나 혹은 줄을 대어서 자기의 뜻을 밝혀 그의 설득 혹은 압력으로 농민들의 시기와 질투를 가라앉히는 일이다. 이 경우는 그 대가로서 송가에게 이익의 얼마 정도를 바친다는 조건을 내세울 수도 있다. 그러나 이것은 두 가지 점으로 박성갑의 구미에 안 맞고 주저되었다. 그 하나는 그렇게 될 경우 본의든 본의가 아니든 박성갑은 그 송가의 산하로 들어가게 되어 정치색이 분명해지게 된다는 것이다. 더구나 송씨는 야당의원이다. 본시 정치를 싫어하는 박성갑으로서 이 점은 매우매우 꺼려졌다. 나머지 주저되는 것은 지금까지는 내년

(71년)선거도 있어 다른 일로 바빠서 그렇지, 만일 송가가 이런 이권을 몽땅 제 차지로 할 수도 있는 것이다. 국회의원이라는 지체를 이용, 현지 관리에게 압력을 가하고 농지개량조합 측에 압력을 가하면 그 정도는 엿 먹기로 쉬울 것이다. 그렇다면 자기 자신이 쫓겨날 일을 제 발로 가서 스스로 정보를 제공하는 꼴이 된다.

셋째로, 마지막 길은, 박갑성이 군대에 있을 때 가까이 모시고 있던 장군 한 분을 찾아가 보는 일이다. 그도 작년엔가 예비역으로 편입은 되었지만 여전히 당국의 중추와 줄이 닿아있다. 그를 찾아가서 허심탄회하게 자기의 뜻을 밝혀 협조를 구하는 길이다. 이 경우에도 그쪽에서는 금방 퇴역하여 심심도 할 것이어서 엉뚱한 욕심을 부릴는지 알 수는 없지만, 가까이 모시고 있던 사람이었으니 설령 그렇더라도 전혀 무지막지하게 나오지는 않을 것이다. 어쨌든 국회의원 송가 쪽 보다는 차라리 그쪽이 빠르고 낫겠다는 생각이었다.

그러나 결국은 박성갑 성격으로서는 이 세 가지 가운데 어느 하나도 실천에 옮겨 보지 못한 채 차일피일 하는 동안 날로 현지 농민들의 반발은 더 거세어 갔고, 어느새 박성갑도 이젠 익숙해질 대로 익숙해져서 그러거니 말거나 별로 신경을 쓰지 않고 일 되어가는 대로 맡기자는 쪽으로 마음이 굳어가고 있었다.

그리하여 현지 농민들의 여론에 견디다 못한 조합 측도 다시 딴소리를 하기 시작했다. 조합 측의 그 소리도 과연 일리는 있었.

저수지 가의 농가가 오십여 호 되는데 그들은 농사도 농사지만 낚시철에 낚시꾼 상대하는 재미가 이럭저럭 괜찮았던 것이다. 밥을 비롯해서 담배며 술이며 팔았고 그 밖에도 그런저런 잡사 돌보아 주는 것으로 벌이가 괜찮았는데, 잉어 사육이 시작됨으로써 그 길이 막혔다는 것이다. 게다가 그들의 주장은, 박성갑이가 잉어 치어 2,30만 마리를 저수지에 넣었다고 하지만 그전에도 이 저수지에는 잉어가 없지 않았다. 그러나 그 점은 이쪽에서 양보한다고 치더라도 붕어까지 낚시질을 못하게 한대서야 말이 되느냐, 그건 어불성설이다……

듣고 보니 그럴 만도 하였다. 현지 농민들의 반발이 전혀 근거가 없는 것도 아닌 것이다. 결국은 조합 측은 사이에 끼어서 죽을 지경인 모양이었다. 이리하여 다시 조합 측과 타협하여 파치의 양해 사항으로 대강 다음과 같은 점에 합의를 보았다. 즉, 낚시 요금을 한 사람당 5백원 내지 7백원쯤 받고 낚시질을 시키되 잉어 스무 마리 정도까지는 잡아가도록 묵인해 두자는 것이다. 박성갑도 여기까지는 양보를 하였지만 만일 스무 마리 이상을 잡아가는 경우에는 어쩔 것이냐 하는 문제는 딱이 결정해 두지 않았다. 그냥 낚시꾼들의 양식에 맡기기로 하였다. 조합 측 말은

"그 점은 지나치게 걱정하지 않아도 좋을 것 같습니다. 나도 낚시를 해 보았지만 낚시라는 게 그냥 낚는 재미지 진짜 돈벌이로 생각하는 사람은 없으니까요. 잉어 올라온다고 무한정 잡아갈 사람은 없을 겁니다. 설령 올리더래도 이쪽 형편을 아시면 도로 놓아줄 거예요 스무 마리 이상인 경우에는."

하고 제멋대로 낙관을 하였지만 박성갑은 머리를 저었다.

"그게 그럴까요 나도 연전에 낚시를 조금 해보았지만 고기 올라오는 데 중도 포기한다는 소리는 초문이군요 그야 형씨 말씀대로 낚시꾼이

낚는 재미지 돈벌이는 생각지 않는 게 사실이지만, 연성 고기가 올라오는데 이쪽 형편 생각해서 그만 둘까요? 그건 그렇지 않을 겁니다."

"글쎄, 그 점은 그렇긴 하지만 방법은 있을 겁니다. 낚시회사 측과 미리 얘기를 해서 스무 마리 이상인 경우에는 고깃값을 따로 받는다든지 그 밖에도 여러 가지 방법이 있지 않겠어요."

"그게 그럴까요. 그렇게 쉽게 될까요. 스무 마리 이상을 잡는지 어쩌는지 감시원을 두고 돌아다니게 해서 일일이 다래끼를 들여다보게 할 수도 없을 거구요."

"듣고 보니 그렇긴 하지만, 낚시꾼들이라는 게 대개 돈푼이나 있는 사람들이 아닙니까. 도대체 쩨쩨한 사람들은 아닐 거예요. 일요일은 모르지만 평일에는 얼마될라구요. 게다가 형씨도 그렇지요. 너무 몽땅 다 먹겠다는 생각은 안 좋을 겁니다. 그런 게 화인이 되지요. 인근 농민들에게나 낚시꾼들에게나 너그럽게 마음을 가지세요. 아닌 말로 2만원 투자해 2, 3억원을 몽땅 먹겠다는 것은 우선 말이 안 될 거예요. 그중의 반 정도는 이렇게 축이 난다고 생각해도 무방하지 않습니까. 어떤 사업이건 로스라는 건 있는 법이니까요. 덕분에 낚시꾼들 재미 좀 보고 낚시꾼들이 몰려와서 인근 농민들이 또 재미 좀 보고 하면 그게 다아 형씨의 덕으로 돌아 갈거라 이겁니다. 그런 식으로 너그럽게 생각하시지, 너무 각박하질랑 않으신 게 좋을 겁니다."

이 말에는 과연 박성갑으로서도 할 말이 없었다. 옳은 소리였던 것이다.

이리하여 약 달포 전부터 저수지를 다시 낚시꾼들에게 개방을 하였는데 처음에는 별로 손님이 없었다. 원체 요금을 칠백 원 씩이나 먹였으니 인근의 가난한 한량들로서는 엄두가 나지 않았을 것이고 그런 욕지거리가 귓결으로 더러 들려왔다. 낚시요금 칠백 원 씩이나 받아 처먹는 근거가 뭐냐, 그 저수지가 어느 개인 것이냐, 이건 소송까움이다, 하고 근처 주막집에서 술이 취하여 고래고래 소리를 지르면서도 그의 다래끼 속에는 잉어 스무 마리가 들어있어 시물시물 웃고 있더라는 것이다.

그로서는 잉어 스무 마리 올리고 그 이상은 중도 포기하지 않을 수 없었던 점이 못내 가슴이 쓰라렸던 것이다. 잉어 값으로 치더라도 요금 칠백 원은 문제가 될 수가 없었던 것이다.

그런데 차츰 소문이 퍼져 나가기 시작하였다. 우선 평일이고 일요일이고 인근의 낚시꾼들이 몰려들어 요금 칠백 원 내고 잉어 스무 마리씩을 잡아갔다. 1년생이긴 할망정 시장 값으로 친다면 박성갑이 못내 가슴이 쓰라렸지만 낚시요금 수입도 이럭저럭 만만치가 않았고, 저수지 가의 주민들도 이럭저럭 푼돈 떨어지는 것이 있어 박성갑을 보는 눈길이 오랜만에 부드러워져 있었다. 그러나 어느새 소문은 희한한 낚시터가 있다는 쪽으로 뿐만 아니라 그 자가 대체 무슨 권리로 낚시요금 칠백 원씩을 받느냐, 고스란히 앉아 먹어도 분수가 있는 게지 어떤 놈은 무슨 복을 타고 났기에 저 정도냐는 쪽으로 시기 질투하는 소문까지 퍼져 나가기 시작했다. 심지어 잉어 양어보다 낚시값 받는 쪽이 더 빠른 장사겠더라는 둥, 매일 줄잡아서 열 명이면 칠천 원, 백 명이면 칠만 원이니, 못되어도 삼사 만원씩은 올리지 않겠느냐, 세금 한 푼도 뜯기지 않은 알짜 수입이 아니냐는 둥, 못하는 소리들이 없었다. 이렇게 소문이 퍼져 나가면서 낚시꾼들은 하루가 다르게 불어나기 시작하였고, 이렇게 되자 낚시꾼들은 제한 없이 마구 잡아 올렸고 그것을 막아낼 도리라곤 없었다. 박성갑이 혼자서는 일일이 다래끼를 들여다 볼 수도 없었거니와 여론의 눈총 때문에도 여간 배짱이 아니고서는 그럴 수 없었던 것이다.

"아니, 저 사람은 전생에 무슨 좋은 일을 했기에 이 세상에서 저런 복을 타고 났는구. 이 넓은 저수지를 몽땅 타고 앉았게."

"저수지 뿐인가. 이 저수지서 대대로 내려오는 잉어까지도 저 사람거라더면. 그게 무슨 법인지 원."

"이 근처 토지개량조합이 만들어낸 법이래야."

"가만 있자, 잉어는 저 사람 것으로 치더라도 붕어는 어떻게 되는가. 난 잉어는 놓아 주고 붕어만 잡는디, 그러니까 칠백 원을 도로 받아 내야겠구먼."

"아니지, 그 경우에는 잉어 운동시키는 비용으로 거꾸로 칠백 원쯤 내라고 해야 할 걸."

"그건 그렇고, 대체 칠백 원이라는 것은 어떤 근거에서 산출된 요금인가?"

"그야 뻔하지 않겠습니까. 잉어 잡아가는 값이지요. 잉어 값치고는 시장보다는 사실 싸긴 싸다구요 옛날부터 잉어 한 마리 값은 쌀 한 말이라고 하지 않습니까."

"그거야 오래 묵은 잉어 얘기지. 이건 1년생짜리 아닌가."

"1년생짜리니까 스무 마리 칠백 원이 아니겠습니까."

박성갑이 듣거나 말거나 저희들끼리 이렇게 빈정거렸고, 더러 사려 있어 보이는 늙은이들은 이쪽 형편을 제법 이해하는 소리를 하기도 하였다.

"가만 보아하니 착상은 잘한 착상인데, 우리야 칠백 원 내고 낚시질은 하고 있지만 이게 이렇게 판이 벌어질 일은 않아 보이누만요. 저 사람들로서는 어쩔 수 없이 여론의 압력에 못 이겨서 저러구 있는 모양인데 이게 칠백 원씩 받고 그냥 좋아하고 있을 성질은 아니겠는 걸."

"그렇지요. 저 사람이 모르긴 해도 기업에는 아직 경험이 없어 보입니다. 가다오다 생각이 나서 하는 식으로는 안 되지요. 이것도 엄연히 기업인데 저 사람은 소박하게만 생각하는 것 같구먼. 기업치고는 큰 기업이지요. 저게 도면 도, 군이면 군으로 큰 단위로 해가야 할 일 같구먼."

"국책 사업으로 말이지요. 하지만 국책회사치고 잘 되는 사업 보았습니까?"

"아니, 내가 하는 소리는 흔히 있는 국영기업체 얘기가 아니라 그만한 단위로 대어들어야 한다는 얘기지요. 어쨌든 유력자 하나를 끼고 할 거예요. 어느 한 사람 돈을 벌어먹되 일은 제대로 해라 이 말이지요. 누가 벌어먹든 간에 이 일 자체는 국가적으로도 생산적인 일이니까. 지금 저 사람은 낚시요금 받는 정도로 만족하는 모양인데 이게 그 정도로 만족할 성질은 아닌 것 같구만요."

"설마 저 사람도 요까짓 낚시요금 받는 것으로 만족이야 하겠습니까. 저 사람으로서도 할 수 없이 저러구 있는 것이 아니겠습니까."

"하긴 그렇긴 하겠지만."

가다오다 귓결으로 들은 얘기였지만, 박성갑도 그 얘기가 십분 옳다는 것은 알고 있었다. 그러나 이제 와서는 어찌 해 볼 방법이 없었다. 그저 매일매일 낚시요금 들어오는 것으로 당장 만족할 밖에 없었고 사실 그것도 적지 않은 액수였던 것이다. 게다가 매일 저녁 인근 농민들이 입막음으로 말빨이나 세어 보이는 사람들을 끌어다가 막걸리 추렴이나 벌였다. 그러나 막걸리 잔이나 마시는 사람들도 마실 때 뿐이지 사흘만 지나면 또 딴소리였고, 그나마 못 마신 사람들은 못 마신대로 더욱 악악거렸다. 종당에는 막걸리를 사면 살수록 인근의 여론은 더욱더 안 좋은 쪽으로 부풀어 갔다.

이런 사이에도 소문은 날로 날개를 펴갔다. 어디어디에 낚시요금 칠백 원만 내면 몇 곱 장사와 맞먹는 재미를 볼 수 있다더라, 그것도 펄펄 뛰는 잉어가 무더기로 잡힌다더라 하는 소문이었다.

드디어 지지난 일요일부터는 낚시회 버스들이 몰리기 시작하였고, 이렇게 서울의 유력자들이 내려오게 되자 조합 측은 조합 측대로 겁을 집어 먹었다. 박성갑도 박성갑대로 정신이 없었다. 혼자서는 도저히 감당이 안 되는 것이다. 한 사람당 칠백 원씩이라지만, 낚시회로 버스를 대절해 오는 경우에는 모개로 쳐서 버스 한 대당 만 원씩으로 받았는데 이들은 지정된 스무 마리에 구애되지 않고 잡히는 대로 오륙십 마리씩 마음대로 잡았고, 이것을 규제하자고 들어도 저편에서 무슨 근거로 이십 마리냐고 그 근거를 대라고 하는 것이다. 박성갑으로서는 할 말이 없었다. 이럴수록 인근 농민들도 낚시꾼 상대로 재미는 재미대로 보면서도 박성갑에 대해서는 더욱 악담이 심해갔다. 이미 받아먹은 낚시요금만 가지고도 서울에 빌딩 하나 올릴 돈은 벌었을 것이라는 둥, 이젠 잉어 양어는 집어치우고 낚시요금 받아먹는 쪽으로 전업을 했을 것이라는 둥, 저렇게 되면 조합 측과의 계약은 백지화된 것이나 다름없고 이 저수지가 몽땅 저 사람에게 넘어간 꼴이 아니냐는 둥, 세무서에서는 저런 사람에게 세금 안 먹이고 어디 가서 낮잠만 자는 모양이냐는 둥, 못하는 소리가 없고, 아닌 게 아니라 사흘 전에는 세리稅吏까지 나와서 꼬치꼬치 캐어묻는 판이었지만, 박성갑으로서는 매일매일의 출납장부가 있는 것도 아니요 그날그날 들어온 돈은 공돈 같은 기분이어서 인근 농민의 입막음이랍시고 반은 퍼마시고 말았을 뿐이어서 덜컥 겁부터 났다.

엎친 데 덮친 격으로 지지난 월요일 석간의 모 일간지 낚시란에는 이 저수지가 대서특필로 소개까지 되었다. 요즘 칠백 원은 대단히 비싸긴 하지만 잉어가 무한정 잡히는 낚시터로 소개된 것이다. 서울의 어느 회사원은 잉어 백 마리를 올려 낚시 재미는 재미대로 보고 서울의 어느 어물시장에 떠넘겨 팔았다던가. 이런 행위는 낚시꾼답지 못하고 낚시도의에도 어긋나는 것이지만, 이 저수지는 모르긴 몰라도 대한민국 낚시 사상 유례없는 명소라고 끄적거려 놓았다. 물론 이 저수지가 이 정도로 호황인 이유에 대해서는 일언반구 말이 없었다.

박성갑은 눈앞이 캄캄하였다. 이젠 완전히 끝장이 나는구나 싶었다.

아니나 다를까, 이튿날부터 평일임에도 서울, 대전 등지로부터 낚시회 버스들이 꼭두새벽부터 몰려들기 시작하였고, 자가용들도 미어지게 들이닥쳐 그야말로 초만원이었고 아비규환을 이루었다. 그리고 가장 피크는 지난 일요일이었다. 전국의 낚시꾼들이 전원 이곳으로 밀려든 꼴이고 취재기자들까지 북적거렸다. 자연 자리도 동이 나서 더러는 그냥 돌아갔고 더러는 여기저기 풀밭에 누워 낮잠을 잤다. 박성갑도 정신이 없었다. 되돌아가는 사람들에게는 받았던 요금을 도로 물어주는 등 법석을 벌였고 욕은 욕대로 들었다. 이렇게 되자 인근 농민들도 가만있지 않았다. 떼를 지어 조합 측으로 몰려들었다. 그들은 박상갑이 부당하게 혼자 돈을 번다고 생각하고 반발시위에 나선 것이다. 저녁녘이 되어 분위기는 자못 험악해졌다. 인근 농민들은 논물이 말랐다는 구실로 저수지 수문을 열 것을 요구해 나섰다. 논물을 대겠다는 것이다. 조합 측도 농민들의 이 정당한 요구를 안 들어 줄 도리가 없었다. 할 수 없이 수문을 열어 놓자, 낚시터는 엉망이 되어 버렸다. 수문을 열어 놓은 것과 동시에 고기가 물리지 않았고, 이번엔 낚시꾼들이 들고 일어난 것이다. 사기꾼, 협잡꾼, 봉이 김선달, 별별 입에 못 담을 소리까지 쏟아져 나왔고, 그들은 박성갑에게도 몰려들었다. 낚시요금을 도로 물어내라는 정도는 약과이고, 더러는 간밤에 깻묵 사다가 넣은 것까지 손해배상을 하라고 대어드는 판이었다. 박성갑도 할 수 없었다. 아침에 받았던 낚시요금을 고스란히 도로 물어내었고 낚시꾼들은 낚시꾼들대로 잉어를 수십 마리씩 잡아가면서 요금은 요금대로 되찾아가는 것이었다.

  한편 박성갑은 조합 측과의 계약에서는 피차의 양해 사항으로 하였지만 이미 계약 때부터 용수로 이용은 그쪽에서 묵인해 주기로 되어 일찍부터 이것을 송어 양어에 이용해 보려고 재작년부터 착수하였다. 그러니까 저수지의 잉어 이전에 시험 삼아 송어부터 손을 대었으나 두 해 모두 실패를 하였다. 본시 송어는 흐르는 물로 수온이 차야 한다. 섭씨 13도 물이 가장 적당하고 잉어와 달라서 평당 70~80마리도 기를 수 있는 잇점이 있다.

처음부터 박성갑은 저수지의 잉어에 주안을 두었으며, 송어는 부수적으로 해 본다는 생각으로, 그러니까 재작년 4월 중순에 송어 치어를 한 마리 2원씩 3만 마리를 운반비까지 합쳐 10만원을 투자하여 용수로에 방어를 한 것이었다. 용수로에는 백 미터 어간으로 철망을 쳐서 고기가 빠져 나가지 못하도록 미리 손을 써 두었었다. 이리하여 송어는 예상했던 것보다 속을 썩이지 않고 잘 자라주었다. 한데 그해 6월 가뭄이 들자 조합 측은 예년과 마찬가지로 수문을 닫아 버렸고, 3만 마리의 송어는 그대로 죽어버렸다. 하지만 박성갑은 어디 가서 하소연 할 데라곤 없었다. 그야말로 하늘 탓이었던 것이다. 지난해에도 비슷한 꼴을 당하였다. 늦가을까지 송어는 잘 자라 주었는데, 이미 몇 년 전에 빙압으로 부러져 있던 취수탑의 교각을 하필이면 이때에 와서 수리한다는 것으로 1주일쯤 공사를 한다던 것이었다. 그리하여 공사 기간 중은 저수지의 물을 빼고 수문을 닫아 버린다고 하였다. 1주일이면 근근이 견디리라 하여 몇 번이나 다짐을 받았으나 청부를 맡았던 업자는 사십여 일이나 질질 끌어 그대로 다 죽어버리고 말았다. 하여, 금년에는 송어 쪽은 포기를 하였는데 잉어 송어 할 것 없이 다 그렇지만, 처음부터 주먹구구가 아니라 기업적으로 대어들었어야 한다는 것이 박성갑이 요즘 와서 뒤늦게나마 후회하고 있는 일이었다.

낚시꾼이 몰려오면서 전전긍긍하던 조합 측도 며칠 전부터 딴소리를 하기 시작하였다. 즉 새마을 사업으로 조합 자신이 잉어 사업을 경영하기로 하였으니 해약을 하자는 것이다.

박성갑은 올 것이 오나부다 하고 대강 예상은 하였으나 너무도 어처구니가 없었다. 그렇다면 그동안 넣은 박성갑 소유의 잉어는 어떻게 될 것이냐고 하자, 조합 측에서 이미 직접 경영하기로 의결하자마자 그날로 잉어 치어 16만여 마리를 집어넣었으니 곤란하다고 나왔다. 세상에 이런 법이 있느냐고 펄펄 뛰며 박성갑은 그날로 법무장관 앞으로 질의서와 진정서를 내겠다고 하고 한편으로는 진짜로 16만여 마리의 잉어 새끼를 집어넣었는지 수소문해 보았다. 그것은 틀림없었다. 의결되던 그날로 사람을 시켜 전격적으로 선수를 씀으로서 조합 측은 일의 주도권을 잡아 보려고 했던 것이다. 그러나 뜻밖에 박성갑 쪽에서 강경하게 나오고 질의서니 진정서니 하자 불안해진 조합 측은 한발 양보해 나섰다.

즉 금년 말까지 20센티 이상짜리 잉어를 어떤 방법으로든 건져가라는 것이다. 다시 말하면 피차의 계약은 금년 말로 마감 짓고 그 후는 조합 측이 직접 경영하겠노라는 것이다.

그러나 박성갑 쪽에서는 그에 회답은 일단 보류하였는데 사흘 전인가, 이 사실을 미리 탐문한 아버지(박훈석)가 조치원에 부랴부랴 들어오더니 다짜고짜 한다는 소리가 절대로 어떤 조건에도 응하지 말고 당분간 가만히만 있으라고 하였다.

"나도 긴가민가하고 자네(친자식이 아니라고 꼭 이렇게 불렀다.)하는 일을 보아 왔지만, 지난 2년간 송어건도 보았고 이번 잉어도 보았는데 이건 그냥 주먹구구대로 대어들 성질은 아닌 것 같군. 몇천만 원이나 최소한 몇백만 원 자금을 갖고 기업으로 대어들었어야지. 아닌 말로 10만 평 저수지면 좀 큰가. 양어도 계열산업으로 차릴 수가 있을 거란 말이네.

요즘 대일 수출로 대인기인 모양이던데, 실뱀장어서부터 시작해서 잉어, 초어 그 밖에도 갖가지 관상어로 대규모 공장을 차리자 그 말이야. 관개 용수는 관개용수대로 쓰면서 처음부터 그렇게 대어들었어야 하는 건데 그만. 암튼 조금 늦긴 하였지만 수출이나 경영이나 할 것 없이 처음부터 일본을 껴들고 나서야 제대로 될 것이야. 자금부터 그렇고 합작 투자 형식으로, 요즘 그런 일이 많은 모양이던데. 터는 이쪽에서 제공하고 기술과 자금 그리고 판매는 일본 쪽에서 감당하는 식으로 말이야."

박성갑도 이 소리가 대강 무슨 소리인지 알아들을 수가 있었다. 근간 일본서 온다는 게이조오를 벌써 저런 식으로 염두에 두고 있는 것일 터였다. 박성갑은 약간 주저 섞어 지껄였다.

"아무리 그렇기로선, 이런 일에까지 외국사람을 끌어 들일 필요야 있나요. 그럴 것까지야 없지요."

그러자 박훈석은 눈길을 피하며 비시시 웃었다.

"누가? 누가 외국사람을 끌어 들인댔는가. 이용하자고 했지. 아닌 말로 수출 지역은 일본이다 그거야. 일본을 빼놓고 대규모의 양어라는 것은 탁상공론이거든 한국 사람들로서야 도대체 돈이 있어야 잉어를 사먹고 말고 할 것 아닌가베. 그 흔한 특수작물 재배다 뭐다 하지만 되는 것은 수출 작물뿐이거든. 수출 작물이 아니고서야 우리나라에 시장이 어디 있던가. 철따라 딸기요 수박이요 토마토요 하는 것은 서울 근교에서 서울 사람 상대로 하는 장사가 주안이지만 말이야. 요즘 더러 보지 않는가. 보세가공한 고급 내의가 수출길이 막히자 싸구려로 한국 시장에 나오는 것을. 나도 자네 못지않게 깊이 연구해 보았는데 결론은 그것이다, 이 말이야. 양어라는 것은 모름지기 일본을 끼어 넣지 않고는 안 되는 것이여. 경영에 있어서나, 자금에 있어서나 또 수출 판매에 있어서나. 암튼 이 일은 일단 나한테 맡겨 보랑이. 이 일 아니고도 서울 올라 갈 일이 근간 있겠으니 한번 본격적으로 대어 들어 볼 테니까."

이때도 박성갑은 뻔히 박훈석의 속을 알면서도 부러 모르는 체 했던 것이다. 그러나 모르는 체하면서도 일말의 기대는 없을 수 없었다. 혹시나 싶은 그 기대는 지금도 뭉게뭉게 안개 피어오르듯이 되살아 오른다.

어느덧 동천에서는 마악 해가 떠오르고 있고 들판의 안개도 스러져 갔다. 비에 젖은 들판은 더없이 싱싱해 보인다. 그리고 벌써 저편 철길 옆으로는 낚시회 버스가 제일착으로 들어서고 있다.

'대체 그건 그렇고, 게이조오가 어제 오긴 왔을까. 왔을까?'

자전거 페달을 밟으면서 박성갑은 새삼스럽게 혼자 중얼거렸다.

2

게이조오만이 일행과 떨어져서 사나흘 예정하고 설악산 쪽으로 등산을 갔다는 말을 듣자 박훈석은 경자가 빼돌렸으리라고 즉각 짐작이 되었다. 대학생으로 보이는 청년도 끼었더라는 것은 성병이었음이 틀림없을 것이다.

박훈석은 곧장 신촌으로 전화를 걸어 확인을 해볼까 잠시 망설이다가 그만두었다. 우선 경희한테 알아보는 것이 빠를 것 같았다. 그러나 근무 시간에 전화를 거는 것도 어떨까 싶고 게다가 근무하는 백화점이 바로

코 앞거리여서 그냥 걷기로 하였다.

 굳이 경자가 괘씸하다느니 어쩌느니 생각하고 싶지는 않았다. 처음부터 예견하던 일이었던 것이다. 성병이하고도 짝짜꿍이 들어맞았을 것이다. 아니 도리어 이 일에 들어서는 성병이 쪽에서 한술 더 떠서 경자를 부추겼을 것이 틀림없다. 경자는 정작 결정적인 국면에 들어서는 망설였을 것이고 나이가 들어갈수록 잇속에는 예민해지는 법. 어쨌든 경자도 이판저판의 세상 돌아가는 눈치는 뻔히 알고 있고, 명분이나 자존심을 내세워 그런저런 좋은 소리를 지껄이고는 있지만 정작 일이 어느 국면까지 성숙되고 볼일이면 기신기신 뒤로 물러앉겠거니 생각했던 것이다. 일이 이런 식으로 벌어진 데에는 성병이가 깊이 개입되었음이 영락없다. 요즘 대학생들의 한일 관계를 받아들이는 일반적 동향까지 곁들여 성병이의 조치원집에 대한, 아니 차라리 박훈석 자기에 대한 반발에서.

 그러나 본시 박훈석은 이런 일에 이런 식의 장해요소가 끼어들수록 더욱 입을 사려 물고 용기백배하는 위인이었다. '네가 이기는가 내가 이기는가 해볼 테면 해 보자.'하는 승부가 걸릴수록 더 신바람이 난다. 평생을 이런 단순논리로만 일관해서 살아온 사람인 것이다. 지나온 평생의 모든 일이 하나없이 승부의 연속이었던 것이다. 세상살이란 모든 군더더기를 배제하고 남는 알맹이는 요컨대 승부이다. 승부밖에 없다. 이런 논리로만 살아온 사람이다. 이 점은 친자식인 성병이를 두고도 예외일 수가 없었다. 비록 한창 나이인 저 나이에는 충분히 저럴 수도 있으리라는 생각이었지만, 그러면 그럴수록 박훈석 쪽에서도 '보자, 네가 이기는가 내가 이기는가 해 볼 테면 해보자.'는 식으로 대응해 갔던 것이 오늘날 성병이로 하여금 저 지경까지 이르게 한 원인이 되었지만, 그렇다고 지금에 와서 일말의 후회니 어쩌니 그런 소리를 입 끝에 올리고 싶지는 않는 것이었다. 여전히 '보자, 해 볼 테면 해보자.'였다.

어떻게 생각하면 이런 식의 결정적인 충돌은 애정에 정비례하는 것인지도 모른다. 본시 박훈석은 친자식을 두고도 애정에 심하게 층을 두는 쪽의 성격이었고 특히 성병이를 좋아했던 것이다. 친소생 가운데 맏이인 성을이는 허여멀건하게 생긴 그대로 어릴 때부터 매사에 적극성이 없고 영악한 구석이 없어 그닥 정이 안 붙었던 것인데 성병이는 어릴 때부터 그렇지가 않았다. 눈알 박힌 것부터 영악스러웠던 것이다. 이런 아이들은 어차피 싹수 있게 생긴 그만큼은 언제든 어떤 식으로든 한고비 치르기는 치를 거다 싶었으나 아니나 다를까, 중학교에 들어서면서 급진적하로 달라지던 것이었다. 바깥에서 험하게 노는 것쯤이야 차라리 '얼씨구, 아무렴 그래야 내 새끼지.'하고 맞대놓고 격려는 못할망정 흐뭇해 할 일이고 인근의 피해쯤이야 그 앞에서 꿀밤 몇 개 가볍게 안기면서 창유리 값이다 며칠 치료비다 즐겁게 물어주면 그뿐이었고 그 정도는 번번이 오냐오냐 하고 부자간에 짝짜꿍이 맞았던 것이 초등학교적이었던 것이다. 그러나 그때도 한 가닥 불안한 점은 없지 않았다. 박훈석 자기만을 닮은 자식이라면 안팎에서 그 정도로 험하게 놀면 으레 학교 성적은 꽁무니에서부터 몇째 쯤 되어야 하고 그편이 더 마음이 놓였을 터인데 이게 그렇지가 않은 점이었다. 여간 똘똘하지가 않아서 성적도 맡아 놓고 우등이었다. 저게 저러다가 어쩌려는 건가, 이상스러운 동네로 빠지는 것이나 아닌가, 이 점이 늘 불안하고 뒤숭숭했던 것이다. 한일협정 조인 때도 그렇다. 초

등학교 4학년이면 그런 면에 대해서는 전혀 철들 나이가 아니었음에도,
"누나야, 대체 어찌 되는 거니? 협정 반대시위가 옳은 거니? 협정이 옳은 거니? 이북과 대결하자면 일본과 협정을 맺어야 한다는 모양인데 반드시 그래야 할 만한 것인지 말이다. 을사보호조약, 을사보호조약 하는데 작년도 바로 을사년이었다문서?"
하고 밥상머리에서 아버지 다른 큰누나였던 경자에게 묻던 것이었고 이 때도 박훈석은 어쩨 가슴이 철렁 했던 것이다. 저들끼리 주고받던 그 소리를 지금까지도 박훈석은 선명하게 기억하고 있다.
"그러기 말이다. 역시 우리 성병이가 똑똑하거든. 알만한 눈치는 다 알고."
하고 경자의 대답.
"그러니까 뭐니? 다시 일본으로 먹히는 거는 아니니?"
성병이는 굵은 눈알을 굴리면서 다시 이렇게 묻자 경자는 웃으면서 되물었다.
"너의 학교 선생님들은 뭐라시든?"
"그런 건 몰라도 된데."
"그럼 네가 질문을 했었다는 말이야?"
"그래."
"뭐라고 했니? 어디 나도 들어 보자꾸나. 우리 성병이가 어떤 식으로 질문을 했는지."
"뭐, 그대루지 뭐. <한일협정 반대시위가 옳은 겁니까? 협정이 옳은 겁니까? 이북과 대결하자면 일본과 협정을 맺어야 한다는 모양인데 반드

시 그래야 할 만한 것입니까?> 이렇게 물었지 뭐."

"그러면, <을사보호조약, 을사보호조약 하는데 작년도 바로 을사년이었다면서요?> 이 마지막 대목은 안 물었어? 왜 그건 뺐지? 나에게 묻구서."

경자가, 어쩌는가 보자는 식으로 능청스럽게 다시 묻자 성병이는 불끈 화를 내었다.

"누야, 누굴 놀리는 거니. 나도 돌아가는 건 대강 대강 다 안다."

"그래 그래, 내가 잘못했다. 그건 그렇고, 그러니까 선생님이 뭐라시든?"

"얘기 안 해. 난 이런 일로 놀림 받고 싶지는 않으니까."

"……"

나이층이 많이 지는 경자 쪽에서도 꿈틀 하듯이 조금 기가 죽은 표정으로 있다가 잠시 후에야,

"암튼 우리 집에서는 성병이가 제일 큰사람이 될거야. 이만저만 싹수가 있는 게 아니거든."

하자 성병이도,

"입 닥쳐. 난 그런 소리나 들으려고 이런 말을 꺼낸 건 아니야."

하고 다시 불끈 받아 넘겼던 것이다.

그래도 박훈석은 내심으로 불안했던 것인데 중학교에 들어가면서부터 성병이는 백팔십도 달라져 큰일 작은 일 할 것 없이 매사에 충돌이 빈번해졌다. 그러더니 고등학교에 올라가면서는 지껄이는 소리마다가 박훈석의 귀에는 수상한 소리로만 들렸다.

한국 대외무역의 수출입에 있어서 대상지역이 공히 일본이 으뜸을 차지하고 있는데 수출은 25%를 수입은 40%를 점하고 있다는 등, 한국의 외화 획득 방법은 일본으로부터 원자재를 가져다가 그것을 가공 수출하는 형태가 주종을 이루고 있다는 등, 게다가 한국의 수입 원재료의 일본에의 의존도는 중요한 것만도 합섬 91%, 석유화학제품 51%, 철강재 90% 인조섬유 73% 정도나 된다는 등, 일본경제의 규모로서는 무역면의 장에서나 해외투자량 속에서 점하는 비중에서나 한국을 여느 나라와 절대로 바꿀 수 없는 성질은 아니지만, 그러나 근접한 한국을 일본의 경제권에 끌어넣으려는 정책이 이미 선택되었는데 이것은 일본의 안보개념이 개입되어 있기 때문이라는 등, 한일 국교정상화 이후 일본의 경제 진출이 급격히 증가함으로서 한국 경제가 일정한 효과를 본 것은 사실이다, 즉 57년에 불과 5.7%, 58년 7% 59년 5.2%, 60년 2.1%이던 한국의 경제성장률이 일본의 한국진출이 본격화된 67년부터는 67년 8.9%, 68년 13.3% 69년 15.5% 라는 등, 한국의 중화학공업화 계획이 나오면서 일본의 진출이 더욱 본격화 될 것이 예상되고 이때까지는 석유화학이나 석유정제 등 중화학공업부문은 주로 미국이 담당하고 일본은 경공업부문 뿐이었는데, 앞으로는 일본이 석유 조선부문에까지, 진출, 건당 투자액도 많아질 것이 예상된다는 등, 일본의 대한 정책 윤곽을 살펴보면 처음에 한일회담은 미국의 극동전략 일환으로 극동사령부GHQ 알선에 의해 51년 12월에 예비회담이 있었고 52년 2월에 조심스럽게 본회담으로 들어갔으나 소위 구보다 망언으로 결렬을 보게 되었고 그 후 이승만 전 대통령의 완강한 자세로서 말 붙일 틈이 없다가 4·19 후에 사절이 서울을 다녀갔고, 65년을 전후해서 미국의 개입이 적극화되었는데 즉, 64년의 제 7차 한일회담은 당시의 번디 미국 국무차관보의 주선으로 시작되었으며 한일 정상화를 다그치는 미국의 의도가 짙게 투영 될 수밖에 없었다는 둥, 그리고 한일 정상화에 따라 한일 정기각료회의가 67년부터 시작되었다는 둥, 1958년 극동미군 20만 중의 8만이 남한에 있었다는 둥 ……

이렇게 지껄이는 소리들로 미루어서 성병이가 대강 어느 방향으로 싹수를 보이고 있다는 것이 박훈석도 박훈석 나름으로 짐작 되었고, 박훈석으로서는 그 싹수가 싹수이기는커녕 큰 골칫거리를 안고 있다는 느낌이었는데 결국은 저 지경으로까지 이르게 된 것이다, 고등학교적부터 노상 지껄이는 모양으로 보아 대학에 진학시켰다가는 공부는커녕 모처로나 들랑거리겠다 싶어 아예 일찌감치 속 차리는 셈 잡고 대학 진학을 완강하게 반대했었는데 성병이도 성병이대로 혼자 가출을 단행, 자력으로 대학에 입학하여 자력으로 학비도 감당하는 모양이었다. 그 사이에도 신촌의 경자와는 유독 짝짜꿍이 맞아서 저희들끼리 상종이 전혀 없지도 않는 눈치였고 방학 때 더러 조치원에 내려 오더래도 제 어미나 형들인 성갑이 성을이는 만나는 모양이지만 아비인 박훈석 앞에는 일체 코빼기도 비치지 않았다. 이건 제 어미를 통해 간접적으로 들은 소리지만 작년 여름방학 때는 명륜동 근처에서 리어카 한 대를 장만하여 농림모 차림으로 수박, 참외 장사를 여름내 하여 꽤 재미를 보았다던가. 하루 삼사천 원의 이문을 남기고도 저녁이면 팔다가 남은 수박, 참외를 싣고 들어가서 인근에까지 인심을 썼다든가. 그것으로 일 년간 학비는 너끈히 벌었다고 하더란다. 제 어미인들 신촌 사는 경자의 귀띔으로 그런 사실을 알았을 것이지만 아무튼 그런 소리마나 듣는 것이 박훈석으로서는 기분이 괜찮던 것이었다. 어련했으랴, 성병이 그놈 성격으로 그러고도 남을 녀석이지 싶었던 것이다.

마침 시간이 맞아서 경희는 저녁식사 교대시간이라고 하여 박훈석은 근처 분식집에서 기다렸다.

경희는 금방 내려왔다.

"아부지 뭐 드실래요?"

하고는 이쪽의 대답도 듣지 않고,

"냄비국수 잡숫지 뭐."

하고는 곧장 냄비국수 두 그릇을 주문하는 것을 박훈석은,

"아니다, 나는 생각 없다."

하고 손을 설레설레 내흔들었다. 그러고 보니 입맛이 사악 가셔 있고 입 속이 끼질까칠하게 타오르는 것을 비로소 의식하였다. 역시 게이조오를 못 만나게 된 것이 이 정도로 충격이었다는 말인가.

"난, 그 엽차나 한잔 마실란다. 저녁은 생각 없다."

하고 박훈석은 거듭 나지막하게 지껄였다.

"왜요, 저녁 안 드셨잖아요 아부지."

"너나 어서 한 그릇 시켜 먹어라. 얼른 먹고 다시 들어가 보아야 하지 않니."

하고 뒤끝은 자못 오랜만에 딸을 만나는 아버지답게 부드럽게 말하였다.

곧 냄비국수 한 그릇이 오자 젓가락을 쪼개면서 경희가 물었다.

"근데 웬일유? 무슨 볼일 계셨나부지요?"

"응, 볼일도 있고"

하고 박훈석은 약간 망설이는 듯 하다가 불쑥 말하였다.

"요전 날은 수고했어."

"무슨 얘기에요?"

"경순이 올라왔던 일 말이다."

"응, 그 일."

하고 경희도 조금 표정이 데면데면해지다가 금방 분위기를 바꾸려고 하였다.

"응, 아부지 그 일 때문에 올라오셨나봐."

"그 일이라니."

"글쎄 난 잘은 모르지만……"

하고 경희는 다시 우물쭈물 하는데 일순 박훈석은 두 눈이 깊숙하게 번뜩이면서 물었다.

"신촌언니는 그 후 못 만났니야?"

"못 만났어."

'왜요? 아부지, 정말 무슨 일 있었나봐' 하듯이 경희는 국수 가락을 올리다가 도로 놓았다.

"성병이는?"

"못 만나요 통……"

"일본서 온 사람들을 빼돌린 것 같으다. 둘이서 설악산으로 간다고 빼돌렸어."

"어머, 빼돌리다니뇨? 그러구 둘이란 신촌언니하고 성병이 말이우?"

"등산 간다고 갔대니까 뻔하지 않겠어."

"별일이야. 신촌집에 전화는 걸어보았우?"

"걸어보나마나 뻔하지. 실은 오늘 저녁 그 자하고 만나기로 약속되었던 거다."

"누가요? 아부지가?"

"그래."

"뭐 허러요?"

"그것까지는 네가 알 것 없구. 암튼 낭패 났구나. 지방갔던 여느 관광객들은 벌써 왔던데, 언제 올 줄 알고 그냥 서울에 죽치고 있을 수도 없구."

게이조오는 역시 일행과 떨어져서 떠나오기를 잘 했다는 생각이었지만 박훈석과의 약속이 노상 불안하지 않은 것은 아니었다. 3박 4일이면 빠듯이 들어맞을 모양이어서 게이조오는 게이꼬오에게 몇 번이나 거듭 다짐을 두었었다. 6시에 중요한 약속이 있으니 천하없어도 서울까지 닿아야 한다고 그때마다 게이꼬와 성병이는 저희들 말로 몇 마디씩 속삭거리곤 하는 것이었는데 그 약속이라는 것이 바로 박훈석과의 것임을 그들대로도 눈치채고 있는 것 같았다.

아무튼 그런대로 3박 4일의 여행은 더 바랄 수 없이 즐거웠다. 으레 그런 법인가. 서로 말이 통하지 않는 것을 걱정했었는데 정작 처음 몇 시간만 답답하더니 그 다음은 서로 눈치코치로 척척이었다. 성병이도 조금은 알아들었고 게이꼬도 정작 하루 사이에 확 달라지고 있었던 것이다. 그 옛날 유아시절이었을망정 일본말의 끈터귀는 몸속 깊숙이 스며있었던 모양이고 그렇게 하룻밤이 자나서 약간은 되살아 나오는 것이었다.

본시 외가평까지만 택시를 대절했었는데 백담사까지 곧장 달렸을 때는 오후 네 시 반이었다. 줄곧 한강을 끼고 올라오다가 홍천에서 간단히 요기를 하고 내리다지로 달렸던 것이다. 백담사에서 하룻밤 묶고 이튿날 계곡을 끼고 올라 봉정암에 오후 네 시에 닿았다. 다시 이튿날 청봉에 올랐다가 양폭을 거쳐 천불동 계곡으로 비선대까지 아슬아슬한 절벽길을 내려갔던 것이다.

역시 한국의 산천은 일본하고는 전혀 분위기가 다르다는 느낌이었다. 비행기 위에서 내려다 볼 때는 산들이 별로 보잘 것 없고 누르끄름한 회색빛 뿐이더니, 정작 직접 와 보니까 어느 구석인가 대륙적인 맛이 풍기는 것이다. 백담사나 봉정암의 인상도 마찬가지였다. 일본의 사찰들 하고는 살갗에 와 닿는 느낌이 달라 보인다. 고졸의 맛이랄까, 더 질박하고 유현하고, 얄팍한 인공의 맛이 덜 묻어있다. 교토 근방의 그런 곳들은 무언가 지나치게 가꾸고 혹은 지나치게 인공적인 의미를 부여하고 역사의 흔적을 돋보이게 하려는 데만 애를 썼다는 느낌이 비로소 들었다. 역시 백담사나 봉정암 같은 사찰의 자연스러운 맛은 없다. 나라齊良의 법륭사나 동대사 같은 곳도 규모가 크고 역사적 유물이나 문화재 같은 것의 보존에는 완벽을 기하고 있는지 모르지만 지나치게 인공적인 것이 가미되고 있어 일본적인 특색을 너무 의식한 흠이 있어 보인다. 그것이 바로 관리의 덕일 테지만 관리에 지나치게 역점이 두어져서 본래의 맛은 많이 가셔져 있는지도 모르는 것이다.

산들도 매한가지였다. 일본의 산들은 한국의 산들에 비하면 생긴 것부터가 무언지 지나치게 인공적이다. 부사산까지도 그렇다. 산림녹화에는 만반을 기하고 있는지 몰라도 산 본래의 은은한 느낌은 별로 없다. 더구나 황소 잔등처럼 둥두릇이 앉아있는 청봉의 인상은 역시 이런 것이 한국의 산하로구나 싶었다. 그런가 하면 청봉을 앞에 두고 아이들이 제가끔 발돋음 하듯이 혹은 아양을 떨듯이 늘어서 있는 천불동 계곡의 그 삐죽삐죽한 깍아지른 절벽들은 일본에서는 눈을 씻고 보자고 해도 찾아볼 수가 없다. 그것은 어찌 보면 더 인공적인 느낌이 들지만 정작 사람의 발자취가 전혀 안 닿아 있는 것이어서 묘한 당혹감을 느끼게 된다. 그러나 양폭, 귀면암을 지나서 비선대에 오면 분위기는 다시 홱 달라지는 것이다.

비선대 산장에서 마지막 밤을 묵으면서 게이조오는 아무래도 내일 저녁 박훈석과의 약속 건을 사실대로 털어놓는 게 낫겠다 싶었다. 둘 다 이미 뻔히 알고 이쪽에서 실토해 주기만을 기다리는 것 같았기 때문이다. 그렇게 지나가는 말 비슷하게 털어놓자 일순 게이꼬와 성병이는 서로 눈길이 부딪치더니 게이꼬가 말하였다.

"사실은 우리도 알고 있었어요. 그러구 당신을…… 가만 있자, 납치를 왜말로 뭐라고 하는가."

하고 게이꼬가 한문자로 온돌바닥에 쓰자 게이조오도 머리를 끄덕이며 폭소를 터뜨렸다. 그러나 다시 정색을 하면서,

"반드시 이랬어야 할 만큼 특별한 이유라도 있었습니까?"

하고 성병이 쪽을 쳐다보며 물었다. 그 납치의 장본인은 성병이가 아니겠느냐는 듯이, 그러나 게이꼬가 다시 말했다.

"그야, 있다면 있지요. 하지만 이쪽에서 우선 묻고 싶은데요 대체 무슨 일로 만나자고 했으며 그런 제의는 언제 받았는지요? 도통 그럴 틈이 없었을 것 같은데. 전화를 했던가요?"

"아뇨 이것까지 털어놓기는 약간 난처한데. 실은 그날 게이꼬가 돌아간 후에 동생이 다시 왔드면."

"그래서요? 아버지 말이라고 하면서 만나잡디까?"

여기서 게이조오는 다시 망설였다. 편지를 전하더라고 하면 틀림없이 편지 내용이 뭐냐, 그것을 좀 보여줄 수 없느냐고 물어 올 것이 뻔하기 때문이었다. 그러지 않아도 이미 사흘간의 여행으로 게이꼬의 현재 의붓아버지인 박훈석의 위인이 대강 짐작되던 참이었다. 트럭 운전수로 만주에 오래 있었고 하얼빈에서 모모 일본 토건회사에 속해 있었다면 뻔하지 않았겠는가. 그런 전력을 듣고서야 그의 편지 문면이 새삼스럽게 납득이 되던 것이다.

게이조오는 신중을 기하는 얼굴색으로 약간 뜸을 들이다가 나지막하게 말하였다.

"그러더군요 시간을 잠깐 낼 수 없느냐고 만나서 할 말이 있노라고"

"그랬군요."

하고 게이꼬와 성병이는 똑같이 머리를 끄덕이더니 이번에는 성병이가 나섰다.

"그럼, 당신 내가 한번 묻겠는데 사흘 동안에 우리대로 토론도 많이 했고, 그래서 나도 나대로 당신은 드물게 좋은 일본사람이라고 생각하는데 말야. 하긴 이 점은 모른다구. 일 대 일로 만났을 때 왜놈치고 나쁜 놈은 없는 것 같으니까 말야. 이 점은 당신도 아직 모른다구. 물론 사흘 동안에 당신의 하는 얘기로 봐서는 좀 트인 놈 같지만. 때로는 트인 놈이 트인 그만큼 더 나쁠 수도 세상에는 흔하니까 말이지. 어쨌든 결론을 말하겠는데 당신은 우리 아버지가 어떤 사람인지 이미 대강 짐작이 될거야. 그렇다면 내일 약속을 취소해줄 수 없겠어? 만나지 말라는 얘기야. 당신이 만일 만난다면 당신은 이중인격자가 되는 셈이거든."

필담 섞어 여기까지 대강 의사가 통하자 게이조오는 약간 난처한 얼굴색을 하면서 게이꼬 쪽을 쳐다보았다.

게이꼬가 비시시 웃으면서 나섰다.

"예 성병아, 그건 좀 너무 했다 얘. 그렇게꺼정 목에 힘줄 건 없다구. 이 사람은 무슨 죄야. 그렇게까지 궁지로 몰 권리는 우리한테 없어. 이 사람으로서야 그렇지 않겠니. 최소한 차릴 예의라는 게 있는거지. 뒤에 가서 이 사람이 약속을 어겼다는 점만을 꼬집어서 아버지가 악악거리지 말라는 보장도 없지 않니. 일은 그렇게 너처럼 강경 일변도로만 되는 것은 아냐. 우리가 이 사람한테 차후 약속만 하면 되는 거야."

비로소 성병이도 한발 물러앉은 표정으로 담배에 불을 붙이는 틈에 게이꼬는 게이조오에게 들이대듯이 말하였다.

"그러니까 당신이 아부지하고 만나는 것은 어른들끼리의 약속이니까 불가피한 사정이 아닌 한은 만나야죠. 불가피한 사정이라는 것은 내일 제 시간에 닿지 못하는 사정인데요 아마 그렇게는 안 될 거라구 생각해요. 요는 당신도 당신 입장이 있는 만큼 만나기는 만나세요. 다만 만난 후에 우리하고 약속을 해줄 수 있겠어요? 아부지를 만난 후에 피차에 오고간 얘기 내용을 우리에게 다 털어놓기로."

"그래 그게 좋겠군. 그거 좋은 생각이군."
하고 성병이가 머리를 끄덕이자 게이조오도 좋다고 하였다.

"그건 힘들 것 없소"
하고 게이조오가 다시 게이꼬에게서 성병이 쪽으로 눈길을 옮기며 그편에서 듣거나 말거나 손짓발짓 섞어 방바닥에 한문자도 써가며 주절주절 지껄여댔다.

"어쨌든 이 점은 지금 믿을 수 있겠지? 물론 좀 전에 당신이 한 얘기는 나도 거듭 명심하고 있다는 전제에서인데, 어제 저녁에도 내가 그 점은 누누이 얘기하지 않던가. 일본 안에서는 내가 무지무지한 친한파이고 큰일에서 작은 일 하나하나에 이르기까지 한국인 편을 들지만 그것의 끝이 어디인지도 나도 아직은 모른다구. 그런 식으로 첨예하게 부딪쳐 본 일은 아직 없으니까 말야. 물론 이 점은 한국에 와서 비로소 느끼는 일이지만 친한파라는 말이 일본에서는 친조선파에 대응한 친한국파라는 의미로 쓰이고 있고 그 점에 조금도 하자를 느낄 수가 없었지만, 정작 한국에 건너와 보니까 이 말에도 여러 가지 뉘앙스가 뒤섞여 있다는 것을 알겠군. 이를테면, 일본서 쓰는 친한파라는 말이 주로 일본정부의 대한국 정책에 짝짜꿍이 들어맞는 한국 쪽의 어느 세력을 주로 지칭한다는 의미가 농후했다는 것을 한국에 건너와서 비로소 알아지더라 이런 얘기지. 물론 이 점도 주로 당신을 만나서 알아진 것이지만. 그러니까 지금 내가 거의 버릇처럼 쓰고 있는 친한파라는 말도 양해사항으로 삭여 들어 주었으면 좋겠어. 어쨌든 긴말이 필요 없이 이 점은 믿어주겠지. 우리가 청봉에 올라가서 셋이 엄숙히 서약하지 않았는가 말야. 나, 게이조오가 앞으로 한국에 전쟁이 일어나는 것을 반대하고, 일한 관계가 진짜로 한국의 자주적인 독립을 존중하는 쪽으로 이루어지고, 한국의 남북통일을 진심으로 지원하는 쪽으로 애를 쓸 것을 두 사람 앞에 그리고 청봉 앞에 서약하지 않았는가 말야. 그 서약은 지금도 믿어주겠지?"

"그야 믿어주겠지만, 아직도 모른다구. 어쨌든 당신은 왜놈 쪽발이 새끼니까 말야."

하고, 성병이는 혼잣소리 비슷이 딴청을 부렸다. 그러자 게이조오는 일순 머쓱해지면서 멀거니 성병이를 건너다보는데 게이꼬가 다시 깔깔 웃으면서 성병이 어깨를 쳤다.

"야야, 좀 너무 했어. 그런 식으로 이쪽 본때를 한번 보일 필요는 있지만 말이다. 너무 그럴 것도 없는 거야. 이 사람 얘기도 뒤에 가서 어찌됐든 당장은 꽤나 진정이 있어 보이니까 적당히 들어주지 뭘 그러니."
하고는 게이오조를 쳐다보았다.

"이 동생은 이렇게 개구쟁이에요. 이런 게 도리어 좋지요? 얼마나 싱싱해요. 한국 애들도 옛날처럼 항상 주눅 들어 있지는 않다구요 이 동생은 지금 당신 앞에 시위조도 곁들여 지나치게 과장하는 흠은 있지만 말입니다."

다시 성병이 쪽을 돌아보면서,

"그렇지 뭐, 그렇지 않다는 말이냐? 이 정도는 서로 솔직하게 털어 놓는 게 피차에 좋다구."

하였다.

"좋아 누가 뭐랬나."

하고 성병이는 다시 게이조오를 정면으로 쳐다보았다.

"그럼, 그 점은 믿을 테니까.(안 믿는다고 할 수는 없는 거 아냐) 그걸 약속해. 아부지를 만나고 나서 우리에게 털어 놓는다고."

"틀림없어. 약속하지."

그러자 게이꼬가,

"아참, 중요한 일이 하나 있어."

하고 다시 나섰다.

"아부지편에서 이곳으로 온 것을 미리 알았으면 어쩌지? 아부지 성질로 알아내기가 쉬웠을 걸. 내 동정을 어떤 식으로든 살피지 않았을 리가 없거든. 내가 며칠 동안 집을 비웠다고 알았어봐라. 대번에 호텔 쪽으로 이 사람 행방을 알아볼 것이고."

"그렇군. 그렇겠군. 그러나 그거야 뭐 크게 중요한 일은 아니지. 이 사람 쪽에서 처음부터 떳떳하게 정정당당하게만 나간다면 도리어 아버지 쪽에서 궁지로 몰리지 않겠어. 이 사람이 그럴 능력은 있어 보이는 걸."

하고 성병이는 곧장 게이조오에게 그 점을 타진하듯이 물었다. 게이조오도 그것은 충분히 자신이 있다고 흡사 서양 사람들처럼 몇 번씩 거듭 머리를 끄덕였다.

3박 4일 예정이었으니까 오늘이 돌아올 날인 것은 틀림없어 보여 박훈석은 경희와 헤어져 근처 다방에 삼십 분쯤 앉아 있다가 혹시나 싶어 호텔 쪽으로 전화를 걸어 보았다. 경자와 성병이가 빼돌린 것은 확실한 만큼 만나기는 좀 힘들겠다는 생각이었는데 뜻밖에도 방금 돌아왔다고 하지 않는가. 박훈석은 저도 모르게 입을 사려 물었다.

곧 통화가 되었다.

"저 이즈미입니다만, 누구십니까?"

"며칠 전에 약속한……"

그러자 저편에서는 대뜸 반색을 하였다.

"아 네, 실례했습니다. 설악산에 좀 다녀오느라고 조금 늦었습니다. 저 딴으로는 시간에 대어 오려고 하였습니다만, 지금 어딥니까?"

"바로 근처입니다."

"아 네, 그렇습니까. 잘 되었습니다. 지금 마악 샤워를 할까 하는데 십 분쯤 후에 오실 수 있겠습니까?"

"좋습니다."

박훈석은 곧 다방을 나섰다. 어쨌든 부딪치고 볼일이라고 박훈석은 거듭 어금니를 사려 물었다. 호텔에 들러 커피숍에 잠시 앉았다가 거반 시간이 되었다 싶어 엘리베이터를 탔다.

노크를 하자 금방 안에서 문을 열었다.

"아, 오셨구먼요 들어오시지요"

하고, 게이조오는 반즈봉에 노타이 차림으로 말하고는

"어떻겠습니까. 지금 잠깐 나간 듯하지만 곧 동숙자가 들어올는지도 모르니까 밑에 커피숍으로 내려가실까요?"

하였다. 피차에 요란스러운 인사치레를 일거에 생략하고 대어드는 것부터가 박훈석에게는 약간 쌀쌀맞게 느껴졌다.

"좋습니다. 그러시지요"

하고 박훈석도 게이조오 쪽의 분위기에 맞춰들듯이 받고는

"가만, 커피숍은 사람이 많을 텐데 금방 도착했으면 저녁 전일 테니 어디 조용한 음식점 같은 데가 어떨는지요?"

하자, 게이조오는 잠시 생각하는 듯 하더니

"좋습니다. 그럼 잠깐만 들어와 앉으시지요"

하였다.

박훈석이 창문 쪽을 바라보며 소파에 앉자, 게이조오는 옷장문을 열어 뒤에서 옷을 갈아입었다.

박훈석은 담배를 피워 물었다. 처음 만나는 사이가 아니라 어제오늘 늘 만나온 사람처럼 범연하게 대하는 저편의 반응이 역시 거듭 쌀쌀하다는 느낌이었다.

"자, 됐습니다. 나가시지요"

하고 등 뒤에서 게이조오가 말하여 박훈석도 발딱 일어섰다.

근처의 조촐한 왜식집 2층 방으로 자리를 차지하기까지 둘은 일언반구 말이 없었다. 박훈석은 우선 맥주 몇 병과 저녁을 시켰다. 그리고는 엽차 잔을 입끝으로 핥듯이 한 모금 마시며 새삼스럽게 말하였다.

"초면에 거듭 인사드리겠습니다. 근 삼십 년 만에 첫나들이었을 텐데 여러 가지로 소홀하지 않았나 싶습니다. 용서하십시오"

"천만의 말씀입니다. 실은 게이꼬 하고 성병군 하고 설악산을 다녀오

는 길입니다. 그야말로 뜻밖에 진짜 관광을 한 셈이지요."
하고 게이조오도 깍듯이 말하고는 박훈석의 눈치를 흘끔 한번 살폈다. 박훈석은 일순 미간을 찡그리다가 금방 웃음으로 얼버무렸다.

"대강 그랬으리라고 짐작은 했었지요. 하지만 조금 의외군요. 게이꼬는 그새 게이조오씨의 내한을 두고 여간 신경을 쓰지 않았는데."

"네, 그런 얘기도 대충 들어서 알고 있습니다. 들어보니 무리도 아니더 군요."

"더구나 성병이 그 녀석은 적극적인 반일파고 여러 가지로 듣기 괴로웠겠습니다. 혹시 언짢은 일이 있었더라도 원체 철없는 아이이니 해량하십시오."

"천만에, 반드시 그렇지도 않았습니다. 매우 숙성한 아이이고"

하고 게이조오는 얘기 실마리가 자연스럽게 풀리는 것을 다행으로 여기는데 박훈석은 팔굽을 상 위에 세우면서 두 손으로 턱을 싸쥐었다.

"그건 그거고, 제가 게이조오씨를 뵙자고 한 것은 인사도 물론 인사겠습니다만, 그보다 두어 가지 부탁 말씀이 있어서입니다. 부탁이래봤자 크게 부담을 끼칠 일은 아닙니다만."

본론이 나오는구나 싶어 게이조오는 엽차 잔을 집어다가 두 손으로 오목하게 싸잡고 두어 모금 홀짝거리는데 마침 맥주에 마른안주 한 접시가 들어왔다.

박훈석은 맥주를 따르면서,

"우선 목부터 추기십시오"

하고는 정작 어디서부터 허두를 꺼낼까 하고 망설이듯이 입을 다물었다.

그러자 게이조오 쪽에서 미리 방패막이를 하듯이 한마디 지껄였다.
"거듭 얘기입니다만 성병군은 매우 생각이 건실해 보이더군요. 솔직한 얘기가 저로선 흡족했습니다. 일본 안에서 떠도는 얘기로는 한국이 온통 일본화 되어가는 듯이도 얘기 됩디다만, 성병군을 보니 한국이 밝은 미래를 가졌다고 생각되더군요. 지난 세월의 일한 관계는 기왕에 지나 간 일이지만 기성세대 가운데는 아직 옛날 식민지 시절을 내심 그리워하는 층도 전혀 없지 않은 것 같은데 말입니다."
박훈석은 꿈틀 하듯이 게이조오를 마주 쳐다보며 비시시 웃었다.
"네, 저 같은 사람이 아마 그런 축에 들겝니다."
"아니 아니, 그런 뜻은 아니었습니다."
하고 게이조오는, 지금 박훈석이 그 자신이 쓴 편지를 염두에 두고 있는 것을 눈치 채며 조금 낯을 붉혔다.
"까놓고 얘기합시다. 게이조오씨."
하고 박훈석은 게이조오의 말을 묵살하듯이 갑자기 두 눈이 뚜릿뚜릿해 졌다.
"경자나 성병이랑 설악산을 다녀오시면서 대충 어떤 얘기가 오고 갔으리라는 것은 짐작이 되고도 남습니다. 물론 저에 대한 얘기도 많으셨을 줄로 믿고, 또 일전의 저의 몇 자 안 되는 편지를 게이조오씨가 어떤 식으로 받아 보았으리라는 것도 짐작이 됩니다. 물론 저는 구세대요, 일본 식민지 치하에서 일본에 붙어먹었던 사람이올시다. 그리고 아직도 송두리째 그런 버릇이 남아 있는 사람이지요. 그러나 거듭 말하지만 까놓고 얘기합시다. 저는 어떻든 일가권속을 거느리고 있는 입장이요 하루하루

남부럽지 않게 세 끼 밥을 벌어들여야 할 입장입니다. 한데 지금 우리 국내사정은, 크게 보아서는 어찌되었던 당장에 최소한 남부럽지 않을 정도로 살아 가재도 제일 손쉬운 길은 일본 쪽과 결탁하는 길이다, 그런 얘기입니다. 하기야 일본이라는 것도 우리에게 작용해 오는 우리 입장의 일본이 따로 있고, 일본 안에서 게이조오씨 같은 생각을 지닌 일본인들이 따로 있긴 하겠습니다만, 어쨌든 우리 입장에서는 당장 오늘 우리에게 작용해 오는 일본을 통틀어서 한 색깔의 일본인으로 생각할 밖에 없는 겝니다. 이 점, 미리 게이조오씨는 양해하셔야겠습니다. 하긴 우리 경우도 그렇긴 합니다. 비록 같은 부자지간이지만 성병이처럼 생각하는 층도 전혀 없지는 않습니다. 그러긴커녕, 어쩌면 실질적으로 다수에 속할는지도 모릅니다. 그러나 당장 우리 한국사회가 회전해 가는 사정은 성병이 같은 생각 쪽이 아니라 새로 들어오는 일본과의 관계로 빚어지고 있는 그 움직임 쪽이 아니겠습니까. 이 점, 저는 성병이처럼 어린애는 아니고, 더구나 게이조오씨의 형편으로 말씀하더라도, 게이조오씨가 성병이랑 만나서 무슨 소리를 했건 관계없이 게이조오씨가 이번에 한국에 나오신 것도 한일 관계의 오늘을 타고서였다는 것이 적나라한 사실일 겝니다. 이 점, 게이조오씨도 피하지는 마십시오."

"네, 대강 말씀하시는 뜻을 알겠습니다."

하고 게이조오는 편지 문면으로 미루어 짐작하기보다 정작 직접 만나보니 위인이 만만치는 않다고 느끼며 약간 기가 꺾이는 느낌이었다.

"그래서 말씀인데."

하고 박훈석은 스스로도 얘기의 첫 허두가 마음에 흡족한 듯이 묘한 웃음을 입가에 어리우면서 제 컵에 맥주를 따르고 게이조오의 컵에도 따랐다.

"그래서 말씀인데 더욱 까놓고 얘기입니다만, 저는 게이조오씨니 혹은 게이조오씨 선친에게서 혹종의 보상을 받아야 하겠다 이런 얘기입니다. 물론 오해는 마십시오. 이렇게 말한다고 그 무슨 청구권을 신청 할 권리라도 있다는 듯이 들으면 제 입장이 도리어 곤란합니다. 게이꼬나 성병이를 만나서 이미 아시겠지만, 당사자인 게이꼬 어머니나 게이스께(박성갑의 옛이름)나 게이꼬나 원체 당사자들인 만큼 여간 눈치코치 살피는 게 아니고, 그 입장에서는 더욱 원천적인 토착 한국인 티를 내고 싶어하는데 그 점도 저는 십분 이해는 한다는 말씀입니다. 이미 아시겠지만 그들은 게이조오씨의 내한을 두고도 여간 노심초사한 것이 아니지요. 만나는 것까지도 꺼렸을 정도니까요. 그러나 저는 입장이 다릅니다. 어찌됐든 그 셋을 저는 삼십 년 동안 감당해온 것이 사실입니다. 그러나 저의 이런 말을 모종 공갈이나 횡포로 받아들이지는 마십시오. 제가 이렇게 극단적으로 얘기하는 것은 이러는 편이 피차에 알아듣기가 쉽겠다는 점에서 올시다. 요는, 당신들은 그전에도 우월한 입장이었지만 지금도 마찬가지다 이런 말이지요. 실은 잘 아시겠지만 일본에 붙어먹고 있는 현실이 오늘의 한국 현실이어서 저도 이런 식으로 얘기를 꺼내는 겁니다. 별별 거지발싸개 같은 놈들까지 일본 쪽에 등을 대고 수지를 맞추는 세상에 저는 의당 이럴만한 권리가 있다고 어찌 생각되지 않겠습니까."

여기서부터 박훈석은 억양을 낮추고 소위 그 두어 가지 부탁이라는 것을 차근차근 지껄였다.

첫째는 옛날 만주시절에 모시고 있던 토건업자인 오오다니라는 자의 행방을 수소문해 주었으면 하는 것이고, 만일 오오다니가 타계하였다면 그 직계가족의 행방이라도 족하다고 했다.

둘째는 당신의 동생인 게이스께(성갑)가 지금 조치원 근처에서 양어장이랍시고 경영하고 있는데 이것이 엉망진창이다. 그러니 자금지원이든 혹은 합자형식으로든 일본 양어업계의 거물 하나를 알선해 주었으면 하는 것이다. 여기서 박훈석은 성갑의 양어장 현황을 대강 설명하고 그러니 일본자금이 여기에 기어 들어오게 되면 그런저런 잡음 없이 일이 순조롭겠다 그러니 이 점은 다시 세부안을 마련할 테니 적극 협조해 달라고 하였다.

셋째는, 경희의 일본 유학을 알선해 달라는 것이었다. 정규 대학이 아니어도 좋으니 요리나 연예, 영화계 등등에라도 알선해 달라고 하였다. 물론 이 점은 경희의 외양이 반반하다는 것을 염두에 두고 이쪽의 그런 저의를 대강 게이조오가 알아듣도록 간접적인 암시 정도로 하였다.

"제 부탁이라는 것은 이 정도입니다. 물론 이것은 앞으로 게이조오씨와의 연락이 긴밀해진다는 전제에서 말씀드리는 거니까 게이조오씨가 일본으로 건너 가셔서 전혀 꿩 구워먹은 소식이 된대도 저로서는 어디 가서 해 볼 데라곤 없게 되는 거죠. 그러니 저로서는 게이조오씨가 제 충정을 선의로 받아들이리라는 것만 믿을 뿐입니다. 그렇다고 아예 골치 아프게는 생각 마십시오. 선친께서 여직 살아 계신다니까 선친께도 아무쪼록 제 뜻을 전했으면 합니다. 모르긴 해도 선친께서는 더더욱 적극적이리라고 믿어지는데 노구이실 테지만 한번 한국으로 나오실 수 있다면 저로서는 더욱 반갑고 영광이겠습니다. 대강 이상이 제가 하고 싶은 얘기의 전부입니다. 자 이젠 맥주나 마십시다."

게이조오는 이제부터 맥주를 마시기는커녕 마셨던 술까지 횅하게 깨어오는 느낌이어서 어느새 뒷벽에 느슨히 기대어 앉아 멀거니 박훈석을 건너다보았다. 박훈석은 그 게이조오를 달래듯이 더욱 억양을 낮추었다.

"제가 지나치게 극단적인 표현을 써서 어리둥절하셨던 모양인데 실은 표현만 그렇다 뿐이지 별 얘기는 아니지 않습니까. 저도 그렇습니다. 게이조오씨의 위인됨이 어지간만 해서는 안 될 것 같기에 일부러 더 극단적으로 말했던 것이지요. 막말로 사흘 동안 성병이와 어울려 있던 게 게이조오씨 아닙니까. 저로서도 이렇게 나갈 밖에 없었던 겁니다. 이것이 바로 당신이 근 삼십 년 만에 처음으로 온 한국의 적나라한 모습이고요. 자, 어서 나 앉으십시오. 술이나 한잔 하시면서 저간의 자세한 얘기를 나누십시다."

순간 게이조오도 한발 나앉으면서 시니컬하게 지껄였다.

"하지만, 이 점은 미리 감안하십시오 오늘 당신을 만나고 난 후에 내 일쯤 게이꼬와 성병이를 만나서 오늘저녁 당신과 나누었던 모든 얘기를 알리도록 되어 있으니까요."

"네, 네. 그 점도 저는 미리 계산에 넣고 있습니다. 그 점 염려는 마십시오."

그러나저러나 이판사판이라고 박훈석도 같이 빈정거리면서 받아넘겼다.

3

"응, 왔니야, 잘 왔다. 그러지 않아도 왔으문 했는데."
하고 박훈석은 세수수건으로 얼굴의 물기를 문지르면서 허겁지겁 반색을 하였다.

"저엉 뭣허면 조반 먹고 가보려던 참이었다."
성갑은 이런 경우 어떻게 응대해야 할는지 몰라 잠시 우물쭈물 하였다.

서울 갔던 일은 잘 되었나요, 하고 묻기도 멋쩍고 그렇다고 정면으로 일본서 온다는 사람은 왔습디까요, 하고 묻기도 쑥스러웠다. 뿐만 아니라 서울서 경자를 만났는지의 여부도 궁금하였다. 그러나 물어 보나마나 처음부터 나오는 낌새로 이미 대강의 사세는 집혔다. 허겁지겁 대어드는 것으로 보더라도 그편에서 벌써 할 말이 많은 눈치였다.

박훈석은 다짜고짜 말했다.

"만났는데, 처음부터 아예 까붙이고 얘길 했구먼. 체면 차리고 어쩌고 해봤자 힘들기만 할 것 같아서 말야. 암튼 그 세부안이라는 걸 오늘 당장 같이 만들어 보았으면 싶은데. 지난 밤내 곰곰이 생각해 보았는데, 우선은 일본의 유력한 국회의원 같은 사람하나를 현장엘 한번 다녀가도록 했으면 어떨까 싶구먼. 아무 부담 없이 말야. 그러는 게 순서일 것 같아. 그러기만 해도 어느 정도의 효험은 있겠거든. 사람은 좀 주변머리가 없고 고지식하더라만 경자나 성병이만 중간에서 장난을 치지 않으면 가망이 전혀 없지는 않더구나."

"……"

성갑은 뭐가 뭔지 알아들을 수가 없어 잠시 멀뚱하게 건너다 볼 뿐이었다. 세부안이라는 것은 뭐며, 경자나 성병이가 중간에서 장난을 친다는 것은 또 뭣인가. 다만 일본의 유력한 국회의원 같은 사람 하나를 현장에 다녀가도록 했으면 싶다는 소리만이 귀가 번쩍하였다. 현장이란 물론 양어장 현장일 터였다. 그랬으면 여북 좋을까, 그랬으면야. 그래 주기만 했으면야 모든 일은 저절로 풀려질 터이다. 성갑은 벌써 그래주었을 경우의 정경이 눈앞에 선하게 떠올랐다. 물론 그런 사람이 현장에 당도했을 경우의 그 현장은 그냥 조촐할는지도 모른다. 까만 차에서 평범한 차림의 신사 한 분이 내릴 뿐이다. 누구 하나 아는 척도 않는다. 그는 몇 발짝 거닐면서 몇 마디 물어보고 성갑이 쪽에서 몇 마디 대답한다. 그는 고개를 끄덕끄덕 하면서 원경 근경을 거듭 살펴보며 '이만하면 조건은 좋습니다. 본격적으로 개발을 서두는 편이 좋겠군요.' 하고 혼잣소리 비슷이 지껄이고는 비로소 호수 둘레에 띄엄띄엄 앉아있는 낚시꾼들을 가리킨다.

"저 사람들은 뭐하는 사람들입니까?"

"네, 낚시꾼들입니다."

그는 어리둥절하게 조금 놀라는 얼굴을 한다.

"낚시꾼이라니?"

"네, 설명하자면 얘기가 길어지겠습니다만……"

"호오 낚시꾼이라니. 놀랐는데에. 이렇게 조건이 좋은데 낚시꾼의 남획이라니!"

그는 경멸하는 듯한 미소를 다시 입가에 어리운다.

"여하튼 연구해 봅시다."

하고 간단히 한마디를 남기고는 다시 까만 자동차에 올라 파란 연기를 뒷꽁무니로 흘리며 붕 하고 떠나버린다. 정작 그런 사람이 현장에 왔을 때의 정경은 이 정도로 조촐한 것이지만 문제는 그 다음이다. 스르스름 소문이 퍼져 나간다. 아니, 성갑이 자신이 지나가는 소리삼아 소문을 퍼뜨린다. 소문은 소문을 낳는다. 일본의 유력한 자본이 이 곳에 들어온다더라, 그리하여 박성갑과 합자운영이 된다더라고 소문이 퍼져 나가기 시작하면 그 당장으로 우선 현지 관리들부터 달라질 것이다. 현지 면 관리들은커녕 군이나 도의 관리들도 달라지고, 이렇게 되면 조합(토지개량조합) 간부들쯤 주무르기는 엿먹기나 다름없을 것이다.

대강 이런 정경이 호박에 넝쿨 달려 올라오듯이 떠오르는데 성갑은 어릴 때의 기억이 여기에 겹쳐지는 것이었다. 여덟 살 때에 종전이자 해방이 되었는데 솔직하게 말해서 성갑이 경우에서는 처음부터 <해방>이라는 느낌은 안 들었고 이 어휘 자체에 요즈음까지도 늘 그 어떤 저항이 느껴지는 것이다. 지나간 근 삼십 년 동안을 일관하게 그래왔다. <해방>이 금방 분단으로 이어지고 다시 6·25 동족상잔으로 이어져 오늘날까지도 통일은커녕 나라와 민족 전체가 이 모양 이 꼴로 지내는 터여서 이럴 바엔 차라리 일제 치하에는 통일된 강토나마 유지되지 않았느냐는 식의 푸념 섞인 일반적인 생각으로 그렇다느니 보다도 성갑의 경우엔 조금 유별났던 것이다. 1945년 해방이 되던 날의 느낌부터가 그러하였다. 그것은 <해방>이 아니라 온 집안이 울음바다가 된 낭패와 절망의 구렁

텅이였으니까. 그때 성갑은 여덟 살 초등학교 1학년이었다. 그날의 일은 지금까지도 선명하게 기억하고 있다.

그날 살갗에 와 닿는 햇볕은 유난히도 따가왔으나 큰 냇가의 바람은 가을기운이 물씬 풍겼었다. 초등학교 학생들도 3학년부터는 소위 방학이 줄어 닷샌가 일주일만 놀게 되었는데 그것이 그 전날부터여서 모두가 벌거벗고 냇가에 몰려 나갔던 것이고, 그때 1학년이던 성갑이도 오정이 지나서는 그 속에 끼어 있었던 것이다. 오후 너덧 시나 되어 한여름 해가 중천을 기울 무렵쯤 해서 성갑은 웬일인지 혼자서 타박타박 밭두렁길을 걸어오고 있었다. 흔히 당주밭머리라고 불리우던 그 밭두렁길을 지나 오른편으로 꺾이면 동네 안으로 들어오게 되고 외로 꺾어서 조금 나가면 다시 큰 내의 하류 쪽으로 닿게 되어 있는데 그곳에는 키 높은 미루나무들이 서 있는 밑에 으레 멍석이 깔려 있어 미루나무 잎에 서걱이는 바람 소리도 여간 서늘하지 않다. 그곳에서는 노상 동네 어른들이 둘러앉아 장기를 두곤 하였다. 그날따라 그곳에는 하얗게 색바랜 삼베적삼 차림의 동네 사람들이 떼거리로 모여 있었다. 먼발치로 보기에도 그냥 둘러 앉아 장기 같은 것을 두고 있는 것 같지는 않았다. 성갑이도 무슨 생각에선가 그쪽으로 발길이 옮겨졌다. 가까이 다가가자 금방 눈물이라도 대고 들어오는지 몇몇의 어른들은 삽자루를 둘러메고 있었다. 그 삽자루 끝에 보얗게 말라 있던 보드라운 흙가루까지도 선명하게 지금까지도 기억하고 있다. 그들은 저희들끼리 주고받고 있었다.

"그 하루만 참을 걸 괜히 시작했지. 우리 집은 하필이면 오늘 아침부터 방공호 파기를 시작해서는…… 거의 다 파가는 판인데 이 모양이 아닌가."

"이 모양이라니. 방공호쯤이 문제겠어. 이게 정말 이기만 하면야. 난 원 아직 무슨 소리인지 믿어지지 않는군."

"허튼소리이기야 할라디오. 아, 천황이 직접 방송을 하더라는데. 일본 사람들은 방송을 들으면서 울고 짜고 야단이더래요."

"괜히 아직 함부로 입 놀리지 말랑이. 내 생각에는 저게 일본이 소련에 대해 선전포고를 하는 것이나 아닌가 싶구먼. 정식으로 선전포고를 하는 것을 잘못 듣고설란에."

"글쎄 그럴는지도 모르지요."

아닌 게 아니라 그 무렵에는 연일 밤중이면 공습경보가 울렸고 시내 쪽에 소이탄 몇 개가 떨어지곤 하였는데 그것이 미국 비행기가 아니라 소련 비행기라는 얘기가 떠돌고 있는 가운데, 집집마다 방공호를 만들라는 닦달이 불같았던 것이다. 관동군도 이미 거의가 오끼나와 쪽으로 나가서 만주는 텅 비어 있다든가, 그곳으로 소련군이 밀고 들어왔다는 소문도 나돌고 있었다.

그날따라 동네 사람들은 여느 날처럼 둘러 앉아 장기를 두는 것도 아니고 모두가 서서 서성거릴 뿐 이었다.

"대체 일본이 항복했다는 그 소문은 누구에게서부터 나왔어? 출처는 누구야?"

"장(시장)에 갔던 아주머니들마다 한결같이 똑같은 소리구먼그래. 시내는 모두 철시래야. 모두가 그냥들 돌아오더라니까."

"그렇다면 점점 더 믿지 못하겠구먼. 일소 개전이 틀림없어 보이는군.

그것이 와전되어서 저런 소리들이 떠도는 모양이군."

순간 성갑이는 가슴이 선뜩하였다. 아직 동네 사람들은 성갑이가 옆에 있는 것을 눈치 채지 못하고 있었다. 어린 소견에도 성갑이는 동네 사람들 눈에 뜨이기 전에 이곳을 떠야 한다는 생각으로 슬그머니 그곳을 빠져나왔다. 그 다음은 어디를 어떻게 돌아 다녔는지 기억이 없다. 다만 무언지 불안해져서 냇가의 풀밭에 혼자 한참동안이나 가만히 앉아 있던 기억은 있다. 해질 무렵이 되어 성갑은 동네의 안길을 혼자 걸어오고 있었다. 이 집 저 집이 뜨락에 아이들이 놀고 있었고 큰말집 큰 마당가의 대추나무 옆 딴채에 동네 사람들이 웅성거리고 있었다. 문이 열려 있는 방안에도 사람들이 가득 차 있고 툇마루에도 비집고들 앉아 있는데 모두가 벌겋게 술이 취한 얼굴들이었다. 그리고 방안에서는 라디오 소리가 왕왕거리고 있었다. 그 라디오 소리의 분위기로 성갑은 비로소 일본이 전쟁에서 졌다는 사실을 선명하게 느낄 수 있었다. 그러자 무작정 흥분이 되었다. 그 라디오 소리를 듣고 있는 동네 사람들은 저렇듯 얼굴이 벌게져 술이 취해서 축제 기분으로 들떠 있다. 과연 저게 저럴만한 일일까. 그래서 좋은 일일까. 그제야 성갑은 어서 집으로 돌아가 보아야겠다는 생각을 하였다. 동네 한가운데의 언덕을 한숨에 달렸다. 가시철망 속의 과수원 안은 햇볕 엷은 저녁기운에 잠겨 고즈넉하였다. 성갑은 과수원 정문 옆의 딴채인 자기 집으로 들어섰다. 어두컴컴한 봉당으로 들어서자 방안에서는 경자의 자지러지는 울음소리가 들릴 뿐 어머니는 안 보였다. 성갑은 상체를 구부려 경자를 달래려 하였으나 경자는 막무가내였다. 금방 자다가 깬 모양이었다. 성갑은 경자를 들쳐 업을까 어쩔까 망설이는데 봉당으로 흰 당목 치마저고리 차림의 어머니가 허겁지겁 들어서고 있었다. 눈에는 눈물이 어려 있었다. 어머니는 우는 경자를 들쳐 업고 다시 반 뜀박질 걸음으로 큰집 쪽으로 가고 있었다. 성갑이도 뒤따랐다. 어느새 땅거미가 지고 어두워지고 있었다. 큰집 이층방에는 온 식구가 둘러앉아 하나같이 울고 있었다. 온 식구라야 할머니를 비롯해서 아버지 다쯔오와 큰어머니 그리고 조금 전에 근로봉사 현장인 항공대에서 마악 돌아왔다는 게이조오 형뿐이었고, 방 한가운데에는 라디오가 꺼진 채 놓여 있었다. 두 손가락으로 눈물을 훔쳐내던 할머니가 말하였다.

"우리도 우리다만 게이스께(성갑이) 어미가 안됐구나. 미안한 얘기를 어떻게 다 해야 할라는지."

아버지 다쯔오가 역정을 쓰듯이 받았다.

"지금 게이스께 어미가 문제입니까. 급한 건 우리지요. 그새 물론 동네 사람들에게 인심은 잃지 않았으니까 별탈은 없겠지만 혹시 압니까. 분위기 돌아가는데 따라서는……"

"별일이야 있겠니. 암튼 우리도 앞으로 문제는 문제다만 어찌어찌 본국으로 돌아가게 되면야 길이 새로 열리겠지. 하지만 게이스께 어미는 처지가 다를 것이다. 두고두고…… 우리가 못할 짓을 했지."

순간 어머니는 무릎을 꿇었던 상체를 앞으로 수그리며 두 손으로 입을 막고 울음을 터뜨렸다. 동시에 어머니 등에 업혔던 경자도 다시 자지러지게 울었다. 그 경자를 할머니가 받아 안았다. 어머니는 일어나서 허겁지겁 어두운 층층다리를 굴러 내리듯이 쿵쿵거리며 달려 내려갔다. 아버지 다쯔오는 잠시 그쪽을 멀거니 쳐다보더니 혼자 소리처럼 말하였다.

"이렇게 급하게 일이 벌어질 줄이야 누가 알았나. 이럴 줄 알았으면 미리 대비책을 강구해 두는 것인데 소련이 중립협정을 파기하고 참전을 한 것이 치명타였던가보군."

할머니가 받았다.

"나는 미리 알았다. 대강 이렇게 되리라는 건 미리 알았지만, 알았대도 어떻게 대비책을 강구했더란 말이냐. 내지(일본본토)가 온통 쑥밭이 된 판인데 갈 데가 어디 있었더란 말이냐."

"게다가 얼마 전에는 히로시마에 특수 폭탄이 떨어졌다지 뭡니까."

하고 게이조오가 나서는 것을 아버지 다쯔오는 다시 퉁명스럽게 막았다.

"어쨌든 앞으로가 문제로군. 쉽게 본국으로 돌아갈 수나 있을런지."

"그 일도 그 일이다만 이 게이스께랑이 문제로구나. 그냥 외갓집으로 보내야 할라는지. 이 애의 외삼촌들도 돌아올 터인데 미리 보내두는 것이 나을라는지, 그편이 낫겠다면 내일이라도 당장 보내도록 해야 하지 않겠느냐."

"그건 당자가 알아서 할 일이지 우리가 이러고저러고 할 성질은 아니지 않겠어요."

하고 여느 때 통히 말이라곤 없던 큰어머니가 조심조심 나서자

"그건 그렇겠구나."

하고 할머니도 새삼 한숨 섞어 지껄였다.

바로 이때 바깥에 웬 손님이 찾아온 기척이 들렸다. 모두가 놀라서 일어섰다. 그 표정은 한결같이 공포에 질려 있었다.

자전거에서 전투복 차림에 칼까지 찬 순사 하나가 내리고 있는 것이

어두무레한 속에 내려다 보였다. 관할 주재소파출소 소장이었다. 그는 전투모를 벗어들고 맨대가리 바람이었고 다리에는 각반을 차고 있었다. 종종걸음으로 층층다리를 오르더니 이마의 땀을 손등으로 닦아내며 말하였다.

"소식은 들으셨겠지요. 이미 거리는 야단법석입니다. 조선사람들은 독립만세를 부르며 거리로 나오고…… 길명리 같은 데서는 벌써 내지인들에게 행패가 벌어지고 있어요. 명령계통은 아직 서 있긴 서 있습니다만 전혀 먹혀들지가 않고 있지요. 거의 무정부 상태입니다. 이럴 때일수록 내지인들도 서로 연대를 긴밀하게 해서 대처해 나가야 할 거예요. 어떤 불상사가 불시에 닥칠는지 예측불허입니다. 저도 오늘 저녁은 여기서 하룻밤 묵어야겠습니다. 주재소는 조선사람 숙직순사 한 사람에게 맡겨두었지요."

울컥 술냄새가 풍겼다.

"상부에서 뭐라고 하던가요?"

하고 아버지 다쯔오가 묻자 그는 노골적으로 경멸하는 미소를 입가에 흘렸다.

"되도록 치안은 유지하면서 사태를 보자는 겁니다. 보나마나 사태는 뻔하지 않겠습니까? 치안 유지도 그렇지요. 도대체 이런 판에 어떻게 치안 유지를 한다는 말입니까. 이미 북쪽 청진 항구에는 소련군이 상륙했고, 만주에도 소련군이 물밀듯이 내려오고 있습니다. 이곳에도 곧 소련군이 상륙해 오리라는 얘기구요. 그때까지 만이라도 치안은 우리 손으로 유지해야 한다는 거지요."

지금 성갑의 머리에는 그때의 이 일본인 주재소장의 얼굴이 선명하게 떠오르는 것이다. 그가 지금쯤은 일본의 유력한 국회의원이 되어 있지 말라는 법도 없을 터이며 그렇게 근 삼십 년 만에 다시 한국으로 나오지 말라는 법은 없을 터이다.

그런저런 기억들은 성갑이 스스로도 떠올리기가 노상 쑥스러운 것들이었다. 그것은 일본이 이 땅에서 물러간 여덟 살 적부터 일관하게 그래온 것으로서 어쩌면 그 후에 성갑의 성격 형성에도 중요한 몫을 하였을 것이다.

이틀 후인가, 어머니와 경자와 외갓집이라고 가서 비로소 외삼촌들을 만났지만 여기서도 어머니는 노상 울기만하여 성갑은 도무지 좌불안석이었고 자기들만 곁도는 느낌이었다. 외갓집은 그야말로 들뜬 축제 분위기여서 누구 하나 성갑이 모자의 형편을 자상히 생각해 주는 사람은 없었다. 이렇다 저렇다는 결론이 없이 말도 붙여보지 못하고 사흘 후인가 도로 집으로 돌아왔는데 외갓집 나서기 직전에 큰외삼촌은 냉담하게 한마디 지껄이던 것이었다.

"어쨌든 돌아가 있거라. 나는 매부라는 사람 만날 형편이 못되는 사람이야. 형편 돌아가는 것 보아서 기별을 할 테니 그냥 돌아가 있어."

그때는 이미 거리에 소련군이 진주해 있었다. 소련군이 진주해있다는 것만으로도 거리의 분위기는 홱 달라져 있었다. 한길이며 길가의 점포들이며 형무소의 빨간 벽돌담에 이르기까지 겉모양은 여전하였지만 어디가 분명히 어떻다고 말할 수 없게 분위기는 전혀 달라져 있었다. 삼삼오오

소련군 병사가 길을 다니고 있고 브라스밴드의 색다른 군가가 바람결에 더러 들리고 있다는 것이 그토록이나 도시의 느낌을 일변시켰던 것이다. 불과 사흘 사이에 동네 분위기도 달라져 있었다. 공회당에서는 뎅겅뎅겅 종소리가 울리고 완장을 찬 낯설은 청년들이 삐라를 뿌리곤 하였다. 집집마다 공원복과 지까다비가 만발하였다. 철도공장 창고에서 무더기로 쏟아져 나온 것들이었다. 동네 장정들은 매일 떼거리를 지어 비행장 쪽으로 나갔다. 비행장 창고에서 가지가지 물건들을 털어내는 재미에 맛들여서 온 동네가 온통 들떠 있었던 것이다. 일본군이 쓰던 별별 희한한 물건들이 다 많았고 동네 장정들은 무엇보다도 쌀에 욕심을 내었다. 처음에는 비행장 경비를 하고 있던 소련 병사들도 히죽이죽 웃으며 그냥 내버려두었더라는 것이어서 인근 동네의 장정들은 비로소 해방이라는 말의 진짜 맛을 느낄 수 있었을 것이다. 일본 군인들이 포로로 끌려가고 소련군이 진주해 오고 하는 것은 그저 그런 것이려니 싶었었지만 (노일 전쟁 때는 그 거꾸로였던 것이다), 이제까지 공출이요 뭐요 하고 무던히도 빼앗기고 빨리웠던 그것들이 그냥 무방비 상태로 쌓여 있다는 일이야말로 해방이라는 느낌의 진짜 실감이었을 것이다. 소문이 퍼져나가자 비행장은 인근 동네 장정들로 인산인해를 이루었다. 그러나 그 재미도 불과 이틀이고 사흘째부터는 소련군 경비병이 막기 시작하였다. 그래도 막무가내로 인근 사람들이 대어들자 드디어 소련군은 발포를 하기 시작하였다. 그러나 처음에는 공포로 위협사격이어서 인근 사람들은 그대로 달려들었다. 그러자 진짜로 실탄을 쏘아대기 시작하였다. 하나둘 옆에서 픽픽 쓰러지기 시작하여 분위기는 자못 살벌하고 삼엄해지는 가운데에서도 태반의 인근 장정들은 실탄이 날아올 때만 약간 주춤하다가는 다시 틈을 보아 쏜살같이 뛰어 들어가 쌀가마를 져내오곤 하는 것이었다. 화가 난 소련 경비병들은 드디어 무차별로 쏘아대기 시작하였다. 처음에는 '까아라, 까아라'하는 소리도 질렀으나 그 소리도 그친 채 거의 무차별로 갈겨대기 시작하였다. 사방에서 픽픽 사람들이 쓰러지고 와르르 흩어지는 속에 하필이면 새골집 큰아들이 총알에 맞았다. 쌀가마를 지고 나오다가 뒤쪽으로 맞아 꿈틀하며 주저앉았는데 물커덕하고 창자가 쏟아져 나오더라는 것이고 당자는 머엉한 얼굴로 와르르 흩어지는 주위 사람들을 둘러보며 미끈거리는 창자를 도로 배 안으로 쓸어 넣더라는 것이다. 그러나 쓸어 넣어도 쓸어 넣어도 창자는 도로 기어 나왔고 지나친 출혈로 하여 한 시간 남짓 지나서는 그대로 숨이 끊어졌다는 것이다.

그의 시체는 동네 장정들 몇몇이 업어왔다. 새골집에서는 이게 웬 날벼락이냐고 대낮부터 곡성이 터졌고, 시집 온 지 일 년도 채 안 되는 새 며느리는 창백한 얼굴로 차마 울지도 못하고 있었다. 뒤의 수수깡 울파자를 걷어내고 성성한 감나무 잎 사이로 시체를 들였다. 밖에서 죽어 돌아오는 시체는 집 앞으로 못 들어오고 뒤로만 들어온다던가.

지금의 성갑이가, 그 무렵 동네 안에서 일어난 그런저런 숱한 일 속에서 하필이면 이 대목만을 유독 떠올리는 것도 이 대목만이 그 어떤 쑥스러운 느낌에서 벗어져 나올 수 있기 때문이었다. 근 삼십 년 동안에 어느새 부지불식간에 버릇이 되어 있었지만 성갑에게 있어서는 8·15 해방은 곧 새골집 큰아들의 죽음으로만 단순화되어 있었던 것이다. 그 밖에는 모든 일이 그대로 쑥스러운 느낌 그것이었다. 외갓집과의 일, 온 식구가 과수원 속에 갇혀 있다가 얼마 후에 시내 수용소로 집단 수용되게 되어 어머니와 성갑이 자기만 동네에 남고 서로 헤어지던 일, 그때 동네 아낙네들이 몰려와서 먼발치서 구경을 하던 일, 그러나 다시 얼마 있다가 할머니랑 아버지 다쯔오랑 돌아와서 이듬해 봄까지 같이 지내던 일, 할머니의 죽음, 그리고 다시 아버지 다쯔오와 큰어머니, 게이조오와의 이별…… 이런 일들은 하나같이 그 어떤 진한 쑥스러움을 수반하지 않고서는 떠올릴 수가 없었던 것이다. 이 쑥스러운 느낌은 그 후에도 새로운 형태로 이어졌다. 어머니의 박훈석과의 재혼, 외갓집과의 관계, 그리고 1·4 후퇴 때의 월남……

실은 어제 저녁녘에도 아버지 박훈석이 그냥 눌러 앉아 있을 사람은 아닌 듯싶어 기어이 어떤 식으로든 어머니를 올려 보내지나 않았을까 하여 잠깐 들렸었는데, 뜻밖에도 아버지 자신이 올라가고 어머니 혼자서만 달랑 집을 지키고 있지 않은가. 그렇게 어머니는 그새 며칠 사이의 일을 털어놓던 것이다. 막내둥이 경순이를 올려 보냈던 일이며, 비행기에는 시간을 못 대어 경순이와 경희가 호텔을 찾아갔는데 여기서 경자를 끌어내서 만나보게 했다는 일, 그리고 박훈석 자신이 경순이를 통해 일자 서신을 게이조오게 보냈다는 일들을 주섬주섬 털어놓고

"그런데 오늘이 바로 약속날짜 인갑더라. 경순이도 일자 회답을 가져온 눈치던데 오늘 만나자는 것이 아니었겠냐. 아무리 꼬치꼬치 캐어물어도 경순이도 별 얘기는 없고 그저 지방 여행 갔다가 오늘쯤 돌아온다고만 하지 않냐. 그새 경자도 한 번쯤 내려올 법한데 통히 소식이 없고 말이다. 처음 만나서는 저희들끼리 붙들고 울더란다. 그 정경은 경순이가

수다를 떨더라만."

하고 마치 남의 얘기하듯 하여 성갑은 어이가 없어 잠시 멍하게 어머니를 건너다보다가,

"경자도 그럴 것이구만요. 저번에 내려왔을 때 제 하던 소리도 있었으니까 여러 가지로 쑥스럽기도 할 것이구만요. 만나지 않아야 한다고 그렇게도 강경하던 것이 정작 제가 제일 먼저 만나보게 되었으니. 그야 아무리 자의는 아니었더라도 말입니다. 그건 그렇구, 난 어머니가 벌써 올라가서 만났을 줄로 알았는데."

하자,

"어러러, 너나 가서 만나려무나. 내가 올라가서 어쩔 것이냐. 그야 어찌 궁금하지는 않겠냐마는 가만히 생각하니 정작 할 만한 얘기도 있을 것 같지 않고 서로 늙은 꼴이나 보게 될 것이고 말이다. 그렇지만 이런 생각도 들기는 드는구나. 그렇게도 쉽사리 경자가 꺽이고(전화가 걸려왔겠으니 피치 못할 사정이었을 것이다만) 일이 이렇게 벌어질 줄 미리 알았다면 나 혼자서나 가만히 만나보는 것을 말이다. 그편이 얼마나 좋았을 것이냐."

하며 조금 부끄러워하는 얼굴을 하였다. 그러나 감정적으로는 일이 이 지경으로 벌어진 것을 어느 구석인가 흡족하게 여기는 기색도 전혀 없지는 않았다.

"아버진 또 무슨 엉뚱한 생각이나 안 하십디까?"

"누가 아니래니. 그 엉뚱한 생각이라는 게 한두 가지가 아닌 것 같드면."

"이를테면요? 어떤 겁디까?"

"너도 벌써 짐작하겠구나. 뭘 나한테 묻고 자시고 하니? 이 근래 심심도 하고 하니까 무슨 덕 볼 것이나 없을까 해서 말이다. 그새 우리 셋의 눈치를 살피면서 저대로 혼자서 오랫동안 궁리를 다졌나보더라."

"덕을 보다니요? 덕 볼일이 뭐가 있다고요."

"아, 보자면야 왜 없을 것이냐. 우선 네 양어장이라는 것도 그렇지. 그렇게 연줄연줄로 일본 자본이라도 끌어 들일 길이나 없을까 하고 말이다. 그 밖에도 덕을 보자면야 천지로 널려 있지 않겠냐. 실은 이런 소린 입 끝에 올리기도 싫은 소리다마는."

"뻔히 그런 줄 알았으면 아버지가 올라가시는 걸 어머닌 끝까지 만류하셨어야지요. 저엉 막지 못하겠으면 어머니가 따라 올라가셨든지."

순간 어머니는 성갑이를 잠시 멍하게 건너다보았다.

"너, 정말로 그렇게 하는 소리냐. 그렇다면 나도 할 소리는 있다. 뻔히 게이조오가 아무 날 아무 시에 온다는 것을 알면서 이제까지 너는 뭘하고 있다가 며칠이 지난 지금에야 기신기신 나타나는 건 뭐냐. 제 몸에는 흙탕물 한 방울 안 묻히자는 심뽀지."

"글쎄 누가 이렇게 될 줄이야 알았나요 그새 양어장 일도 원체 바빴고 말입니다."

"핑계야 무슨 핑계인들 못 대겠니. 입으로 지껄이는 것하고 몸 움직이는 것하고는 다아 다른 갑더라. 어찌 됐든 건너오는 게이조오를 떠맡아 치러야 할 사람은 우리 셋 가운데 어느 한 사람이어야 하지 않았겠냐. 내나 너나 서울 있는 경자냐. 그런데 네가 그렇게 피해 앉아 있었으니 일이야 뻔허지, 애들 아버지가 나설 밖에 더 있겠냐."

"나는 경자가 어떻게든 서울서 적당히 감당해 보낼 줄 알았지요."

"흥, 경자는 너보다 약지 말라는 법이 있다든. 어찌 됐든 이젠 엎질러진 물이다. 지금쯤 아부지는 이미 게이조오를 만나고 있을는지도 모르니까 내일 아침에나 일찍 와 봐라. 서울서 경자가 어떡허구 있는지는 모르겠다만 저엉 궁금하면 지금이라도 뒤쫓아 서울 올라가서 아부지가 만나고 있는 그 현장을 덮치던지 아니라면 경자라도 만날 수는 있지 않겠냐." 하고 어머니는 잘라 말하였으나 성갑으로서는 도저히 그럴 용기는 나지 않았는데, 방금 엊저녁에 게이조오를 만나고 돌아온 아버지는 대뜸 이편에서 귀가 솔깃해지는 소리를 하고 있지 않은가. 우선은 일본의 유력한 국회의원 같은 사람 하나를 현장엘 한번 다녀가도록 했으면 어떨까 운운하면서.

비로소 성갑은 사실 자기도 일이 이런 식으로 벌어지기를 은근히 기대하고 있지를 않았는가 하고 괴면 섞어 생각하였다.

박훈석과 게이조오가 만난 그 다음날 약속대로 게이조오는 경자와 성병이를 만나 지난밤의 경위를 대강 알려주었다. 그리고 오늘 이렇게 둘 앞에 경위를 알리겠다는 소리까지 박훈석에게 털어 놓았다고 아울러 말하고는,

"나로서는 그럴 밖에 없었지요. 원체 그편에서 적나라하고 솔직하게 나오니까 나도 전염이나 되듯이 그렇게 되더군요. 그편에서는 미리 그런 식으로 계산을 하고 결심을 했겠지만 역시 그냥 평범한 사람은 아닌 것

같습디다."

하고 비시시 웃었다.

성병이는 게이조오의 얼굴을 뚫어지게 쳐다보면서 물었다.

"그러니까, 내 말에도 일리가 있지만 우리 아부지의 그 말에도 십분 일리가 있더라 그런 얘기입니까?"

"아니, 일리까지는 아니겠지만."

하고 게이조오는 우물쭈물 하듯이 받았다.

"그이 말대로, 근 삼십 년 만에 처음으로 와 본 한국의 적나라한 모습이라고 할까요, 그런 것이 와지끈하고 때려오는 것 같더군요. 뭐라고 말로 할 수 없는 처연한 느낌⋯⋯"

"흥, 왕창으로 녹은 모양이군."

하고 성병이도 혼잣소리로 중얼거리고는 빈정거렸다.

"흥, 당신이야말로 한국으로 와서 누구도 구경 못하는 가장 근사한 관광을 하는 모양이군. 그러니까 우리 아버지를 만나니까 다시 그렇고 그런 일본사람으로 되돌아가고 싶더라 그런 얘기인 모양인데."

"또, 또 이렇게 성급하다. 너무 이 사람을 그렇게 몰 것은 없다니까 그러는구나. 그런 면에 대어 들어서는 이 사람은 너보다도 순진하다구."

하고 경자가 재빠르게 끼어들어 게이조오에게 말하였다.

"충분히 이해가 되어요. 이 아이의 아부지라는 사람은 그런 사람이지요. 어떤 일에나 에네르깃쉬하고 자기 나름의 주견 같은 것은 갖고 있는 것 같지만 실은 그 주견이라는 게 제대로 생긴 것은 아니지요 또한 궤변이에요. 암튼 여러 소리 할 것 없이 얘기는 간단하지요. 당신은 그이 그 소위 부탁이라는 것을 받아들일 생각인가요?"

게이조오는 비죽이 웃으면서 손짓 발짓 섞어 말하였다.

"내 얘기를 들어보세요. 내가 방금 그의 사람됨을 칭찬 비슷이 지껄인 것을 두 분 다 오해하는 모양인데 내가 정말로 그의 얘기 전부를 전폭적으로 받아들였다면 그런 소리를 두 분 앞에 할 리가 없지요. 솔직하게 말하지만, 저는 어젯밤에 그와 헤어지고 나서도 '이렇구나! 이렇구나! 한국의 실상이라는 것은 일본에 앉아서 이러구저러구 쉽게 운운하는 것 보다 훨씬 복잡한 다면체이고 까다롭구나'하고 거듭거듭 뇌었지요. 한 사람, 한 사람 개개적으로 만났을 때의 일본에 대한 그 개개적인 반응들은 실은 그 사람 자신이 모든 것을 다 보여주고 있더라, 이런 얘기지요. 그러니 내 입장에서는 그것들을 전부 존중해줄 수는 없지요. 다만 개개적으로 만나서 '그렇습니까, 당신의 생각은 이해가 됩니다. 당신이 그런 생각을 먹는 것은 당신이 이제까지 살아온 맥락으로 미루어 보아서 무리도 아니겠습니다.' 하는 식으로 대응해 주는 밖에 길이 없다는 말입니다. 저로서 그 밖에 어떻게 할 수 있다는 말입니까. '당신의 그런 생각은 틀렸습니다. 근본적으로 그런 발상법을 뜯어 고쳐야 합니다.' 감히 무슨 배짱으로 이렇게 지껄일 수 있다는 말입니까. 살아온 연륜으로 쳐도 그런 사람에 비하면 내 쪽이 훨씬 햇내기인 것이 엄연한 사실인 겁니다. 이 점, 경자나 성병씨도 예외일 수는 없지요 바로 이 점입니다. 이 점, 그저 두 손 들고 처연한 비극감에 사로잡힐 일 밖에는 없더라는 말이지요 그 사람의 그 부탁이라는 것도 그래요. 저로서는 한 가지인들 받아들일 수 없는 것이지만, 그렇다고 맞대놓고 '그 부탁이라는 것은 들어줄 수 없겠습니다.'하고 딱 잘라서 말할 수는 없더라 이런 얘기입니다."

"왜요? 왜 그러질 못해요? 정면으로 왜 거부를 못하느냐는 말입니다. 그런 뜨뜻미적지근한 소리가 어디 있소"

하고 성병이가 다시 나서는 것을 경자가 달래듯이 가라앉혔다.

잠시 분위기는 서먹서먹해졌지만 경자가 애를 써서 자리를 수습하였다. 그 수습이란 대강 얘기가 이렇게 된 것이다.

게이조오의 이번 관광여행에서 박훈석이라는 사람을 만나지 않은 것으로 치자. 일본으로 돌아가서 입 싸악 씻고 모르는 체하면 그뿐이다. 그렇게 되면 박훈석 쪽에서 극성스럽게 편지를 해대겠지만 그냥 모르는 체하면 제김에 맥이 풀려서 주저앉게 될 것이다. 이 점으로 말한다면 게이조오와 경자의 관계도 마찬가지이다. 서로 간에 편지를 자주 받는다는 것은 지금과 같은 한일 관계의 여건 속에서는 좋은 쪽보다는 안 좋은 쪽이 더 많다. 물론 이러는 일도 힘은 들 것이다. 애당초에 서로 간에 소식을 모르고 있는 채였다면 처음부터 문제될 것이 없겠지만, 어찌어찌 피차에 소식이 닿고 더구나 게이조오가 건너와서 만나기까지 하였으니 이것을 전부 없었던 일 셈으로 치자면 여간 힘든 일이 아닐 것이다. 게이조오 쪽에서는 아버지인 다쯔오부터가 가만히 있지는 않을 것이 아니냐. 더구나 박훈석이 어떤 수를 써서라도 다쯔오와 편지 거래가 있게 된다든지 하게 되면 피차의 관계는 전혀 새로운 국면으로 열리게 될지도 모른다. 그런 경우까지 예상하면서 어쨌든 피차의 관계를 일단 차단하는 쪽으로 애를 쓰자는 식으로 얘기가 된 것이었지만, 게이조오는 게이조오대로 이 말에 수긍은 하면서도 썩 자신이 있는 낯색은 아니었다. 그렇게 게이조오가 하는 말도 전혀 일리가 없지는 않았다. 그는 모든 것을 드러내듯이 말했던 것이다.

"물론 나도 그런 쪽으로 애는 쓰겠지만 솔직하게 말해서 이런 일이 그런 식으로 해결이 될 것 같지는 않습니다. 더 까놓고 얘기 하지요. 지금의 내 입장은 한일 관계의 오늘이라는 대국적인 시야 속에서 매사에 우월한 일본 쪽의 입장을 짊어지고 있는 그런 입장이라는 말입니다. 따라서 도덕적으로 처음부터 불리한 입장이고 이 점 매우 힘든 입장이지요. 요컨대 오늘 이런 여건 속에서 우리 사이에서 피차 상종하고 싶지 않다는 것은 경자 쪽에서 그렇다는 것이지 까놓고 말해서 내 입장은 이래도 저래도 좋은 겁니다. 굳이 아둥바둥하면서 피할 필요까지는 없다는 얘기지요. 그러니까 앞으로의 피차의 상종을 피하려는 것은 그쪽이지 제 쪽은 아니에요. 그쪽에서 피하려는 그 뜻을 저로서는 존중해 주겠다는 정도 이상일 수는 없는 것입니다. 그렇다면 문제는 간단합니다. 이러구저러구 많은 말이 필요 없이 그쪽에서 모든 일을 스스로 해결하셔야 할 일이지요. 그 사람(박훈석)이 두 분께서 못마땅하다면 두 분이 어떤 방법으로든 그 사람에게 설득을 해서 두 분과 똑같이 행동을 취하도록 만드셔야지요. 그 사람 문제까지 일본에 있는 저희들이 감당할 수는 없는 거 아닙니까. 이 점 다시 원점으로 돌아가서 피차의 관계를 명확히 해야 할 것 같군요. 아닌 말로 두 분에게는 미안한 얘기지만 만일의 경우 그 사람이 편지를 해왔을 때 우리로서는 회답을 하지 않을 수 없는 사정이 생길는지도 모릅니다."

과연 그 말이 옳았다. 경자와 성병이는 서로 마주 보았을 뿐 대꾸할 말이 없었다.

　정작 이렇게 되자 경자는 게이조오와 같이 설악산에 다녀온 일까지도 어느새 오리무중으로 행방불명이 된 듯한 이상스러운 착각이 들었다. 모든 것은 그냥 다시 원점으로 돌아와 있었던 것이다. 다만, 게이조오와 박훈석의 해후만이 그 무슨 분명한 실체로 남는 것이 아닌가 하는 생각이고, 그 밖에 설악산 속에서 성병이랑 같이 열을 내서 지껄이던 소리들은 허공에 뜬 치기만만한 소리들로만 새삼 느껴졌다. 결국 이런 것이 오늘의 대세라는 것인가. 그럴 리는 없다. 그럴 수도 없고 그럴 리가 없다고 경자는 새삼스럽게 머리를 저어 보았으나, 정작 거듭 궁리를 짜내보아도 의붓아버지 박훈석을 돌려놓을 자신은 없었다.

　아니나 다를까, 그날 저녁으로 박훈석에게서 신촌으로 장거리 전화가 걸려왔다. 전화로 지껄이는 용건이라는 것은 굳이 장거리 전화를 걸 만한 내용도 아니었다.

　게이조오가 언제 떠나느냐, 내일 오후 두 시쯤 올라가겠으니 미리 게이조오에게 연락을 취해 놓으라는 것이고 내일 저녁에 신촌에도 들르겠노라는 소리였다. 경자는 가타부타 대답을 하지 않은 채 전화를 끊었다.

제 4 장

1

　비행기가 하네다 공항으로 미끄러들자 게이조오는 후유하고 저도 모르게 안도의 한숨을 내쉬었다. 불과 며칠 동안의 여행이 지겨웠다는 느낌이었고, 그동안의 그런저런 일을 전혀 없었던 일로 깡그리 잊어버리고 싶었다. 한국으로 나갔던 것부터가 처음부터 뭔지 부질없는 일이었던 것 같았다. 대체 지금에 와서 삼십 년 만에 피차 만나서 무엇을 어쩌자는 일이었던가. 과연 만나보니 어떻더란 말인가. 그 무슨 먼지북더기 속에 머리를 쑤셔 박은 느낌일 뿐이었다. 설악산에 갔던 일이나 경자나 성병이와 주고받은 얘기들도 이편은 진짜의 진심이었기 보다 마땅히 속죄를 해야 하는 일본인의 입장에서 반은 강제를 당한 듯한 느낌이었다. 요컨대 현장이란 어느 현장이나 비슷비슷하겠지만 일본 땅에서 한반도 문제에 대해 이러고저러고 지껄이던 말들은 그저 입 끝의 말에 불과하였다.

정작 현장에 부딪쳐서는 그대로 튕겨져 나가는 듯하였다. 일본 땅에 앉아서 일본인의 입장으로 아무리 한반도 문제를 제대로 이해한다고 자처하는 사람들일지라도 정작 한반도에 나가 보면 결국은 자기 자신도 공범자의 한 사람에 불과하다는 도덕적인 무안감에서 헤어날 수가 없는 것이다.

차라리 처음부터 단순한 관광객으로 자처했더라면 이런 식으로 부딪힐 리는 없었을 것이고, 또는 아버지 다쯔오처럼 옛날과 똑같은 논리로 대어들었더라면 전혀 속 편했을 일이었다. 그러나 이것은 어디까지나 <차라리>라는 단서가 붙어서이고 게이조오로서는 백 번 죽었다가 살아나더라도 그럴 수는 없었다.

사실은 지금 게이조오가 가장 불쾌하게 여기는 것은 경자나 성병이보다는 박훈석이라는 존재였다. 박훈석의 존재가 목덜미고 등이고 끈끈하게 달라붙어 떨어지지 않았다. 박훈석에게 비하면 경자나 성병이는 물에 기름 뜨듯이 겉도는 느낌이었고, 게이조오 자신도 조만간에는 그의 페이스로 본의든 본의 아니든 휘어들게 되지 않을까 하는 불안에서 헤어나지지가 않았다. 마치 혹 떼어주러 갔던 사람이 혹 하나 더 달아주고 돌아온 느낌인 것이다.

공항에는 아내 다까에가 혼자 마중을 나와 있었다. 새삼 게이조오는 아내 옆으로 돌아왔다는 안도의 한숨이 저절로 나왔다. 아내는 게이조오의 얼굴을 조심스럽게 뜯어보듯 하더니

"아무튼 택시를 잡읍시다."

하고, 중요한 할 얘기라도 있다는 듯이 조용한 낯색이 되었다.

택시에 올라타자 아내는 기웃이 게이조오 쪽으로 돌아앉듯 하고 옆얼굴을 빠안히 살피면서 물었다.

"낯색이 좀 안 좋아 보이네요. 만나기는 만나셨나요?"

그러나 게이조오는 여기에는 대답이 없이 거꾸로

"지금 아버지는……"

집에 와 계시느냐고 물으려고 하자 아내도

"네, 어제부터 집에 와 계세요. 어찌나 보채쌓고 수선을 피우는지."
하고는 다시 말하였다.

"아버지도 아버지이지만 수상한 전화가 걸려 왔어요. 어제하고 그저께 연거푸 당신 돌아왔느냐고 묻더군요. 어디냐니까 다시 걸겠노라고 하고 잘칵 끊군 해요. 그 정중한 것이 도리어 수상쩍게 느껴지더군요."

"그냥 주변의 친지 가운데 누가 건 것이 아닐까. 괜히 당신이 신경을 곤두세워서."
하고 게이조오는 한번 아내 쪽을 돌아보긴 하였지만 어느새 아내 머리 너머로 창밖의 원경을 멀거니 내다보면서 대견치 않게 받았다. 그러나 대견치 않기는커녕 벌써 무언지 께름칙하였다.

"글쎄 그럴는지는 모르지요. 그렇지만 뭐랄까요. 당신이 떠나신 후 줄곧 그랬어요. 전화 신호가 오면 무심결에 수화기를 들었다가도 혹시나 싶은 생각으로 등이 오싹오싹 했어요. 뭐랄까요, 느닷없이 집안에 한반도라는 도깨비가 수울 들어와 있거나 한 듯이 말이에요."

"한반도라는 도깨비라……"
하고 게이조오도 쓸쓸한 미소를 입가에 어리면서 담배 한 대를 피워 물었다. 아내 다까에는 무심결에 한 소리였겠지만 게이조오는 그 말이 여간 적중하게 느껴지지 않았다. 그랬던가, 일본 안에 있던 아내까지도 그랬던가! 불안에 휘말려 있었던가! 느닷없이 집안에 한반도라는 도깨비가 수울 들어와 있더란 말인가!

 게이조오는 그러나 기지개를 켜듯하며 껄껄 한번 웃고는 아내 어깨를 한 팔로 가볍게 휘어감듯 하였다.

 "그런 건 괜히 신경증상이야. 그러구 실은 우리가 한반도를 그런 식으로 운운하는 것부터가 죄스러운 일 아니겠어. <한반도라는 도깨비라니>라니. 그런 소리를 한국인들이 들으면서 어떻겠어. 어쨌든 한국은 불행한 이웃나라가 아닌가. 그 이웃나라의 불행을 모름지기 우리는 뜨거운 눈길로 바라봐야지 말야."

 "글쎄 누가 그렇지 않는댔나요. 마땅히 모름지기 그래야지요. 더구나 그곳에서 태어나서 그곳에서 자라난 당신 입장에서는요. 하지만 그건 그거구 이건 이거야요. 당신이 그곳으로 떠난 후에 두어 번 걸려 온 그 정체불명의 전화는 언짢은 것만은 틀림없었어요. 그러구 그 전화는 그냥 예사로 있는 정체불명의 전화인지도 모르지요. 그렇지만 저는 그렇게 느껴지지 않았어요.

하고 아내는 갑자기 두 눈에 눈물이 그렁해졌다.

 게이조오는 문득 콧등이 시큰해지면서 아내의 어깨를 지그시 손바닥으로 누르면서 말하였다.

 "도대체 이해가 잘 안되는군. 당신의 그 선입견이 어디서 비롯되었는지 말야. 분명히 당신은 평소에 한반도를 무언지 불길한 것으로 을씨년스러운 것으로 늘 느끼고 있었어. 그렇지 않고서야 그 정도로 충격을 받았을 리는 없는 거지. 그런 전화 두 번쯤 온 것으로 말야."

"그래요 사리로 따지자면 당신 말이 옳아요. 그렇지만 제가 그런 선입견이 만약에 있었다면 그 선입견의 근거도 한번 밝혀볼만한 일이 아닐까요. 도대체 그것이 뭐였는지."

"그 선입견의 근거라……"

하고 게이조오는 담배를 한 번 깊이 빨아들였다. 그러자 아내가 틈을 주지 않고 다시 말하였다.

"그야 69년에 있었던 그 일의 연속이 아니겠어요. 당신을 찾아왔던 그 일 말이에요. 그 일이 늘 께름칙했던 것은 저뿐 아니구 당신도 마찬가지인 걸요. 지금 당신이 한국으로 나가게 되자 새삼스럽게 그 일이 공포감으로 되살아나는 거예요. 그러구 그 일이 어째서 공포감으로 느껴져야 하는지는 저 자신도 잘 모르겠어요. 하지만 이 얘기는 분명히 자신있게 할 수 있을 것 같아요. 당신이 그이들을 만나려고 남한 땅으로 나갔다는 사실은 그저 일본 안에서의 그 비슷한 일이거나 한 듯이 전혀 생소하지 않게 평범하게 받아들여지지만, 일단 그것이 69년의 그 일과 연관 지으면 대뜸 공포감으로 엄습해오곤 해요."

"이를테면 그것이 한반도의 북쪽 냄새겠지."

"맞아요, 그런 것일 거예요. 한데 당신은요? 당신은 그렇지 않으세요?" 하고 아내 다까에는 와락 달려들듯이 게이조오 쪽으로 돌아앉으면서 묻고는 게이조오의 대답을 들을 사이도 없이 다시 지껄였다.

"설령 그렇다고 합시다. 그것이 한반도의 북쪽 냄새라고 칩시다. 그럴

다면 그것이 어째서 제 경우에서 공포감이어야 할까요? 어째서 공포감으로 느껴질까요?"

"이를테면 그런 것 아닐까. 한반도의 남쪽은 당신 경우에서 처음부터 문문해 보이고 우리집 안방에서 건넌방으로 슬쩍 건너가는 것 만큼이나 수월하게 느껴지는데 그 너머 북쪽은 그렇지가 않지. 그곳은 전혀 차원이 다른 세상이란 말야. 소위 흔히 운위하는 자유세계와 공산세계의 경계 너머다 그런 얘기지."

"하지만 일본 안에도 공산당도 있고 그 비슷한 세력들이 있잖아요 그런 세력들에서는 도저히 느낄 수 없는 무엇이에요. 그것이 어디서 오는 것인지 모르겠어요."

"그야 간단하지. 지나간 36년간 때문일 거야. 당신은 죄 지은 족속의 한 사람이거든. 죄를 지은 사람이 완전히 속죄하지 않고 유야무야로 지내다가 자기 죄로 인해서 희생된 사람들의 부릅뜬 눈을 보게 될 때 어떻겠어. 당연히 공포감이 느껴지는 것이지. 사실로 말해서 우리 일본사람들은 중국사람에 대해서도 한국사람에 대해서도 과거에 지은 죄를 명백하게 완전히 드러내 놓고 속죄를 하지 못한 채 유야무야로 다시 강대국 대열에 껴든 셈이 아닌가. 중국의 경우는(여기서는 당연히 중공을 가리키는 얘기지만) 같이 강대국으로 부상을 해서 그나마 미안한 느낌이 덜할 수가 있지만 한반도의 경우는 또 달라."

"글쎄요 그렇게 들으면 비슷하게 짐작이 될 듯도 하지만 그런 것만도 아닌 것 같아요. 그런 것 보다는 지금 일본 안에 들어와 있는 한반도가 있어요. 그 한반도는 일본에 사는 우리의 운명과 당면하게 관련되어 있는 그런 한반도에요. 그런 것의 일환일거예요. 그건 그렇고 어쩌다가 이렇게 골치 아픈 얘기부터 시작이 됐지요? 대체 한국에 나가서 만나려던 그이들은 만나 보셨나요?"

하고 비로소 아내는 딱딱해진 분위기를 바꾸려는 듯이 갑자기 호들갑스럽게 물었다. 그러자 게이조오는 다시 마음이 무거워지고 끈끈해졌다. 그것은 조금 전에 아내가 불안해하던 그것과는 전혀 이질적인 무엇이었다. 그것은 첨예한 송곳 끝 같은 것이었지만 지금의 이것은 둔탁하게 어깨를 짓누르는 무엇이었다. 다시 말하면 먼저의 그것은 공포와 같은 느낌이었지만 지금의 이것은 짙은 혐오감 그것이었다.

게이조오는 잠시 사이를 두었다가 받았다.

"만나기는 만났어."

"만났는데, 어떠했나요?"

하고 아내 다까에는 다시 게이조오의 얼굴을 찬찬히 뜯어보듯 하면서 말하였다.

"역시 일본 안에서 생각하던 것과는 무엇이 달라도 다르셨던가 보지요."

"그건 한두 마디로 간단히 얘기 될 성질은 아니구, 만났다고 하지만 이복 누이동생인 게이꼬 밖에 못 만났어. 한데 아부지는 어떻든가? 여전히 들떠 계시고 흥분하고 계시든가?"

하고 게이조오는 별로 신명이 나지 않는다는 듯이 다시 얘기를 돌리려고 하자 아내는 와락 또 호들갑을 떨었다.

"어머 그러니까 게이꼬도 남쪽으로 나와 있었구먼요. 그동안 아버지께서는 노상 게이꼬 소리뿐이던데 게이꼬, 게이꼬 하고 만일 남쪽으로 안 나왔으면 저 일을 어쩌느냐고요"

"……"

게이조오는 아무 대꾸없이 다시 시무룩해졌다.

그 순간 옷 포킷에 넣어져 있는 박훈석의 편지가 새삼 떠올랐다. 물론 아버지 다쯔오에게 보내는 편지였다. 제 말은 간단한 안부 편지라고 하였지만 그냥 안부 편지만일 리가 없다. 게이조오는 적당히 뜯어볼 수도 있었지만 어쩐지 그래지지가 않았다. 아버지 앞으로 보내는 편지여서 그렇다기보다는 역겨운 느낌에 휘어 감기고 싶지 않다는 생각에서였다. 내용은 뻔할 것이 아닌가. 게이조오는 이 편지를 받을 때부터 꼭히 아버지에게 전달하자는 생각은 없었다. 비행기 위에서 발기발기 찢어서 버리게 될 것이라는 쪽의 확률을 막연히 생각했던 것이었다. 박훈석도 눈치 빠른 녀석이라 그런 낌새를 느끼기라도 했는지 한마디 덧붙이던 것이었다.

"물론 저는 이 편지가 반드시 당신 아버지에게 전달되리라고는 믿지 않습니다. 저와 이 자리에서 헤어진 후에 곧 게이조오씨는 이 편지의 겉봉을 부욱 찢고 간단히 한 번쯤 읽어 보고서는 십자형으로 찢어서 쓰레기통에 버리시거나 그것도 아니라면 비행기 위에서 심심파적으로 읽어보시고 버리거나 하실 테지요 그렇지만 저는 이런 가능성도 생각하는 거지요. 혹시 당신은 이 편지 내용이 무엇일까 하는 그 궁금증을 역겨우면 역겨운 대로 아낄 수도 있을 것이다. 그렇게 일본 땅까지 돌아가기만 하면 아버지에게 전달될 수도 있을 것이라는 생각이지요. 그야 전달되어 보았자 저로서 크게 어떻달 것은 없겠습니다마는, 지나간 36년 동안을 당신들의 노예로 지내왔는데 이 정도의 굴욕과 수모쯤 감당하지 못해서야요. 암튼 저로서는 지난밤 몇 시간에 걸쳐 정성을 들여서 만들어낸 것이니까 크게 지장만 없으시다면 게이조오씨의 아버지에게 이것이 그냥 요대로 전달이 되도록 부탁드리겠습니다.”

지금 그의 말대로 된 형국에 게이조오는 씁쓸한 느낌에 휘말렸다.

그리고 결국 게이조오 자신의 한국행의 결과는 지금 두 가지로 압축이 된다고 생각되었다.

그 하나는 아내가 받았다는 그 두 번의 정체불명의 전화와 공포감이고 또 다른 하나는 지금 게이조오의 안 포킷에 있는 박훈석의 편지와 그 역겨운 느낌이었다.

아버지 다쯔오는 게이꼬를 만났다고 하자 잃었던 딸을 도로 찾기나 한 듯이 흥분을 하고, 도로 찾은 딸이면 당장 데리고 올 것이지 게이조오만 혼자 돌아온 것을 타박이라도 하려는 듯이 역정을 냈다.

“그래 뭐라드냐. 언제쯤 들어오겠다는 소리는 없어? 게이꼬는 남으로 나왔는데 어째 이제까지 숨기고 있었더란 말이냐?”

게이조오는 그 사이의 보고 들은 일을 대강 담담하게 아뢰었다. 보고 들은 일이라야 뻔하다. 게이꼬 어머니가 그새 한국사람과 재혼해 있더라는 소리만 하면 그뿐이다. 일순 아버지는 표정없이 멀거니 게이조오를 건너다보더니

“그러리라 짐작은 하고 있었다.”

하고 눈길을 밑으로 내리깔았다.

게이조오는 박훈석의 편지를 이참에 내놓을까 하다가 참았다. 내놓더

라도 일단 자신이 읽어 본 연후에 내놓으리라 하고 마음먹었다.

"그럼 게이꼬 이외에는 아무도 만나지 못했다는 말이냐?"

아버지의 억양은 다시 역정을 쓰는 소리로 돌아가 있었다.

"게이꼬의 이복 동생들을 만나구요 그러구 그애들의 아버지라는 사람도 만나기는 만났습니다만."

"물론 네가 자청해서는 아니었겠지?"

"그편에서 찾아왔더군요."

"무슨 일로?"

"그냥 인사삼아 온 것 같더군요 옛날에는 만주에서 트럭 운전수 노릇도 해서 일본말을 썩 잘 하구요."

"어디서 만났다더냐? 그러니까 재혼은 언제 했구?"

"북에서 재혼을 하구 나왔다더군요 그쪽으로도 아이들이 2남 2녀나 되구요."

"사는 형편은 괜찮아 보이더냐?"

"아이들도 모두 대학까지 다닌 것을 보니 그렁저렁 괜찮았던 모양인데 요즘은 사양길인가 보더군요 원체 그 게이꼬 의붓아버지라는 사람도 이젠 늙어가는 몸이구요 게이스께(성갑이)가 조치원에서 새로 양어장을 시작한 모양인데 그것이 별로 신통치가 않은가보더군요."

"그뿐이냐?"

"무엇이 말입니까?"

"한국에 다녀온 결과가 그뿐이냐는 말이다."

일순 게이조오는 아버지 다쯔오가 자기 포킷 안에 박훈석의 편지가 들어 있다는 것을 벌써 알고 있지나 않은가 싶어지며 화다닥 놀랐다.
"그러기 제가 떠나기 전부터 말씀하지 않았습니까. 너무 옛날 생각만 하고 있다가는 상심하신다구 여쭈지 않았습니까. 정작 한국이라는 곳으로 건너가 보니까 대일 감정이라는 것이 여간만 첨예하지 않더면요. 여북하면 게이꼬 어머니나 게이스께도 한 번쯤 얼굴을 내밀 법 한데 내밀지 않았을라구요."
"대일 감정으로 말하면 옛날에도 마찬가지였어. 조선사람들의 대일 감정이라는 것을 존중해 주었다가는 아무 일도 할 수가 없었지. 그런 건 처음부터 문제가 아니래도."
"하지만 옛날에는 일본사람들이 식민지 경영을 하면서 완전히 쥔 노릇을 하였지만 지금은 사정이 다르지 않습니까. 엄연히 한국사람들이 한국의 쥔으로 있는 마당이구."
"쓸데없는 소린 듣고 싶지 않아. 그 대일 감정이라는 것이 한국에 있다고 치고 게이꼬 의붓아버지라는 사람의 대일 감정은 어떻더냐?"
하고 다쯔오는 비아냥거리듯이 다시 덧붙였다.
"내가 이런 식으로 묻는다고 같은 식으로 대답하진 말어라. 그 자가 너를 대하던 거취를 그대로 사실대로만 얘기해. 대일 감정이니 뭐니 복잡하게 말하지 말고."
순간 게이조오도 불끈해지면서 그냥 안 포킷의 그 자의 편지를 꺼낼까 하다가 다시 참았다. 그리고는 박훈석을 만나기까지의 과정과 만난 연후의 일을 되도록 비천해 보이도록 비교적 소상히 지껄였다.
비로소 다쯔오의 입가에 안심하는 듯한 미소가 어리었다. '더, 더 자상하게 얘기해라, 더 자상하게.'하고 재촉이라도 하듯이, 박훈석의 일거수 일투족과 그가 하던 말을 한마디도 놓칠세라 깡그리 듣고 싶어 했다.

특히 떠나오기 전날 마지막 만나던 때의 얘기에는 여간 귀가 솔깃하지 않는 것 같았다.

그날 오전 중에 게이꼬에게서 다시 전화가 걸려와서 박훈석이 오후 두 시경 상경한다는 전갈이 왔노라고 하여 게이조오는 그 시각을 기다리고 있었던 것이다. 그 전화가 결국은 게이꼬하고도 이번 여행길의 마지막 통화였던 셈인데 게이꼬도 딴소리 한마디 없었다. 성병이랑 같이 있었을 때 같았으면 만나서 어쩔 작정이냐느니 그런저런 몇 마디가 있었을 것인데 무언가 이미 사세 되어가는 것에 지쳐있는 억양이었다. 그리고 이것은 지금 생각하는 것이지만 그 통화도 통화 자체보다는 사이사이의 침묵이 더 의미가 있었던 것 같았다. 게이꼬의 목소리는 그렇게 차분히 가라앉아 있었던 것이다. 물론 일본말을 잘 모르는 탓도 있었겠지만 <조치원의 아부지가 내일 오후 두 시에 올라오시겠다는 전언입니다>하고 필요한 용건만 여쭈자는 목소리였으며 그 밖에는 사이사이 긴 침묵과 끝에 가서

"그럼 오빠, 안녕히 가십시오 아부지에게도 아무쪼록"
하고 다시 한동안의 침묵 끝에 사알짝 끊어졌던 것이다. 그 여운은 이상스럽게 지금까지도 선명하게 남아있다.

아닌 게 아니라 오후 두 시 정각 박훈석은 밑의 로비에서 전화로 알려왔다. 게이조오가 내려가자 그는 맨 구석자리에 앉아 있었다. 그리고는 다짜고짜 말하였다.

"지금 나는 당신에게 마지막으로 떠나는 마당이기 때문에 하는 애기입니다만 이북에서는 당원이었오. 그리고 이 사실을 아는 사람은 이 자유세계에서 나와 내 아내뿐이오."

순간 게이조오는 가슴이 선뜩해지면서 되물었다.

"그러니까 지금도 그렇다는 말입니까?"

하고는 다시 덧붙였다.

"이를테면 지금도 최저변에서는 그것을 의식하고 산다는 애기냐는 말입니다."

박훈석은 얼굴 전체를 찌그러뜨리면서 웃었다.

"이 양반, 누굴 잡을 소릴 하는군. 날 간첩으로라도 생각한다는 말이오?"

게이조오는 대번에 낭패한 느낌에 휩싸이며 얼굴을 붉혔다. 박훈석은 다시 소곤거리는 목소리로 말하였다.

"내가 이 소리를 하는 것은 다른 뜻이 아닙니다. 섣불리 철없는 애들 데리고 이러구저러구 하지 말라는 애기입니다. 당신이 한국에 대해서 생각하는 그 소박한 선의와 충정은 나로서도 십분 이해가 되지만, 지금 한국에서 살고 있는 사람들은 개개적으로 북과의 관계를 짊어지고 살아가고 있고 그 개개적으로 생겨있는 관계야말로 오늘의 남북관계다 하는 것을 애기하고 싶은 거지요. 한반도 문제가 어려운 것은 이 점에 귀착되는 겁니다."

"무슨 말인지 저는 잘 이해가 안 됩니다."

박훈석은 잠시 게이조오를 멀거니 건나다 보더니,

"이해가 안 되면 그만둡시다. 하지만 이렇게 말하면 이해가 될까요. 북쪽에서 남으로 나온 사람이 이 남한 천지에는 굉장히 많습니다. 각계각층을 막론하고 말입니다. 그 사람들이 살아있는 한은 오늘의 남북관계가 바꾸어지기는 힘들거라는 얘기지요. 남북 문제가 직접 살갗에 닿지 않는 당신 같은 사람의 수준으로는 결판이 나기가 힘들어요. 그리고 이러한 남북관계는 바로 오늘의 한일 관계로 이어지는 겁니다. 이제 조금 이해가 될 듯 합니까?"
하고 박훈석은 바싹 마른 얼굴을 게이조오 쪽으로 디밀며 두 눈을 치뜨듯이 올려다보았다.

"네, 조금 알 듯 합니다. 지금의 남한 사회에는 각계각층을 막론하고 북에서 나온 사람들이 중요한 몫을 담당하고 있고 그 사람들의 개개적인 북과의 관계를 말씀하시는 것 아닙니까. 그리고 이것은 바로 오늘의 일본을 주름잡는 사람들과 과거의 양국관계를 불문에 부칠 만큼 밀착되어 있다는 말씀이겠지요."

"그겁니다. 바로 그겁니다."
하고 박훈석은 비로소 말귀 알아들은 것이 대견하다는 듯이 아래 웃니를 드러내면서 웃었다.

"언제 어디서나 그런 법입니다. 논의나 이론보다는 잇속이지요. 세상은 잇속의 집산과 잇속의 향방으로 움직여가는 거예요. 다만, 사람들은 염치를 차려서 그 점에는 솔직하지 못하다 뿐이지요."

"지금 그 얘기가 저하고 어떻게 관련이 된다는 말씀이지요? 어째서 그런 얘기를 꺼내는 겁니까?"

하고 게이조오는, 지금 이 자가 하는 얘기라면 일본에서도 귀가 아프게 들어온 것이 아니냐는 생각으로 멍뚱히 건너다보자

"물론 이런 얘기는 낡은 얘기입니다. 하지만 낡은 얘기이지만 항상 새로운 얘기지요."
하고 박훈석은 다시 말하였다.

"어쨌든 제가 이런 얘기를 꺼내는 것은 당신보다도 당신의 아버지가 역시 잇속을 잇속대로 아시는 분일거라는 생각에서입니다. 잇속을 잇속대로 안다는 것도 사실은 여간 힘든 것이 아니고 사람 능력의 중요한 부분을 차지하는 것이니까요."

비로소 박훈석은 자기 포킷에서 아버지 다쯔오에게 보낸다는 그 편지를 꺼내서 건네주었던 것이다.

어느새 게이조오는 포킷에서 그것을 꺼내었다. 그대로 밀봉되어 있는 채로 아버지 다쯔오 앞으로 내밀었다.

다쯔오도 곧장 그것이 박훈석이 자기에게 보내는 것이라고 직감으로 느끼면서 표정이 차악 가라앉았다. 겉봉을 뜯을까 하고 잠깐 망설이는 듯하더니 그대로 봉한 채로 안 포킷에 넣고는 일어섰다.

"그럼 갔다가 내일쯤 다시 오마."

이튿날 오겠다던 아버지 다쯔오는 사흘이 지나도록 소식이 없는데, 돌아온 지 사흘째 되는 저녁 아홉 시경이었다.

게이조오는 무심히 전화 수화기를 들자 직감으로 그 전화구나 하고 느끼면서 얼결에 수화기를 도로 놓으려다가 그대로 받아버렸다. 정중한 목소리로 잠깐 근처 다방에서 만날 수 없겠느냐고 물어 왔다. 일순 게이조

오는 스스로도 놀라울 만큼 침착한 억양으로 되물었다.

"혹시 한 가지만 물읍시다. 몇 년 전, 69년 여름에 만났던 그분이 아니십니까?"

잠시 그쪽에서 약간 당황하는 눈치더니

"아닙니다. 저는 선생을 만난 일은 한 번도 없습니다."

하고 잡아뗴었다.

게이조오가 마악 외출복으로 갈아입으려는데 주방에 있던 아내 다까에가 급하게 건너왔다.

"당신, 그 전화 받고 나가시는군요"

"어떻게 알았어?"

"전화 오는 소리 들었어요"

"근데, 그렇게 벌벌 떠는 것은 뭐지? 내가 당장 납치당하는 것도 아니겠고"

"혹시 아나요 그럴는지요"

"여기는 일본 땅이야. 아무리 한반도가 드세고 험할망정 여기는 우리 땅이라는 것을 알아둬야지."

"아무리 우리 땅이지만요"

하고 아내도 더 이상 할 말이 없는지 우물쭈물하더니

"어떨까요? 근처 서뽈에라도 미리 연락해 놓을까요? 몇 시의 어느 다방에서 만나기로 하셨는지."

하였다.

"쓸데없는 소리. 그보다도 아버지가 무슨 노염이라도 샀는가. 통히 연락이 없으니."

"노염은 무슨 노염 살 일이 있겠어요. 조금 섭섭하신 눈치이긴 합디다만."

하고 아내는 여전히 마음이 안 놓이는 모양으로 안절부절하였다.

아파트를 나서자, 게이조오는 새삼 혼자 쓸쓸하게 우스웠다. 여기는 집이 아닌가. 엄연히 일본 땅이 아닌가. 그런데도 요만한 일에 저렇듯 불안해하다니. 사실은 흔히 그런 것이다. 정작 닥치면 아무 것도 아닌 것을 미리 전전긍긍하는 경우가 많다. 게이조오는 담배를 피워 물면서 약간 마음의 대비를 하자고 생각했으나 갈피가 잡히지 않았다. 그러고 보면 게이조오 자신도 조금 흥분해 있는 것이 틀림없었다. 특히 69년에 만났던 그 사람은 아닐지라도 그 일환임에는 틀림없을 것이다. 그렇다면 물어볼 내용은 처음부터 뻔하다. 한국에 나가서의 그런저런 사정에 관해서 알고 싶어할 것이다. 그리고 그러는 그들의 목적도 뻔하다. 그 뻔하다는 것을 알면서 이렇게 만나러 나가는 것은 무엇일까. 전화에다 대고 한바탕 욕설을 퍼붓고 말 일이 아니었을까. 그러나 사람의 상정이라는 것이 있다. 정중한 목소리로 근처 다방에서 잠깐 뵙자고 하였을 뿐인데 어떻게 대뜸 욕설을 퍼부을 수 있단 말인가. 도리어 지금의 게이조오는 자기 없는 동안에 그쪽에서 두 번씩이나 전화를 걸었다는 일이 무언지 미안한 느낌이었다. 그쪽의 그만한 수고에 응하지를 못했다는 점으로. 일단은 이것이 평범한 세상을 사는 평범한 사람들의 상정일 터였다. 그들이 대강 그러저러한 목적으로 자기를 만나려고 한다는 것은 게이조오 자신뿐만 아니라 아내 다까에까지도 눈치채고 있지만, 사람의 일거수일투족은 실은 일상적인 논리에 의거 하는 것이다. 두 번씩이나 전화를 걸었는데 허탕을 치게 하여서 미안하다, 근처 다방에서 기다린다는데 어찌 딱 잡아떼고 나가지 못 한다고 할 수 있는가, 이런 식의 일상의 논리.

다방으로 들어서자 저편 구석자리에서 한 사람이 발딱 일어서더니 마주 나오며 정중하게 물었다.

"이즈미 게이조오씨입니까?"

마침 다방은 손님이 뜸하고 설핏설핏하였다. 흐르는 음악도 녹작지근하고 한국에서처럼 욱적북적하지가 않았다. 호텔 로비나 다방이나 음식점이나 막론하고 서울은 무언지 소연하고 금방 신경이 피로해지지만 동경은 그렇지가 않다. 거의가 안온하고 조용하다. 게이조오는 새삼 동경으로 돌아왔다는 느낌에 잠기면서

"네, 이즈미 게이조오입니다."

하고는 초면인 그 자의 내밀어진 손을 잡으면서 말하였다.

"저 없는 동안에 몇 번 전화 거셨던 모양이던데 번번이 죄송합니다."

"아니 천만의 말씀을, 도리어."

하고 그 자는 앉았던 구석자리로 다시 가서

"자 앉으십시오."

하고 자리를 권하였다.

비로소 게이조오는 구석자리에 오기까지 한 손이 계속 그 자의 손에 잡혀 있는 것을 의식하면서 조금 쑥스럽게 느껴졌다.

자리에 앉자 그 자는 레지를 불러 차를 시키고는 담배를 피워물면서 담뱃갑 채로 게이조오에게도 한 대 권하였다.

"네, 감사합니다."

하고 게이조오는 담배를 놓고 나온 것을 가볍게 후회하면서 주저하듯이 한 대를 뽑아 물었다.

그 자는 몇 가지 단계를 일거에 생략하듯이 대뜸 물었다.

"언제 오셨습니까?"

"네, 바로 사흘 전에 돌아왔습니다."

"재미 있으셨습니까?"

일순 그 자의 눈언저리에는 묘한 웃음이 뜨다가 금방 스러졌다.

"네, 재미라야 별 재미겠습니까."

"하긴 그렇겠지요"

하고 그 자도 떨떠름하게 받고는 게이조오 쪽에서 무슨 얘기가 나오기를 기다리자는 듯이 멍한 표정으로 쳐다보았다.

순간 게이조오는 '저를 만나자고 한 것이 무슨 용건이셨는지요?' 하고 물으려다가 그야 물어보나마나 뻔한 것인데 하고 돌려 생각하며

"미리 예상은 했었지만 역시 한국이라는 것이 간단하지 않더군요. 한국 현지에서 느껴지는 한국말입니다. 얼키설키 얽혀 있는 것이……"

라고 말하다가, 이 자 앞에 이런 소리도 쓸데없는 사설일 거라고 생각되어 입을 다물어 버렸다.

게이조오는 초면인 이 자가 이렇게 구면이나처럼 느껴지는 것이 웬 영문일까 하고 약간 놀라지는 느낌이었다. 다음 순간 게이조오는 나는 이 자의 정체를 알고 있고 이 자도 굳이 정체를 숨기려고 하지 않고 있다. 그래서 모든 것을 일거에 뛰어 넘어 본론으로 들어가고 있다. 한데 그

본론이라는 정체는 이 자의 경우 목적이 수반되어 있지만 자기는 그저 일상적인 논리뿐이라는 생각으로 되도록 입을 놀리지 말자 놀리지 말자 하고 생각하였다. 게이조오의 이 생각을 즉각 간파하기라도 한 듯 그 자는 아무렇지 않게 불쑥 물어왔다.

"만나려던 사람은 만났습니까?"

"이복 누이동생만 만났지요."

"게이꼬 말입니까?"

"네."

하고, 게이조오는 '어떻게 게이꼬의 이름까지 아시는지요?'하고 물으려다가 또 입을 다물었다.

어느새 게이조오는 자기 손바닥에 진땀이 배어나오고 있다는 것을 의식하면서 불쾌해졌다. 도대체 무슨 권리로 이 자는 이런 식으로 묻고 있고 자기는 고분고분 대답하고 있는 것이냐는 생각으로

그 자도 다시 나지막하게 주섬주섬 말하였다.

"초면에 집안일을 이렇게 꼬치꼬치 캐어묻는 실례를 용서하십시오 하지만 평소에 선생이 일본사람으로는 드물게 이웃나라에 마음을 쓰시고 이웃나라의 현실에 대해 가슴 아파하시는 걸 익히 알고 있습니다. 물론 옳은 견해와 시야를 갖고 계시다는 것도 이 점은 저뿐만 아니라 일본에 있는 우리 동포들 모두가 늘 감사하게 생각하고 있던 참입니다."

"분에 겨운 칭찬이십니다."

하고 게이조오는 그 자의 입 끝에 바른 듯한 상투적인 말투에 불끈해지면서 말하였다.

"실은 저는 지금 저 자신을 이상스럽게 생각하고 있던 참입니다. 당신은 방금 당신 자신이 말씀하신 대로 저로서 초면입니다. 그런데 피차 초면인데도 우리는 지금 무언지 오랫동안 익숙한 관계에 있다는 느낌으로 만나고 있습니다. 나는 집에서 나올 때부터 당신의 정체가 대강 뭐다하는 것을 미리 알고 있었고, 당신도 제가 알고 있다는 것을 접어두고 대어드는 것 같았습니다. 그러한 것이 전제가 되어서도 순순히 제가 당신의 물음에 대답을 하고 있다는 이것이 무엇인 저는 불가사의한 느낌이 드는군요. 솔직하게 말하지요. 우리 아내는 당신의 전화를 받고부터 불안에 떨고 전전긍긍하고 있습니다. 조금 전에 제가 나올 때도 여간 불안해하고 공포에 떠는 게 아니었지요. 그런데도 저는 지금 당신과 마주 앉아서 당신이 저를 만나려고 한 그 용건에 관해서는 한마디도 묻지 못하고 있습니다. 이런 것이 대체 무엇인지 저는 모르겠습니다. 제 아내는 제가 한국에 건너가는 것을 계기로 해서 한반도 자체가 우리 집안으로 수울기어들어 왔다고 하더군요. 아니, 제 아내의 말을 정확하게 옮긴다면 한반도라는 도깨비가 말입니다."

그 자는 머리를 밑으로 수그리면서 이맛살을 찡그렸다. 그렇게 게이조오의 얘기를 전부 듣더니

"거듭 실례 한 것 같습니다. 평소의 당신을 우리 나름으로만 안이하게 평가했던 것 같아요. 그 점, 제 불찰을 용서하십시오"

하고는 슬그머니 일어섰다.

"오늘은 이만 실례하겠습니다."

게이조오는 잠시 어안이 벙벙한 채 그 자를 올려다보았다. 일어선 그

자는 상체를 수그려 귓속말 하듯이 말하였다.

"당신은 역시 당신 말대로 현지에 갔다가 오더니 복잡해지셨군요. 대체 당신은 어느 편이오? 그편이오? 이편이오? 조금 기간을 두겠습니다. 그동안 생각을 정리하십시오. 물론 여기는 일본 땅이고 당신은 일본 사람입니다. 당신은 이편도 저편도 아니게 살 권리가 있고 당신 마음먹기에 따라서 쉽게 그렇게 될 수는 있습니다. 우리가 당신에게 기대는 것은 당신의 도덕적인 의식뿐입니다. 아무튼 여기까지 온 이상 우리는 당신을 그냥 내버려 두지는 않을 겁니다. 당신은 작정을 하셔야 합니다."

"저더러 당신들 하수인이 되라는 말인가요?"
하고 게이조오는 앉은 채 그 자를 빤히 올려다보면서 물었다.

"천만의 말씀을, 하수인이라니 그런 끔찍한 말이 어디 있습니까. 당신은 당신 자신을 구체적으로 선택하시라는 얘기입니다."

"나는 일본에 사는 일본인입니다."

"물론이지요. 그러나 일본에 사시는 일본인으로서 이웃나라에 관해서 선택하시는 것은 바로 일본인으로서의 당신을 새로 구체적으로 선택하시는 것이 됩니다. 먼 시야에서 볼 때."

"부탁입니다. 저에게 그런 식으로 접근은 말아 주시지요. 저는 그런 식의 발상법은 싫습니다. 저는 처음이나 끝이나 자유인입니다. 자유인으로 끝나고 싶습니다."

"알겠습니다. 마음 편하게 가지시고 다음 기회에 다시 연락하겠습니다."
하고 그 자는 휘적휘적 다방을 나갔다.

게이조오는 잠시 앉았다가 그 자가 어느 정도 멀리 갔을 즈음 해서 다방을 나왔다. 온몸은 땀에 폭삭 젖어 있었다.
자기의 한국행이 어느새 이 지경으로까지 이르렀을까 하고 새삼 의아해졌다. 그리고 좀 전에 그 자를 만났던 일은 그 무슨 꿈 속 일이거나 한 듯 동경 시가지의 밤은 안온하였다.

2

다음날 저녁녘 게이조오가 퇴근해서 돌아올 시간에 맞추듯이 아버지 다쯔오가 아파트에 들렀다. 아내 다까에가 인사를 하는 둥 마는 둥 하는 사이 곧 뒤를 잇대어서 게이조오가 들어섰다. 아버지는 처음부터 그닥 좋은 낯색이 아니었다.
"어쩐 일이십니까 아부지. 그새 전화라도 거실 줄로 알았는데요"
하고 게이조오가 조심스럽게 지나가는 인사처럼 한마디 하자 다쯔오는 심술맞게
"전화라는 거야 걸 일이 있어서 거는 거지."
하고는 대뜸 역정을 쓰듯이 말하였다.
"미리 그런 줄로 짐작은 하고 있었다만 너도 반도에 헛나갔다 온 것 같구나. 너보다 도리어 네가 갖고 온 편지를 통해서 그쪽 사정을 더 잘 알겠으니 말이다."
게이조오는 너무 갑작스럽게 본론으로 들어서게 된 것에 약간 당혹하듯이 우물쭈물하다가 나지막하게 받았다.

"그야, 그쪽 사정도 여러 가지일 테지요. 그런 편지를 쓰는 사람의 사정도 있고 그렇지 않은 쪽의 사정도 있고 말입니다."

"네 말투는 한국 속에 사는 한국인보다 네가 한국 사정에 더 통달해 있기라도 한 듯한 말투로구나."

"누가 통달했대나요. 그런 편지만 읽고 단선적으로만 생각할 수는 없다는 얘기지요."

다쯔오는 새삼 난감하다는 표정이 되었다.

물론 게이조오는 한반도를 바라보는 아버지 다쯔오의 일반적인 발상법을 익히 알고 있고 그러한 발상의 근거가 매우 두껍다는 사정도 알고 있다. 사실 일본 안에서는 한반도 문제에 대해 말로 표현되지 않는 부분 쪽이 압도적인 진폭을 지니는 것이다. 한반도는 조만간에 통일되어야 하고, 그러한 통일 국가로서의 이웃나라로 있어야 한다는 당위론, 정부 간이나 국민 간 그 밖에 모든 부문에서 명실상부하게 대등한 관계여야 한다는 논의 등이 주로 말로 표현되는 부분이지만, 정작 이 말의 설득력은 도덕적인 차원에서 머무를 뿐 현실적으로는 먹혀들 사정에 있지 않다. 왜냐하면 피차의 실정이 그렇지가 못하기 때문이다. 한 국가로서의 치부라는 것이 안팎 여러 갈래로 있을 수 있는 것이겠지만 구식민경영국들, 소위 선진국들의 치부는 그들 나름으로 공통점이 있다. 그것은 바로 종래에 식민지였다가 근간에 그 굴레에서 해방된 나라들과의 관계 속에 압도적으로 스며있는 것이다. 물론 오늘날 그 관계는 겉으로는 독립국 간의 그것이지만, 엷은 막 하나만 걷어 놓고 들여다보면 그 속에는 여전히 가지가지 치부가 그대로 온존되어 있는 것을 보게 된다. 그게 그럴 밖에 없는 것이 구식민경영국의 모든 권위를 뒷받침해 준 온갖 원천이 바로 부였으며 그 부야말로 바로 식민지경영에서 얻어진 것이기 때문이다. 식민지에서 끌어올리는 관이 끊어지는 날에는 구식민지제국의 영화는커녕 그 존폐조차 위태롭게 되는 것이다. 따라서 구식민경영국들은 새로운 세계질서의 추세를 좇아서 구식민지들을 소위 해방시키고 독립시키는 길로 어느 정도 적응을 하면서, 그 대신 가지가지 달콤한 미끼로서 종래의 이권을 붙잡아 두려고 안간힘을 쓰는 것이다. 그러나 그것도 어느 수준까지 가능할 뿐이다. 원체 본국이 보잘 것 없이 작은 섬나라로서 한때는 해가 지는 일이 없다고 떵떵거리던 대표적인 식민지경영국 영국이 오늘날 그나마 견디는 것은 영연방국의 형태로 자기 주위에 느슨하게 묶어두고 있는 구식민지들이 있기 때문이요, 영국 본토가 날이 갈수록 국제적인 영향력에서나 국내정치의 안정도에서나 쇠잔해가고 있는 것은 이미 옛날처럼 무지막지하게 수탈해 갈 수 없다는 사정 때문이다. 여타 식민제국들도 사정은 비슷하다. 다만 영국처럼 그 사정이 핍박해 있지 않다는 점일 뿐이다.

물론 일본은 영국과는 사정이 조금 다르다고 볼 수도 있다. 어떤 의미에서 보자면, 종래의 어느 정도 안정되어 있던 세계 식민질서에 저들도 한몫 끼어들자고 하여 성급하게 재편성을 노린 일본, 독일 등으로 하여 세계대전이라는 것이 일어났고, 그 결과로 식민제국의 총괄적인 쇠퇴의 길을 열었다고도 볼 수 있다. 일본이 한반도 경영에만 그럭저럭 만족을 하고, 만주 중국 본토 쪽만 넘보지 않았더라도 그렇게도 빠른 붕괴는 빚지 않았을는지 모른다. 그러나 전후 일본은 이미 구축되어 있던 중공업의 터전과 기술을 활용하여 다시 일어나기 시작하였고, 새 시세에 적응하는 재빠른 능력으로 하여 패전국 독일과 함께 새로운 강대국으로 두각을 나타내기 시작하였다. 그러나 그것은 철두철미 자력이었다고 할 수는 없다. 자유세계를 방위한다는 명분과 사명에 얽매인 미국의 등에 붙어서만 그것은 가능할 수가 있었던 것이다. 다시 말하면 동북아에서의 공산주의의 더 이상의 진출을 막기 위한 보루로서도 미국으로서는 오늘과 같은 일본은 바람직했던 것이다. 바로 이러한 사정, 제 2차 대전 이후 급격하게 변화된 새로운 세계질서의 재편 과정 속에서 그 첨단을 이루는 곳이 구라파에서는 독일분할이요, 동남아에서는 월남이요, 동북아에서는 한국분단이었던 바로 이러한 사정 속에서 한국과 일본의 유착은 미국의 개입 속에서 이루어지는 것이다. 따라서 이러한 새로운 사정이 급격하면 급격할수록 종래의 한일 관계, 구식민지 관계는 구체적으로 하나하나 매듭을 지으며 청산될 틈이 없이 유야무야로 얼버무려질 밖에 없다. 그러나 한국인 개개인으로 본다면 국제 질서의 새로운 사정도 새로운 사정이지만 일본인들에 대한 구원은 어쩔 수 없는 국민감정이다. 또한 국토가 분단되었으며 일가친척들이 일거에 분열되었다는 비극은 어디에다 호소할 데도 없는 것이다.

  대개 이상과 같은 이유로서 한국도 남북 분열까지 포함된 새로 편성된 국제 질서 속에 단단히 끼어들어서 소위 그 국제 질서의 나사못이 조여지다 보니, 남북이 각각 제 일선으로 험하게 대치하게 되었으며 더구나 6·25를 겪으면서 피비린내 나는 민족상잔까지 겪기에 이르렀다. 게다가 이 움직임은 너무도 급격하여서, 한국은 구식민제국에서 해방되었다는 그 해방감을 제대로 맛볼 틈도 없이 새로운 국제 질서의 일환 속으로 깨어 들어가는 과정에서 대외적으로는 물론이려니와 대내적으로도 구일본 잔재를 불식시키기는커녕, 본의든 본의 아니든 그들의 온존을 가능하게 했을 뿐 아니라 급기야 그들이 새로운 주역으로 활개치는 것까지 용납하기에 이른 것이다.

이러한 한국을 바라보는 전후 일본인들의 일반적인 감정은 또 어떤가. 일본의 경우도 사정은 전전戰前과 그닥 달라진 점은 없다. 세계 역사상 그 유례를 찾아 볼 수 없을 정도로 모범적인 평화헌법이 채택되고, 구 군국 체제를 무너뜨리면서 그야말로 천황제 하의 가장 대표적인 민주 일본을 건설한다는 꿈은 처음부터 이미 새로운 국제 질서 속에서는 달콤한 꿈에 불과함을 드러내게 되는 것이다. 결국은 일본도 그냥 안온하게 있을 수는 없이 새롭게 닥친 정세 속에서 새 역할을 짊어지면서 출발하게 되는 것이며, 사태가 급격해지면 급격해질수록 평화헌법도 무색하게 새로운 방위론에 입각한 구일본 제국의 남아 있던 능력들이 은밀하게일망정 다시 재등용하게 되는 것이다.

바로 이러한 배경이야말로 한국과 일본의 유착을 가능하게 하는 근거이다.

그러나 한편, 일본은 그 동안에 미국 등에 붙어서 독자적인 약삭빠름으로 얻어낸 부국으로서의 모든 혜택도 누릴 대로 누리면서, 세계적인 차원에서든 대내적인 차원에서든 모든 옳은 소리로 그야말로 꽃밭을 이루는 것이다. 그러나 그 옳은 소리들은 그저 물거품 같은 것일 뿐, 전후의 일본 국력의 성격 자체와는 어쩔 수 없이 괴리가 있게 되는 것이다. 이를테면 이렇다. 전후 일본이 금방 세계 일등국민으로 다시 쉽게 부상을 한 것은 미국의 뒷받침을 받아서 요컨대 장사를 잘한 덕분이었다. 국력의 터전부터가 인구와 중공업의 기틀과 기술일 뿐, 애초부터 자원은 보잘 것 없는 나라이다. 이러한 일본이 오늘의 일본으로 올라선 것은 모름지기 장사를 잘 했다는 점으로 귀착된다. 따라서 일본 국민 각자가 그만그만한 분수로 오늘을 누리고 있는 원천도 바로 이 점으로 귀착된다는 얘기이다. 그가 아무리 입으로는 옳은 소리를 지껄일망정 일본인의 탈을 쓰고 일본인으로서의 모든 혜택을 입고 있는 이상은 벌써 자체 모순을 내포하고 있었던 것이다. 그러한 일본인의 일반적인 감정양태가 가장 첨예하게 드러나는 것이 바로 한국인들에 대한 감정양태이다. 역사적인 한일 관계에서든 오늘의 유착관계에서든 일본인들은 한국인들에게 뭔가 미진한 느낌, 쑥스러운 느낌에서 헤어날 길이 없다. 이것은 개개적인 차원에서도 그렇지만 정부 간의 차원에서도 비슷하다. 서로 나누어야 할 많은 얘기들은 유야무야로 사상해 버리자는 식이고, 그것이 오늘날의 상호 이해로 볼 때도 생산적이라는 묵시적인 양해가 저변에 이미 깔려 있는 것이다. 유착관계는 이익의 유착관계이다. 아무리 일본 안에서는 저대로 근사한 소리를 지껄이는 일본인일망정 한국이라는 현지에 나와 보면 저도 어쩔 수 없는 일본인의 카테고리에서 벗어날 수 없다는 사실을 실감하게 되고, 그러한 사실이 전제가 되어서 개개적인 관계에서는 한국인 앞에 쑥스러운 느낌을 갖게 되는 것이다.

결국 대국 간의 톱니바퀴 돌아가는 향방은 당장은 누구도 어쩔 수가 없고, 실은 각자가 톱니바퀴 속에 끼어져서 같이 돌아가고 있을 뿐이다.

그리고 그 냉엄한 정체는 되도록이면 은밀하게 가려져 있고 말이라는 형태로 표현이 되지는 않는다. 설령 말로 표현 된다고 하더라도 그것은 톱니바퀴 속에 드는 자의 비명에 불과할 뿐이어서 금방 튕겨져 나가 물거품으로 무산되곤 한다.

일본인의 이러한 한국인에 대한 양면을 이즈미 다쯔오와 이즈미 게이조오는 부자간에 반반씩 나누어 갖고 있는 셈이었다.

사실 게이조오는 일본으로 돌아와서 불과 나흘 밖에 안 지냈는데 단순한 일상인으로 어느새 돌아와 있는 자신을 약간의 쑥스러움 섞어 돌아보았다. 아니, 실은 처음부터 일상인의 차원으로 건너갔다가 일상인으로 되돌아온 것뿐이다. 그러나 당연한 이 사실이 어쩐지 이화감으로 느껴지는 것은 무슨 까닭일까. 역시 자기 같은 일본인은 한국이라는 복잡한 문제에 처음부터 대어들 분수가 아니었다는 느낌이 새삼스럽지만, 그러나 실은 딱부러지게 그렇게 대어들었던 일이 언제 한 번인들 있어본 일이 없다는 생각이기도 하였다. 그렇다면 한국에 나갔던 목적은 무엇이었을까. 그것은 단순하다. 모든 가지와 줄기를 쳐내고 남는 단순한 그것, 작은어머니와 이복동생들의 소식이 궁금해서였던 것이다. 그러나 정작 만나게 되는 순간부터 피차간에는 한일 관계의 복잡한 문제들이 얽혀들어 있었던 것이다. 그것도 일상인으로서 일상적인 차원으로 감당할 밖에 없는 정도의 것이겠지만, 바로 그 점이 처음부터 무언가 그들(게이꼬나 게이스께 및 작은어머니) 앞에, 더 나아가서는 오늘을 살고 있는 한국인들 앞에 쑥스러운 느낌이었던 것이다. 결국 그는 처음에 한국으로 떠날 때와 마찬가지로 더도 덜도 아닌 일상인의 차원으로 다시 일본인으로 돌아왔다.

그러나 이미 무언지 자기 자신과는 실로 별로 상관이 없는 쓸데없는 찌꺼기를 잔뜩 묻히고 돌아온 느낌이어서 편치가 않다. 또 한편으로는 이러한 편편치 않다는 느낌을 갖고 있는 자신에게 역겨움과 혐오감조차 우러난다.

그러나 그런대로 게이조오는 일본 속의 분위기에 쉽게 째어 들어서 종래와 같은 일상인으로 돌아 올 수는 있었다. 그리고 어쨌거나 이 속에 그냥 안주해 있고 싶었고 얼마든지 그럴 수가 있었다. 불과 며칠 전에 갔다가 온 한국이 아득하게 넘겨다보이고 그 무슨 악몽 속처럼 떠오르는 것이다. 바로 엊저녁의 일도 그렇다. 그 자와 만나서 얘기를 나눌 때는 서로 간에 묵시적으로 양해가 되어 있기나 한 듯이 그 자가 일본 안에서 살아가고 있는 그 자 나름의 논리를 자연스럽게 받아들이는 듯하였지만, 정작 다방에서 나와서 그 자와 헤어지자마자 금방 '역시 이곳은 일본이다. 그 자의 땅이 아니라 내 땅이다'하는 생각과 더불어 동경 시가지의 공기부터가 새삼 친근한 것으로 느껴져 오던 것이다. 곧장 자신의 일상으로 돌아오면서 불과 몇 분 전에 만났던 그 자의 존재가 전혀 허구 비슷이 느껴지기도 하던 것이다. 차후에 그 자가 아무리 접근해 오더라도 이곳이 일본이요 동경인 한은, 주인은 자기 쪽이지 그 자 쪽은 아니라는 사실이 새삼 확인되면서 안도의 숨이 내쉬어지던 것이었다. 아버지 다쯔오나 박훈석의 편지 문제도 그랬다. 역시 자기는 아버지에게 보내는 박훈석의 편지를 읽지 않기를 잘 했다는 생각이었다. 한국에서 떠나올 때는 비행기 안에서라도 무료할 때에 읽으리라 하고 마음 먹었었는데 정작 지금에 와서는 안 읽은 것이 얼마나 잘한 일이었는가 하고 생각 되었다.

그것을 읽었다면 그 읽은 만큼은 심정적으로라도 간여되지 않을 수 없었을 것이라는 점이 부담스럽게 느껴지는 것이다.

지금 게이조오가 아버지 다쯔오를 맞아들이는 입장은 대강 이상과 같은 것이어서 또 저런 식으로 얘기를 걸어오는군 하고 지겨운 생각부터 들었다.

아버지 편에서도 게이조오의 그러한 내색을 눈치라도 챈 듯이, 그러나 제 할 말은 악착같이 해야겠다는 셈으로 약간 억양을 낮추었다.

"편지도 편지다만, 오늘 낮에 그 오오다니라는 사람 편에서 기별이 왔더구나. 물론 오오다니 본인은 벌써 세상 떠났고 그 동생이라면서."

"네, 그게 무슨 얘깁니까. 그러면 그쪽에서 먼저 내용을 알더라는 말씀이신가요?"

하고 게이조오는 질겁을 하듯이 놀란다. 그렇다면 역시 남한에 사는 박훈석이라는 자는 실은 그쪽과 연결되어 있는 끄나풀이었지나 않는가 하는 생각이 퍼뜩 떠올라서였다.

"글쎄 말이다. 내 얘기가 그거다. 내가 도리어 너한테 묻고 싶은 얘기야."

"저한테 묻다니요? 어떻게 돌아가는 판세인지 당최 알 수가 없구먼요 그래 전화로는 뭐랍디까?"

"내일, 점심이나 같이 하자더구나."

"그뿐이요?"

"……"

아버지 다쯔오도 낌새가 약간 불안하다는 듯이 머리만 끄덕였다.

대체 어떻게 된 셈이란 말인가 하고 게이조오는 저간의 사정을 되잡아서 더듬어 보려고 하였다. 그러나 어리뻥뻥한 속에서도 대강 어느 정도의 짐작은 집혔다. 자기가 한국에 나갔다가 온 것을 빠안히 꿰고 있다면 박훈석의 지난날의 일을 몰랐을 리가 없다. 박훈석이 만주시절에 긴밀한 관계에 있던 일본인을 면밀하게만 더듬어 본다면 수월하게 오오다니라는 자가 떠오르게 될 것이요, 그쪽에서 일단 작용을 가했다는 가정이 성립된다. 전화를 건 당사자는 오오다니는 이미 세상을 떠났고 그 동생이라고 하더라지만 그것도 속임수일 수가 있다. 거짓으로 그런 듯이 자처하고 있는지도 모르는 것이다. 그러나 박훈석의 편지 내용과 게이조오가 비록 읽어 보지는 못 하였으되 그의 지껄이던 것으로 뻔히 짐작된다. 결부시켜서 생각해 보면 우연의 일치이기에는 너무나도 쏘옥 들어맞는다. 그러나 이것도 금방 짐작이 된다. 게이조오가 한국에 나갈 경우 박훈석 쪽에서 오오다니 같은 사람에 대한 궁금증을 토로했으리라는 것은 누구의 짐작으로나 뻔하기 때문이었다.

게이조오가 담배를 몇 모금 깊이 빨아들이면서 여기까지 생각하자 아버지 다쯔오도 새삼스럽게 약간 불안한 낯색이 되었다. 하긴 불안하니까 이렇게 찾아오기도 했을 테지만.

드디어 다쯔오는 나지막하게 물었다.

"너는 짐작이 집히기라도 한단 말이냐."

"뻔하지 않겠습니까. 다만, 문제는 이거지요. 그 사람이 정말로 오오다니라는 성을 가진 사람이냐 하는 점이지요. 가짜일 수도 있단 말입니다."

"그렇게까지야. 그건 좀 지나친 추리같다."

"천만에요. 한국처럼 평상시 항상 주민증을 휴대하고 있어야 한다면 모르지만요. 우리 일본은 그렇지도 않거든요. 하긴 그렇대도 그렇지요 그 정도 위조하기는 금방일 테니까."

"그러면, 만나지 않는 게 낫겠다는 얘기냐?"

하고 다쯔오는 게이조오가 다른 저의가 있어서 저런 식으로 공감을 하는 것이나 아닌가 의심하는 눈초리로 흘깃 마주 쳐다보았다. 오오다니가 진짜인 경우에도 게이조오는 박훈석과 그를 연결시킨다는 지저분한 일에 껴들고 싶어 안할 것이 뻔하기 때문이었다.

"뭐, 만나는 거야 어떻겠습니까. 문제는 만난 다음이지요 만난 다음에는 아버지로서 그 굴레에서 빠져 나오기가 힘드실 거다 그런 얘기지요."

"굴레라니, 굴레는 무슨 굴레가 있어."

하고 다쯔오는 다시 울뚝불뚝한 낯색이 되며 두 손을 포개어서 지팡이를 짚고 그 손등에 앞턱을 의지하면서 혼잣소리 비슷이 퉁명하게 받았다.

그러나 다쯔오도 다쯔오대로 짐작이 된다. 게이조오의 짐작이 대강 틀리지는 않을 것이라는 생각이면서도, 한편으로는 부자지간에 항상 으르렁거리던 일이 이 대목에 부딪치자 무언가 저변으로 일치되어 있다는 이상스러운 안도감이었다. 봐라, 네가 입 끝으로는 어쩌고 어쩌고 하였지만 정작 이 마당에 오자 너도 결국은 을씨년스러워 하지 않느냐 하고 다쯔오의 비시시 웃는 표정으로 아버지가 지금 무슨 생각을 하고 있다는 것을 즉각 눈치채며 게이조오도 불끈하고 들이댔다.

"어쨌든 아버지 소견대로 하십시오 그렇지만 이렇게도 생각되는군요 박훈석에게 줄을 대 보려고 애쓰는 쪽이 사실로 있다면 말입니다. 그쪽에서는 나 같은 사람보다는 아버지 쪽을 더 적격으로 안심할는지도 모르겠군요. 다만, 아버지가 조금 늙었다는 점만 빼놓고는 당연히 그렇지 않겠습니까."

"그러니까, 나 같은 사람을 이용하는 것이 더 안심일 거라는 말이냐."

"바로 그렇습니다."

"염려 말아. 나도 잔뼈는 일본 제국의 헌병으로 반도에서 굵어진 사람이야. 너처럼은 순진하지도 않고 현실로 감당도 안 되면서 입 끝으로만 좋은 소리 지껄이는 그런 축도 아니다. 사실 그러저러하다면 이쪽에서도 그것을 안 이상에는 슬슬 거꾸로 이용할 수도 있는거다. 내가 차릴 잇속만 곶감 빼먹듯이 빼먹으면서."

"그쪽도 그렇게 순진하겠습니다요. 아버지의 그런 흑심까지도 꿰뚫고, 그럼에도 불구하고 해볼 만 하다는 결론으로 하실 때는 어떡허려우?"

"그거야 피장파장이지 손익은 단순 계산으로는 안 될 거 아니냐. 피차에 뻔히 알면서도 서로 투자를 하는 셈일 테니까. 무슨 말인지 알겠느냐. 그 판은 원래가 그런 판이야."

"하지만 이 점은 있을 겁니다. 아버지는 자기 개인의 잇속이 위주이지만, 그쪽은 처음부터 그건 아니잖아요. 그때 이기고 지는 게임은 간단하겠지요. 개인 잇속면에서는 얼마가량 수고비 삼아 먹고 나머지는 그쪽에서 먹을 테다 할 때에 대체로 어떨까요. 아무리 평소에 투철한 정신을 가진 사람이라도 개인 잇속 면에서 재미를 보기 시작하면 점점 그 재미에만 빨려 들어가게 되지 않을까요"

"짓궂은 소린 그만 해둬라."

"짓궂은 소리가 아니라 아무래도 이젠 거꾸로 되는 것 같습니다. 제가 도리어 아버지의 걱정을 하게 되었으니 말입니다. 조심을 하시는 것이 여러모로 좋을 겝니다. 아버지 자신을 위해서나 일본 제국을 위해서나."

끝의 말에는 약간 빈정거리는 투가 번득였다.

"염려 말아. 역시 보아, 너는 그렇게 여들여들하게 계집애 같으냐. 정작 제대로 벌어지는 판에 가면 뒷꽁무니를 슬슬 빼거든."

"그게 제대로 벌어지는 판입니까. 그게 어째서 제대로 벌어지는 판입니까. 치고받는 싸움보다 그런 식의 은밀한 싸움은 더 악랄한 것이지요 우린 그런 건 싫으니까요."

여기서 게이조오는 엊저녁의 일을 아버지 앞에 털어 놓을까 하다가 그만두었다. 그만한 정도의 일로 전전긍긍 했었다는 것이 새삼 창피스럽게 느껴졌다.

"사내다운 사내는 그런 걸 좋아하는 법이다. 네 말대로 내가 늙기는 하였지마는. 지금에 와서 돌아보는 일이다만 역시 그런 일에 종사하던 때가 그중 신바람이 났던 것 같다. 식민지 경영이라는 건 안 해본 사람은 그 맛을 모르는 법이느니."

"그 맛이 되살아나서 좋으시겠습니다. 하지만 이건 제 예감입니다만 이번에는 그렇게 호락호락 하지는 않으실 거요."

"그야 두고 봐야지. 너는 떡이나 생기면 먹어둘 생각이나 해."

다쯔오는 싱얼싱얼 웃고 있었다. 그 웃음은 마치 이런 일이 십 년 전에만 있었어도 이 지경으로 늙지는 않았을 것인데 하고 그 점을 아쉬워하기라도 하는 듯하였다. 그러나 그럴수록 시종 어느 한구석 불안해하는 기색은 떠나지 않았다. 이 아슬아슬한 불안이야말로 그에게는 젊었을 적부터 익숙해 있던 그것이었다.

"그건 그렇고, 그 편지에는 너도 대강 그 내용을 알고 있더라고 썼더라만, 게이스께(성갑의 옛 이름)가 벌인다는 그 어장인가 하는 것 말이다. 다른 것은 내가 전부 맡아서 해볼 것이다만 너도 너다운 방법으로 도와야 하지 않겠느냐. 오해 말아라. 나를 도우라는 얘기는 아니니까. 게이스께에게 매달 그런 관계의 잡지라도 구입해서 부쳐 준다든지, 그런 책자라도 사서 부쳐 준다든지, 고작 네가 도울 방법이라는 거야, 그런 길밖에 없을 테고 말이다."

다쯔오의 억양에는 여전히 빈정거리는 투가 스며 있어 게이조오도 불끈하며 받았다.

"그런 건 모두 지엽적인 문제고요. 요컨대 핵심은 자금 아니겠습니까. 자금인데, 이게 아버지가 일본에 앉아서 지금 생각하듯이 그렇게 간단하지는 않아요. 아버지처럼 그 무슨 신나는 게임 하듯이 생각하다가는 큰 코다친다는 말입니다. 그런 게임이 일본 안에서는 단순한 게임으로 끝날 수 있지만 한국은 안 그렇다는 말입니다. 자칫 잘못하다가는 게이스께가 크게 다치지요. 게이스께 뿐이겠습니까. 그쪽 집안 전체가 폭삭 망할 수가 있다는 얘기입니다. 일망타진이라는 말의 뜻이 한국 땅에서는 어떤 종류의 뜻을 지니는지 아버지는 모르실 테니까요. 그 점을 제가 전혀 모르는 체 할 수가 없는 거 아닙니까."

순간 다쯔오는 끔틀 하듯이 게이조오를 정면으로 건너다보았다. 게이조오는 내친김에 계속 지껄였다.

"또, 그 자의 편지에 아마도 이런 소리도 적혀 있었을 테지요. 그 양어장에 일본인 국회의원이 한번 다녀가게만 하여도 크게 도움이 될 거라고 말입니다. 아버지는 대번에 그 소리가 솔깃하실 테지만 그것도 아버지가 생각하듯이 간단하지는 않다는 말입니다. 만일 아버지가 일본의 국회의원 한 분을 적당히 구워삶아서 그렇게 한다고 합시다. 한국 쪽에서는 병신인 줄 아십니까. 그 사이에 벌써 그들도 양면으로 접근을 한다 이겁니다. 일본의 모모하다는 국회의원 하나가 조치원 근처의 모모 양어장에 다녀갔다더라, 이것이 그냥 단순한 사실로 받아들여지지 않을게다 이거예요. 그 뒤를 캐기 시작하고 쫓기 시작할 거라, 이겁니다. 심지어 아버지는 이런 정도까지 쉽게 생각하실 수가 있으실 거예요. 지금 이 일본에 앉아서는 말입니다. 36년 동안 식민지 경영을 하면서 맞들였던 그때 정도의 생각으로, 한국이라면 벌써 경멸감부터 가지면서 이를테면 이렇게까지 생각 할 수 있지요. '진짜 국회의원까지 동원 할 거야 있나. 웬만하게 허우대가 좋은 사람으로 주변의 한국행 관광객 하나를 구슬러서 간단히 쇼를 할 수도 있지'하고 말입니다. 그러나 만일 그래 보세요. 한국신문에 그런 기사가 한 줄이라도 나보세요. 일본정부가 우선 곤혹해질 테니까요. 일본 정부는 지금 대한 정책에서 가장 주안을 두고 있는 것이 한국민의 자존심을 건드리지 않는다는 점이거든요. 당연히 그렇지 않겠습니까. 정부 간 혹은 기업 간의 차원에서는 무릎을 맞대고 무슨 말이라도 나눌 것이지만 국민 간의 차원에서는 자질구레한 일에까지 여간 신경을 쓰지 않는다 이겁니다. 한국 정부쪽에서도 그렇지요. 신문 귀퉁이에 그런 기사가 나자마자 정부의 담당부서에서도 먼저 선수를 써서 일제 잔재를 그대로 드러내고 있는 것이라고 앞장서서 공격에 나설 테니까요. 모든 것을 아버지 식으로만 쉽게 마음먹고 대어들었다가 괜히 엉뚱한 부작용만 일으킨다는 것을 염두에 두셔야 한다는 말입니다."

"너야말로 한국으로 나갔다 오더니 엉뚱한 겁만 잔뜩 먹고 돌아왔구나."

하고 다쯔오도 한마디로 맞대거리는 하였지만, 이미 그 목소리는 어느 정도 수세에 몰려 있었다.

이튿날 다쯔오는 아까사까역 맞은편의 약속 장소로 나갔다. 지하철 속에서도 다쯔오는 어제 게이조오와 나눈 얘기들을 소상하게 되씹으며, 딴은 아들의 말도 일리는 없지 않겠다고 생각하였다. 자기 쪽의 기준으로만 접근할 성질이 아니라 어디까지나 한국 현지에 사는 사람들의 입장을 먼저 감안해야 할 것이었다. 그러나 문제를 거꾸로 제기해 볼 수도 있을 것이다. 한국 현지에 살고 있는 사람들은 일본 사회의 사정에는 어두울 것 아닌가. 그런 면으로 본다면 그쪽에서 화를 자초할 면도 없지 않다. 예를 들어서 다쯔오 자기가 그 어떤 끄나풀이 달린 자금이라는 것을 범연히 알면서 그 점에서는 시치미를 떼고 게이스께의 어장에 투자를 한다고 할 경우, 도리어 박훈석이나 게이쓰께 쪽에서는 다쯔오 자신이 왜정 때 제국헌병으로 있었다는 사실로 하여 더욱 믿고 대어들 수도 있는 것이다.

다쯔오는 거듭 경거망동을 삼가야겠다고 다짐을 하며 호텔 로비에 붙어 있는 식당 문을 조심스럽게 열고 들어섰다. 식당은 채광이 잘 안되어 있어 대낮임에도 환하게 불이 켜져 있었다. 다쯔오는 스틱을 한 손에 든 채 문가에서 잠시 어리둥절하며 식당 종업원에게 물어 볼까, 물어 본다면 어떤 식으로 물어야 할까 하고 망설이는데, 키가 훤칠한 사람 하나가 옆으로 다가서더니 속삭이는 목소리로 물었다.

"이즈미 다쯔오 선생님이십니까?"

다쯔오는 저도 모르게 화다닥 놀라며 그렇노라고 눈인사로만 대답을 하자

"오오다니 선생님은 별실에 계십니다. 이쪽으로 오시지요."

하고 앞장을 서서 걸었다. 둘이 마주 앉으면 꼭 적당할만한 방으로 들어서자 예순 살 가까워 보이는 큼지막한 허우대를 지닌 사람이 일어서고 있었다.

"이거, 모처럼 걸음을 하시게 해서 죄송합니다."

하며 그 사내는 웃포켓에서 제 명함을 꺼내었다.

다쯔오는, 사내가 허우대에 비해 약간 호들갑을 떠는 위인인 듯 하다는 인상을 받으며 오오다니라는 성씨만 제대로 확인할 뿐 밑의 이름자까지는 자세히 보지도 않은 채 명함을 받아 넣었다.

"한데 저를 만나자고 한 것은 무슨 용건이신가요?"

하고 다쯔오는 일부러 더 노인티를 보이며 천식 기운이 심한 듯한 목소리를 내었다. 그러나 두 눈은 깊숙한 광채를 내며 번득거렸다.

"네, 실은……"

하고 상대는 약간 기가 꺾이는 표정으로 담뱃갑을 꺼내 탁자 위에 올려 놓고는 탁자 끝에 양손의 엄지손가락을 하나씩을 살짝 짚으며

"참, 어떠시겠습니까. 점심을 먼저 하실까요 아니면 점심 전에 얘기를 마치시는 게 나을는지 좋으실 대로 하시지요."

하고 공손하게 타진을 하듯이 물어 왔다.

"아니 뭐, 얘기부터 하시지요 얘기를 들어 보아서 점심을 먹을 만하면 먹고, 먹어서 안 좋을 것이면 안 먹는 것이겠고"

하고 다쯔오는 다시 한번 튕기듯이 받았다.

사실은 다쯔오는 어제 전화를 받으면서 자칫 실수를 했던 것이다. 전화 수화기를 들자마자 저편에서 오오다니라고 하여 얼결에 박훈석의 편지와 연결시키면서

"그러면, 만주에 있던 오오다니 기로오씨라는 말입니까?"

하고 물으며 실수라고 느끼는데 저편에서도 대단히 뜻밖이라는 듯 잠시 아무 말도 못하고 있던 것이다. 다쯔오도 이미 내뱉은 말을 도로 걷어 넣을 수도 없어서 그냥 침묵을 지키자 저편에서는 조심스러운 목소리로 서서히 말하였다.

"……네, 바로 그이의 동생이 되는 사람입니다. 그럼 이즈미씨도 우리 형님을 그동안 알고 계셨다는 말씀이군요."

"네, 근간에 어떤 계기로 그런 분이 만주에 있었다는 것이 알아졌을 뿐 저 자신과는 직접 안면이 있었던 것은 아닙니다."

"그렇다면 저도 짐작이 되는군요 실은 제가 선생님을 만나 뵙자는 것도 바로 그런 일환입니다. 내일 점심이나 대접했으면 하는 데 어떻습니까?"

이런 식으로 약속이 되었던 것이다.

따라서 다쯔오를 만난 그의 용건이라는 것도 그 윤곽은 이미 충분히 짐작될만한 것이었다.
"이미 대강 짐작하셨겠지만."
하고 잠시 뜸을 들이다가 담배 한 대를 뽑아 불을 붙이며 상대는 조용히 입을 열었다.
"이즈미 선생께서는 저를 지금 오해하시고 계신 모양인데 그 점 이해는 하겠습니다. 당연히 오해를 받을만 하겠지요 그러나 미리 털어 놓겠습니다만, 저는 선생님이 오해 하시고 계신 바로 그 점의 정반대의 국면을 살고 있는 사람이올시다. 이렇게만 얘기해서는 애매모호해서 알아들으시기 힘드실 테지요 좀 더 솔직하게 말씀 드리겠습니다. 저는 일본 내각조사실 산하의 정보기관에 근무하고 있습니다. 우리 일본이라고 아무리 평화를 구가하고 있을망정 한두 개의 정보기관도 없이 전혀 무방비 상태로 있을 수는 없는 거 아니겠습니까?"
일순 다쯔오는 두 눈이 휘둥그레졌다가 금방 표정이 부드러워지며 친근한 기색이 드러났다.
"옛날에도 저는 관동군 산하 문관으로 근무했었습니다. 북만주 쪽의 공작을 맡고……"
"아, 네 그러셨구먼요"
하고 다쯔오도 반색을 하며 금방 옛날의 상관이나 그렇지 않으면 오랜 동료를 만나기나 한 듯한 착각에 빠져 들었다.
그러자 상대도 금방 보일 듯 말 듯 오만한 어조로 돌아가며 말하였다.
"기실은 우리는 미리 알고 있었던 것이지요 저편에서 선생님 쪽을 노리고 있는 것을 말입니다. 한국에 남아 있는 선생님 자식들과 선생님이 서면으로 연락이 닿을 때부터 우리는 지켜보고 있었던 것입니다. 아니나 다를까 저편에서 움직이고 있는 정보가 속속 들어오더군요. 뒤늦게 이런 얘긴 거듭 죄송합니다만 아드님이 한국에 갔을 때도 그 동정을 조심스럽게 체크했던 것입니다. 그리고 결국은 오오다니라는 사람으로 귀착이 되었지요. 실은 오오다니라는 자도 우리가 먼저 캐취한 것은 아니었습니다."

하고 상대는 다쯔오를 건너다보며 히죽이 한번 웃었다.

"이젠 안심하고 밝히겠습니다만 저는 오오다니가 아닙니다. 그 오오다니의 동생은 따로 있고 저는 그렇게 행세했을 뿐이지요. 미안합니다. 그러니까 좀 전에 받으신 그 명함은 이리 내시지요. 이 자리서 찢어버립시다."

다쯔오가 어리뻥뻥한 얼굴로 조금 전에 받았던 명함을 꺼내주자, 발기발기 찢어서 포켓에 넣었다.

"저편 쪽에서 먼저 오오다니(그러니까 만주 있던 그분의 동생이지요) 쪽으로 작용을 가하고 있는 걸 캐취한 우리도 뒤늦게 그쪽을 캐어 들어가니 아니나 다를까, 당신의 옛날 한국인 처의 현 남편이 떠오르더라 이런 얘기입니다. 따라서 저편 쪽에서 당신에게 어떤 작용이 올 것이라는 예견 밑에 선수를 써서 제가 오늘 당신을 만나고 있는 겁니다. 아시겠습니까?"

다쯔오는 입을 조금 벌리며 백치처럼 머리를 두어 번 끄덕였다.

"그리고 그저께 저녁에 당신 아들이 어떤 사람 하나를 만났는데 당신

아들은 그 자를 지레짐작으로 저편 쪽 사람으로 지금까지도 알고 있을 겁니다. 그러나 실은 그 사람도 우리가 그렇게 위장을 했던 겁니다. 우선 당신 아들이 한국에 갔다 와서 어떤 상태인가 하는 것을 알아보기 위해서 말입니다. 그런 방법이 가장 정확하게 제 모습을 드러내 주니까요. 하지만 69년에 당신 아들을 찾아갔던 사람은 진짜 저쪽 사람일겁니다. 어떻습니까. 이제 대강 사태의 윤곽이 잡히시리라 믿는데.”

"아니, 저는 아직 뭐가 뭔지 도통 모르겠습니다. 우리 아들이 그저께 저녁에 누굴 만났다는 얘기도 금시초문이고 말입니다.”

"아들이 그런 소리를 않던가요?”

"않던데요.”

"별로 좋은 소리도 아니니까 그랬을 테지요. 게다가 부자지간에 그 문제에 들어서는 이견이시니까, 괜히 긁어 부스럼이라는 생각도 계셨을 게고.”

"환히 꿰고 계시는구먼.”

"옛날에 겪어 보셨을 텐데요 선생님도 하긴 옛날과 비교해서 엄청나게 발전을 했지요 과학 기재들도 기막히고 말입니다. 일상성이라는 허울을 추호도 손상시키지 않자니까 그럴 밖에 없지 않습니까”

"그렇다면 오늘 저를 만난 것은 이런 정도로만 국한되는 겁니까. 아니면······”

"네, 그야 이런 정도라면 굳이 만나자고 할 까닭이 없지 않았겠습니까. 이런 일에 종사하면서 이 정도의 윤곽을 털어 놓는 것은 첫째는 선생님을 믿을 만하기 때문이고, 둘째는 우리 일에 좀 더 실효 있는 협조를 해

주십사는 겁니다. 아드님에게는 당분간 전혀 극비를 지켜 주셨으면 좋겠고요."

"아들 일이라면 걱정 마십시오. 한데 제가 선생일을 도울 방법이 어떤 게 있습니까?"

"진짜 오오다니씨를 선생님께서 만나 주셨으면 합니다. 저편에서 구체적으로 접근하기 전에 우리가 먼저 선수를 쓰자는 것이지요 저편에서는 우리가 그들 올가미에 걸려들고 있다고 개가를 부를 것이지만 개가란 마지막 결과를 보아야 하는 것 아니겠습니까. 우리는 그들 올가미에 걸려드는 척 하면서 실은 더 큰 올가미 하나를 뒤에 준비해 두고 있다, 이런 얘기입니다. 어떻습니까. 보수는 섭섭하지 않게 적절히 해 드리겠습니다."

"알겠습니다."

하고 다쯔오도 쾌히 응낙을 하고는

"실은 문제의 박씨라는 사람, 저의 옛날 한국인 처의 현 남편 성이 박씨입니다에게서 저에게 편지가 왔습니다. 물론 제 아들이 직접 갖고 온 것이지요 그 편지로 저는 그 자가 옛날 고용주였던 오오다니라는 자와 줄을 대었으면 하고 있는 것을 알았지요. 저에게 거듭거듭 부탁을 하더군요. 그 사람을 수소문해 달라고"

"네, 바로 그거지요 그렇게 한국에 살고 있는 그 사람은 순진하게도 제 발로 자진해서 올가미에 들어가고 있다 이겁니다. 한데, 그 편지라는 것을 좀 보여주실 수는 없겠습니까."

"힘들지 않습지요."

하고 다쯔오는 시원스럽게 대답하였다.

3

이틀 후 다쯔오는 내각조사실 산하의 모모기관에 있다는 그 자가 일러 준 대로 진짜 오오다니를 찾으러 나섰다. 물론 오오다니라고는 하지만 옛날 만주시절의 그 오오다니는 죽고 그 막내 동생 되는 사람이었다. 이를테면 박훈석의 부탁을 이행하는 셈이었다. 그편 쪽에서야 죽은 형님이 살았던 때의 일이어서 처음부터 그닥 관심을 안 보일 것이다. 그래서인 가 다쯔오는 약간 주뼛거려졌다. 이게 웬 사서 고생인가 싶기도 하였고 한편으로는 이 정도로 꼬여들고 얽힌 일이면 늙은 자기에게는 힘 부친 일이겠다는 생각도 하였다.

하긴 이점은, 어제 만났던 그 자도 제 쪽에서 미리 알아서 지껄이던 것이었다.

"아무튼 이즈미 선생도 이젠 늙으셨습니다. 그전 한창때 같았으면야 이런 일, 그야말로 우선 신바람이 났을 텐데 말입니다. 반도경영이라든지 만주경영, 중국대륙경영이라는 말부터 얼마나 신명나는 말이었습니까. 그 무렵 숱한 낭인들이 일거리를 찾아서 만주로 중국으로 흘러들던 일을 생 각해 보십시오. 그 무렵의 이즈미 선생이야 그런 낭인들에 비기겠습니까. 그 낭인들을 두름으로 엮어서 활용해야 하는 바로 그런 중추였지 않았습 니까. 그러나 이젠 이즈미 선생도 늙으셨고 시대도 달라졌습니다. 하지만 여전히 우리 일본으로서는 반도경영이라는 것이 큰 비중을 차지하고 있다 이거예요. 달라진 점도 있지만 근본은 마찬가지이지요. 그전 하고 접근법이 조금 달라졌다면 달라졌을까요. 하긴 저 같은 피라미가, 그때 세월을 살아보지도 못한 주제에 이런 소리 지껄이는 실례를 용서하십시오. 그러나 그때나 이때나 나라의 깊은 저변을, 끝을, 감당하는 것은 이 분야가 아니겠습니까. 한데 이것이 그때는 너무 설익게 두드러졌었지요. 이를테면 이런 것 아니었을까요. 겨우 철이 드는 나이에 세상이치가 알아졌다고 스스로 자처할 때 자칫 위험해지는 일 말입니다. 그 이치를 너무 과장해 버려서 지나치게 치닫는다 이 말입니다. 패전 전의 일본이 그랬지요. 일청日淸 일로日露 두 전쟁에서 재미를 보고 제1차 세계대전에서도 곁다리로 껴들어서 재미를 본 맛이 그만 너무 과하게 들어서 죽을 둥 살 둥 모르게 내달은 셈이거든. 그러나 일본도 이젠 다릅니다. 어느 분야를 막론하고 다 그렇겠지만 특히 이 분야가 그렇지요. 필요 불가결한 상황이 아니면 바깥으로 표를 드러내지 않는다 이겁니다. 지금의 일본 민주주의란 뭐겠습니까. 한마디로 도시 중심의 일상성이에요, 일상성. 그걸 지켜주면 되는 겁니다. 소위 흔하게들 운운하는 민주주의 고전적 정의들이나 그 비슷한 소리들은 배우는 학도들에게 맡겨두면 되는 것이고, 그러저러한 숱한 정론 이설들은 출판사에 맡겨두면 되는 것입니다. 저희들끼리 무슨 소리든 하게 내버려두는 거지요. 그런 거야 어차피 세상을 움직여가는 요체는 못되는 것이니까요. 그렇다면 우리 입장에서는 민주주의란 뭐냐, 생활적인 차원에서 접근하면 되는 겁니다. 이 시대의 일본을 사는 개개의 일본인으로 하여금 일상성이라는 감각에 추호도 손상이 안 가도록, 추호나마 불균형감이 안 생기도록만 배려하면 되는 거지요. 숱한 정치꾼들도 의정단상에서 제멋대로 지껄이면서 기분이나 내도록 만들어 주는 겁니다. 그게 어쨌다는 얘기입니까. 여론이라는 것이 이런 사회에서는 무서운 힘을 발휘하기도 하지만 그건 어느 한계까지고요 수상 한두 사람이 바뀌었다고 해서 간단히 어찌될 우리나라는 아니다 이겁니다. 아니 차라리 수상쯤 한둘이 바뀌어 지는 차원이 아닌, 좀 더 깊은 차원에서의 변화에 장기적인 안목으로 대응해 가는 것이 우리 작업이다, 이런 말씀입니다. 복잡하게 생각할 필요가 없는 거지요. 이즈미 선생이나 제 차원에서 생각하는 일본의 국익이라는 것은 한반도가 현재의 한반도대로 있어야 한다는 것이 대전제가 아니겠습니까. 그들의 분단에 대해서 우리가 속을 썩힐 이유는 없는 거다 이겁니다. 구라파의 독일을 보세요 통일된 독일을 바라는 나라는 구라파의 독일 주변 국가들 중에 한 나라도 없다는 얘기입니다. 구라파 중원에 통일된 독일 국가가 생기게 되는 경우 주변 국가들은 모두가 다시 공포에 휘말려 들어야 한다 이겁니다. 일본과 한반도의 관계는 독일과 그 주변 국가와의 관계하고는 그 유형을 조금 달리하고 있지만, 그러나 중국대륙을 중공이 차지하고 있다는 점을 그리고 지나간 30년간의 소련의 비대를 아울러서 생각해야 한다 이거예요. 다 아시는 얘기를 너무 지저분하게 지껄였습니다만, 요컨대 저희들이 이즈미 선생에 착안한 것도 우리들에게 날로 험하게 작용해 오는 한반도 정세의 일환으로 이즈미 선생의 옛날 경력이 우리로 하여금 믿음직하게 했다 이런 얘기지요. 그래서 이미 짐작하시겠지만 이즈미 선생이 도와줄 수 있는 한도 안에서 우리를 도와달라는 것이올시다. 방금 그 박씨라는 사람의 편지로 새삼 확인이 된 셈이지만, 그 사람은 순진하게도 제발로 와서 올가미에 걸려들려고 하고 있다 이거예요. 그야 우리 입장에서 궁극적으로 따진다면 이해 상관으로 보아서도 별것은 아닙니다만 남한의 입장에서는 반드시 그렇지도 않습지요. 그들의 입장은 그야말로 첨예하니까요. 북쪽 공기의 낌새만 느껴져도 금방 질겁을 하는 형편이고 당연히 그럴만한 정황인 겁니다. 어쨌든 우리는 우리의 국가이익으로 접근할 밖에 없는데 이런 경우, 어느 정도의 남북 양편에 대한 객관성을 유지하면서(바로 이점이 우리 일본의 냉혹한 시선이기도 하겠지요)만 한편으로 실은 남쪽과의 유착관계는 어쩔 수 없다, 이 얘기입니다. 그래서 다시 본 얘기로 돌아갑니다만 저편에서 손을 쓰기 전에 선생께서 오오다니씨를 만나 그 박씨와의 연결을 유도해 주시고 만일 그 후에 저편에서 작용해 올 경우(어차피 자금상으로 올 텐데요)에도 그것을 선생께서 앞장에 나서서 유도해주셨으면 하는 겁니다. 심지어는 저쪽에서 아직 눈을 못 뜨고 있을 때는, 슬쩍 콧김을 보여서 깨우쳐 주도록 하여 우리가 놓은 덫에 그들이 걸려 들어오도록 해줬으면 하는 건데 물론 이 영역까지는 이즈미 선생이 맡을 수도 없고 맡지 않으셔도 다른 루트로 해볼 작정입니다만……"

이렇게 지껄였던 것이다.

우선 다쯔오는 몇십 년 만에 접하는 이런 분위기에 뿌듯하게 아름이 차면서도 뭐가 뭔지 어리뻥뻥해지지 않을 수 없었지만 그런대로 다쯔오는 이 일을 쾌히 맡아 나섰다. 그야말로 흔쾌히 나섰던 것이다.

그러나 그 자와 헤어지고 나서 이틀 동안 모든 일을 자기 나름으로 소화를 하기 위해서도 다시 조리를 세워 정리를 해보려고 하였다.

결국 사태의 진면목은 간단명료하게 따져서 이렇다.

첫째, 다쯔오의 한국인 첩과 그 소생의 두 남매가 남한으로 나와 있다. 그런데 그녀는 이미 월남하기 전부터 박훈석이라는 새 남편을 얻어 그쪽으로도 여러 남매를 두고 있는 모양이다.

둘째, 다쯔오 소생의 남매 가운데 하나인 게이스께(성갑)가 조치원 근처에서 양어장을 하고 있는데 그 운영이 신통치 못한 모양이다.

셋째, 박훈석은 옛날 만주시절에 향수를 느끼고 있는 자인데, 그때의 고용주였던 오오다니에 연줄을 대었으면 하는 생각이고, 한편으로 현재의 아내와 게이고 게이스께 남매를 두고도 일본 쪽으로 줄을 대보았으면 하고 여간 고심하지 않고 있다.

넷째, 게이스께 남매와 그 모친은 일본 쪽과의 연결을 조심스럽게 피하고 혼혈임을 창피하게 부끄럽게 여기고 있고 소위 왈 그들의 이 민족적 자존심 내지 긍지라는 것에 게이조오도 같이 휘말려 있다.

다섯째, 이런 낌새를 알게 된 박훈석은 게이조오를 단념하고 직접 자기(다쯔오)와 얘기를 하고 싶어 하고 자기를 통해 게이조오에게 작용을 가했으면 하고 있다.

바로 이것이 사태의 기본 정황인 셈이요 여기에 남북이라는 체제의 분위기도 껴들면서 삼각관계로 복잡해지고 있다. 그 요점을 더듬어 보면,

첫째, 한반도의 북쪽은 어떤 수단으로든 박훈석과 줄을 대려고 노리고 있다. 그 길은 당장은 일본을 통하는 길 밖에 없다. 박훈석이 월남하기 훨씬 전에 그들의 당원이었다는 점에 미련을 버리지 못하는 것이다.

둘째, 박훈석의 처의 옛날 남편인 다쯔오가 일본에 살아 있다는 것을

그들은 알아냈고, 다쯔오의 아들 게이조오가 소위 왈 일본 안의 진보주의자임을 알고 있다.

셋째, 다쯔오라는 사람은 한반도의 북쪽 입장으로서는 가장 접근하기를 꺼리는 쪽의 사람이다. 왜냐하면 옛날 구일본의 조선경영 전위로 참여했던 사람이고 구시대의 발상법을 그대로 지닌 사람이다. 그러니 게이조오도 탐탁하게 여기지 않는다. 생각은 건전할지 몰라도 사람이 너무 약하다.

넷째, 그런대로 그들은 결국 양면으로 접근하려고 한다. 그 하나는, 어쨌든 게이조오를 이용하여 게이스께 남매와 줄을 대려는 것인데 이쪽은 매우 껄끄럽다. 게이스께 남매나 그 어머니의 자존심, 긍지 같은 것으로 하여 자금 파이프 같은 것을 대기가 힘들다. 그러나 공작의 가장 일반적인 첩경은 돈을 통하는 것이지만 그것이 전부는 아니다. 게이조오를 통한 게이스께 남매에의 작용은 조금 장기적으로 생각해야 하고 속성으로 효과를 낼만한 것이 못된다. 왜냐하면 이 세계는 정정당당하고 도덕적인 결백함보다는 약점을 통한 공포 조작, 위협감 같은 것이 더 빠르고 효과적이기 때문이다. 이 점에서는 자금 파이프이야말로 으뜸이다. 돈을 몇 번 보내놓고 그쪽에서 덥석덥석 받아 쓴 다음에 그 돈의 정체를 밝혀 이쪽 얘기를 듣지 않으면 하고 공갈을 한다. 그 방법은 가장 낡은 방법이고 도덕적으로도 치사하지만 그러나 효과는 빠르다. 결국 그들은 이 방법에 주안을 두어 박훈석 쪽에 줄을 대려고 혈안이 되고 있다. 박훈석과 줄을 대었으면 하는 것이다. 박훈석의 탐욕, 집념 등 성격적으로 이런 일의 적격자로 탐탁하게 여기고 있다.

다섯째, 그들이 박훈석을 노리고 있다는 것을 일본의 기관은 눈치 빠르게 간취하였다. 그러나 일본 측은 이것을 섣불리 드러낸다든가 한반도 남쪽의 비슷한 기관에 알려줌이 없이 이 일에 독자적인 공작 방안을 생각한다. 물론 대전제에서는 한반도 남쪽과의 유착관계에서 출발하지만. 결국 일본 측은 그들보다 선수를 써서 그들이 작용해오는 것을 기다리고 거꾸로 이용하려고 면밀하게 계획을 짠다. 심지어 그들을 그러도록 유도하려고까지 한다.

여섯째, 한반도의 북쪽에서 일본에 은밀한 형태로 나와 있을 에이전트는 일본의 박훈석을 둘러싼 이런 공작 방향을 아직은 모르고 있을 것이다. 그러나 후에 알더라도 크게 상관은 없다. 그때부터는 서로의 싸움이다. 손익계산은 끝장에 가야 결판이 나게 될 그런 성질의 싸움이다. 이 경우, 대전제에서 유착관계에 있는 한반도 남쪽의 비슷한 기관에 알리지 않는 이유는 다름이 아니다. 그들은 너무 빨리 덮쳐 버리기 때문이다. 한반도 남쪽은 그들대로 첨예하게 걸려있는 남북관계로 볼 때 그러지 않을 수가 없다. 장기전에 걸친 손익계산은 차치하고 제 영역으로 침투해 들어오는 모든 싹부터 분질러 버리자는 것이다.

바로 이상과 같이 복잡한 사태에 껴들어간 것이 다쯔오 자신인 것이다.

다쯔오는 계속해서 생각한다.

물론 그 자 말대로인지는 모른다. 세상 움직여가는 것, 역사가 만들어져 가는 것은, 바깥으로 보이는 상태로서이기보다는 소위 정보전이라고 불리우는 은밀한 싸움의 승패가 가름하는 것인지도 모른다. 체제의 가장 끝을 담당하는 것이 그것이다. 그러나 그러한 차원의 발상이 비대해지면 비대해질수록 상식적인 접근이 불가능해져 버리고 만다. 그들이 가장 배려하고 있는 것은 일반시민으로 살아가는 일상감각에 추호나마 동요가 없도록 하자는 것이지만, 그들의 실황은 상식에서 벗어져 있는 것이다. 이 모순은, 실은 적대하는 상호간이 매일반이어서 묵시적으로 양해가 되어 있는 셈이지만 정작 이 세계에 몇십 년 만에 껴든 다쯔오는 일말의 당혹감을 느끼지 않을 수 없었다.

차라리 내각조사실 산하의 모기관에 있다는 그 자를 만나지 않느니만 못하다는 생각인 것이다. 차라리 그런저런 사정을 전혀 몰랐던들 다쯔오는 제 생각대로만 쉽게 이 일에 접근 했을 것이 아닌가. 이를테면 사방으로 수소문을 해서 오오다니를 만났을 것이고 곧 박훈석에게도 편지를 띄워서 자연스럽게 두 사람을 이어 놓았을 것이다. 그러는 편이 도리어 신명도 나고 재미도 있었을 것이라는 생각이다. 처음부터 끝까지 일상성이라는 외양 속에 흠뻑 빠져 있는 편이. 그러나 정작 그 자에게서 그런 밀명을 받고 보니 같은 일일망정 뭔지 뒤숭숭하고 불편스럽고 복잡하다는 생각에서 헤어날 수가 없다. 이 일에의 가치 부여가 너무 무거워진 것이다. 그만큼 다쯔오는 편편하지가 않고 어깨가 무겁다. 도리어 다쯔오는 지금, 아들인 게이조오에게 일말의 선망 비슷한 느낌조차 느끼고 있었다. 처음부터 이런 세계와 상관 될 소지라곤 전혀 없이 아버지의 성화에 못 이겨 훌쩍 한국으로 건너갔다가 돌아와서 손 싹싹 씻고 본래의 제 생활로 돌아가 있는 셈인 게이조오가 무척 부러워지는 느낌인 것이다. 도대체 지팡이에 기대어서만 엉금엉금 걸어 다니는 이 늙은 주제에 분수없이 이게 무슨 꼴인가. 일본 제국에의 충성심이라는 의협심 비슷한 것으로 너무너무 손쉽게 말려들었다는 것이 스스로 어이가 없기도 하였다.

다쯔오는 머리를 설레설레 흔들며 문제를 애초의 원점으로 돌려놓으려고 애썼다.

'어쨌든 나는, 가장 간절한 목적이 작은마누라나 그 소생의 아이들이다. 그들이 새 남편과 새 의붓아버지를 가졌대도 만나고 싶고 도와주고 싶다는 내 생각에는 변함이 없다. 다행이 그녀의 현 남편은 당사자들보다도 제 쪽에서 먼저 내 쪽으로 줄을 대려고 한다. 도움을 청하고 있다. 이것을 받아들여야 할 것인가, 안 받아들여야 할 것인가. 문제는 여기에 귀착된다. 당연히 받아들이는 것이 사람 사는 상식이다. 그 밖의 복잡한 것은 그 복잡한 일에 종사하는 사람에게 맡겨버리면 그뿐이다.'

결론인 셈으로 이렇게 생각하였지만, 여전히 한구석 찜찜하기는 하였다. 어쨌든 일이 이런 차원으로 벌어지는 한은 자기 생각대로만 낙착되도록 단순하지는 않을 것이라는 점이 집요하게 가슴 한구석을 물어뜯는 것이었다.

다쯔오는 신주쿠에서 버스를 내려 오오다니상사 빌딩 정문을 마악 들어서면서 흠찔하고 놀란 듯이 조금 당돌한 짓이라는 생각을 했다. 지금까지도 다쯔오는 구체적인 요량은 정작 아무 것도 없는 것이다. 이런 일은 미리 준비해서 될 일이기보다는 닥치고 나서 보아야 한다는 생각이기도 하였지만, 꾸역꾸역 생각하면 생각할수록 문제의 해결은커녕 다시 수세미처럼 그 복잡한 판에 껴들게 될 거라는 우려에서였다. 우선 담담하게 자기는 박훈석의 의향을 전해 주면 그뿐이다, 하고 생각하였다. 그 이상도 이하도 아닌 것이다. 그러나 전해 준다는 이 일도 정작 저편으로서는 여간 당돌하지 않을 것이다. 본 당사자도 아니고, 이미 묵은 형님의 일일테니 당연히 그럴 것 아닌가.

그러나 다쯔오는 어금니를 사려 물며 엘리베이터에 올라탔다.

비서실에서도 약간 의아해 하였다. 다쯔오의 늙은 모습으로도 그렇고, 만날 용건이라는 것도 구름 잡는 얘기여서 요령부득인데다가 천식기운이 있는 가랑가랑한 목소리도 여간 답답하지 않았던 것이다. 그러나 다쯔오는 버티었다. 단 2분만이라도 만나서 얘기를 전할 의무가 자기에게는 있노라고 사뭇 버티었다. 비서실 측에서도 이런 고집불통 늙은이를 댈롱 들어 안아 내쫓을 수도 없었던지, 비서 두엇이 저희들끼리 쑤군쑤군 하더니 한 사람이 안으로 들어가는 눈치였다. 오오다니 본인에게, 이런저런 사연으로 이런저런 늙은이가 들어왔는데 아무리 따내려고 해도 따지지가 않는다. 단 2분만이라도 만나야겠다고 고집을 피운다, 그러니 어쩔 참이냐고 물으러 들어가는 모양이었다.

드디어 그 비서가 다시 나와 별 표정이라곤 없이 안으로 안내해 주었다.

문을 열고 들어서자 채광이 잘 된 큰 방이 나타났다. 순간 다쯔오는 눈이 부시면서 조금 얼떨떨한 표정을 하였다. 가무잡잡하게 땅딸막하고 꽤나 정력적으로 생긴 사람 하나가 큰 책상 앞에서 일어섰다. 그리고는 아무 말도 없이 두 엄지 손끝으로 책상 끝을 누른 채 물었다.

"노인, 어디서 오셨습니까?"

"네! 저 실은……"

하고 다쯔오는 일부러 더 늙은 태를 내며 소파 쪽으로 걸음을 옮겼다.

"아, 실례 했습니다. 이리 앉으십시오"

하고 비로소 오오다니는 날렵하게 다가와 다쯔오의 한 팔을 부축하듯이 앉히고는 건너편에 앉아 담배 한 대를 피워 물며 궐련갑을 앞으로 내어 밀었다. 그러나 다쯔오가 손을 내흔들자

"아, 못피우시는군요"

하고는

"무슨 일로 오셨습니까?"

하고 거듭 물었다.

다쯔오는 잠시 짬을 두었다가 조금 쑥스러운 표정을 하며 서서히 떠듬떠듬 입을 열었다.

"실은, 조금 엉뚱하게 여기실는지 모르겠습니다만, 누가 뭘 좀 알아보아 달래서 심부름을 온 셈입니다."

"?"

오오다니는 담배를 들이빨며 아직도 문 앞에 서 있는 비서 쪽을 한번 쳐다보았다.

"네, 말씀하시지요"

"그러니까, 댁이 오오다니 기지로오 선생의 제씨가 되시지요?"

"네? 그 분은 돌아가셨습니다만……"

"네, 압니다. 저도 압니다."

하고 다쯔오는 급하게 받고는 다시 물었다.

"선생은 옛날 그분이 살아 계실 때 만주에 같이 계신 일은 혹시 있었는지요?"

"만주요? 네 옛날에는 저도 그곳에 있었습니다."

"그럼요 혹시 그 무렵에 댁에 고용원으로 있던 박훈석이라는 한국인을 기억하시겠습니까?"

"글쎄올시다. 원체 고용인이 많았으니까 일일이 기억할 수는 없습지요."

"아니, 고용원이라고 하지만 댁의 집에 같이 살면서 자동차를 끌었던 모양인데요."

오오다니는 잠시 그 무렵을 떠올리려는 듯한 표정이더니

"네, 박씨라고 조금 생각이 날 듯도 합니다. 그런 조선인이 한 분 있었습지요. 한데 그 분이 어쨌습니까?"
하고 되물었다.

다쯔오는 더욱 더듬거리듯이 말하였다.

"실은 그 사람이 남쪽으로 나와서 살고 있습니다."

"남쪽이라니요? 한반도의 남쪽 말입니까?"

그게 저희들 하고 무슨 상관이냐는 듯이 오오다니는 다시 비서 쪽을 흘깃 건너다보았다. 그냥 거기 서 있다가 눈짓을 하면 이 자를 끌어내라는 듯이.

"그렇습니다. 실은 제 자식되는 사람이 최근에 한국으로 갔다가 왔는데 그 박씨라는 분이 옛날의 고용주였던 오오다니 선생의 생사여부를 알아달라더군요. 본인이 돌아가셨으면 그 유족이라도 그래서 여기저기 알아보았더니 본인은 이미 고인이 되시고 그 계씨 되는 선생이 여기 있다기에……"

"네에……"

하고 오오다니도 비로소 떠름하게 받으며 담뱃재를 재떨이에 털면서 머리를 끄덕끄덕 하였다. '역시 싱거운 일이었군.'하고 생각하는 듯 또 한 번 비서 쪽을 건너다보더니

"네에, 그런 용건이셨군요. 하지만 원체 옛날 일이고, 또 당사자인 형님은 돌아가셨으니까 저들 하고는 별로 상관이 없는 일 아니겠습니까?" 하고 지껄이다가 이런 노인 앞에서 굳이 긴 사설을 늘어놓을 필요도 없겠다고 생각하는 모양으로

"그뿐입니까? 노인이 여기까지 어려운 걸음을 하신 용건이 말입니다." 하고 약간 신경질 섞인 억양으로 물었다. 다쯔오도 그편에서 말이 떨어지자마자

"실은 그 박씨라는 사람은 저의 옛날 한국인 작은마누라의 현 남편입니다. 조금 더 부언하자면, 저도 옛날에는 한국에 나가 있다가 선생이랑 만주에서 철수 할 때 그곳에서 철수해 돌아온 사람이지요. 저 자신은 그 박씨라는 사람과 그런 관계에 있기 때문에 실은 그 사람의 부탁으로……" 하고 들이대자 이번에는 오오다니 쪽에서 다쯔오의 말을 되잡아서 물어왔다.

"그 박씨라는 사람이 제 형님의 유족이라도 알아보아 달라는 그 목적은 무엇인지요? 삼사십 년이나 지난 지금에 와서…… 저희들로서는 조금 엉뚱하다고 아니할 수가 없군요.

"글쎄요, 엉뚱할까요? 오늘을 바쁘게 살아가는 사람들은 하긴 엉뚱하기도 할 테지요. 하지만 제가 보기에는 그 박씨라는 자는 지금까지도 옛

날에 대한 향수에만 젖어서 사는 사람 같아 보이더군요. 그럴 수도 있을까 하고 선생은 생각하시겠지만 그건 그렇지가 않는 겁니다. 다아 사는 나름이고 사람 나름일 터이니까요. 사람은 누구나 가장 행복했던 지난날을 못 잊는 법 아닙니까. 오늘날 이 정도로 성공하신 선생의 입장에서는 만주시절 같은 것이 도리어 그 후의 철수할 때의 고생 때문에도 그저 을씨년스럽기만 하실 테지만 말입니다. 그 박씨의 경우는 전혀 다른가 보더군요. 그럴 법도 한 일 아니겠습니까. 종전 후 한반도의 북쪽에서 살다가 6·25로 남쪽으로 나와서 살았지만, 이때까지의 세월을 통틀어서 그 옛날 만주시절만큼 좋은 세월이 없었다고 여겨질 때 말입니다. 제가 보기에는 박훈석의 선생에 대한 감정은 그런 일종의 그리움이랄까, 대강 그런 일환인 것 같더군요. 본인이 돌아가셨으면 그 유족이라도 알아보아 달라는 것은."

다쯔오가 떠듬떠듬 이렇게 지껄이자 비로소 오오다니의 두 눈매에도 약간 부드러운 기색이 떠올랐다. 그렇게 그는 비서 쪽으로 다시 눈길을 돌려 차 한잔을 가져오라고 일렀다. 이런 정도의 용건이라면 가벼운 호기심 정도는 느껴진다는 얼굴이었다.

"한데 저로서 궁금한 일은."
하고 오오다니는, 마침 바쁜 일도 없는 한가한 틈이라 이런 일로 시간 소비하는 것쯤 아깝지는 않다는 듯이 비죽이 웃으며 물었다.

"노인께서 이 정도의 일에 이토록 어려운 걸음까지 하시는 이유는 뭡니까? 별로 대수롭지도 않은 일에."

"그야 선생께서는 대수롭지 않을 테지만 그쪽은 그렇지가 않으니까요 또 실은, 저도 이런 일 정도에 이 지경으로 대어들만큼 평소에 할 일이 없다는 얘기도 되겠지요. 사람은 할 일이 없으면 더 늙어지는 법이어서 억지로라도 할 일을 만들라고 하지 않습니까."

"네 그러시구면요"

하고 오오다니도 웃고 다쯔오도 따라 웃듯이 비시시 웃었다.

소녀아이가 차 한잔을 날라와 다쯔오 앞에 놓았다.

"자, 드십시오."

하며 오오다니는 아무리 무해무득한 일이지만 이 정도에서 노인을 따내야겠다고 생각하는 표정을 역력히 드러내며 말하였다.

"그러니까 어떻습니까. 저로서는 조선사람으로 한반도 남쪽에 그런 사람이 살아 있다, 그렇게만 알면 그것으로 족한 일이겠습니다. 이를테면 그 옛날 우리 집에 고용되어 있던 조선사람 하나가 지금까지도 우리 집을 못 잊어하고 그리워하고 있다, 이렇게만 알면 그것으로 족한 일이겠습니다. 그렇다면 그 사람의 주소와 이름이라도 적어서 비서실에 맡겨두시지요. 솔직하게 말씀드리지만 그걸 적어 달라는 것도 특별한 관심에서라기보다는 일종의 요식 행위 비슷한 것이지오만."

"아니요 그럴 것은 없겠습니다. 한국에 사는 그 박씨는 그냥 선생의 반응만 알아달라는 것이었으니까요"

"네? 반응이라니요?"

하고 갑자기 오오다니는 꿈틀하듯이 긴장을 하며 다쯔오를 쳐다보았다.

"그러니까 그쪽에서는 우리에게 뭔가 바라고 있는 셈인가요?"

"네, 직접 제 자식에게 얘기는 않은 모양입니다만, 간접적으로 비치기는 하더랍니다. 퇴직금 한 푼 못받았노라고 말입니다. 물론 그 당시로서는 불가피했던 일이었겠습니다만."

"네? 퇴직금이라고?"

하고, 오오다니는 더욱 뜻밖이라는 듯이 표정을 굳히며 다쯔오를 쳐다보았다.

"아니 뭐, 딱이 그런 것을 바라는 것은 아니구요 이를테면 그런 건 있지 않겠습니까. 옛날 그때를 그리워한다는 것은 그냥 그런 그리움만도 아니기가 쉬운 것이지요. 그 어떤 연줄 같은 것을 다시 가졌으면 하는 바람이 아니겠습니까. 이렇게 되면 제 입장을 좀 더 솔직하게 말씀 드려야겠군요. 저는 이미 말씀했다시피 그 사람의 지금의 아내가 옛날 저의 작은마누라였다는 상관으로 선생을 만나고 있는 겁니다. 아무리 심심한 늙은이일망정 전혀 상관도 없이 이런 일로 이렇게 찾아왔을 리는 만무하지 않겠습니까. 그러니까 거듭 말씀이 됩니다만, 저는 그 사람의 일본 현지 대행 비슷하게 지금 선생을 만나고 있는 겁니다. 더욱이 저로서는, 작은마누라 소생의 두 자녀를 지난 근 삼십 년 동안 그 자에게 맡겨 두었던 셈입니다. 이를테면 적지 않은 신세를 진 셈이지요. 물론 저의 두 자녀는 이미 결혼을 했지만 그 사이 교육이며 일체의 비용은 그 사람이 감당했을 것 아니겠습니까. 그렇다면 의당 그 사람은 저에게 그런 보상을 요구해 나설 수도 있는 겁니다. 그야, 그쪽에서는 노골적으로 그렇게 요구해 온 것은 아닙니다만요. 감정적으로는 저로서도 그 낌새가 느껴진다 이 말입니다."

"잠깐, 노인."

하고 차츰 표정이 굳어지던 오오다니는 여기서 다쯔오의 말을 막았다.

"그 사람과 선생과의 상관되는 얘기는 저로서 별로 흥미를 못 느낍니다. 그건 노인과의 문제니까요. 그러나 상식적으로 생각하더라도 제 쪽에서 그 사람에게 부담을 느껴야 한다는 법은 없지 않겠습니까."

"그야, 그렇지요만. 하지만 선생과 저는 동족이올시다."

"동족이라니? 그게 무슨 얘기입니까? 그게 이 일과 무슨 상관이 있다는 것입니까."

"저 자신이 이런 얘기를 하기는 실은 조금 쑥스럽습니다만, 조선사람들에 대한 도의적인 책임은 우리 일본사람들이 되도록 공동으로 느껴주었으면 하는 거지요. 이 일만 해도 그렇습니다. 박훈석은 제 조선인 작은 마누라의 현재 남편으로서 그동안 삼십 년 동안 본의 아니게 제가 신세를 진 셈이지만 선생은 선생대로 그 사람에게 빚이 있는 겁니다. 물론 그건 선생 자신이 아니라 선생의 형님과 상관되는 것입니다만."

"노인이 하시고자 하는 얘기가 무슨 얘기인지 짐작은 됩니다. 그러나 그런 건 고루하고 시대착오적이지요. 거리에 나가서 누구나 붙들고 물어보세요 그런 얘기가 먹혀 들어가는가. 도대체 노인은 분명하게 무엇을 원하고 있는 겁니까?"

비로소 다쯔오는 비시시 웃으며 얘기의 억양을 바꾸었다.

"저는 선생에게 뭘 요구하러 온 것은 아니올시다. 기실은 선생에게 도움이 될 만한 것이 있는데 이게 구미가 당기는가 알아보려고 왔습니다. 아직 규모는 작습니다만 앞으로 하기에 따라서는 큰 규모로 성장할 소지도 있는 투자거리가 있어요. 이제 자세히 제 얘기를 한번 들어 보시지요."

다쯔오는 게이스께가 경영한다는 조치원의 그 양어장에 관해서 아는 대로 자세히 설명을 해주었다.

애기를 다 듣고 나서도 오오다니는 조금 엉뚱하다는 생각에서 벗어날 수는 없었으나 그런대로 그 양어장에 대해서는 본능적으로 호기심이 일지 않는 것도 아니었다. 한번 현지 조사 정도는 해 볼만 하겠다고 여겼다.

하긴 그런 투자는 현재의 오오다니상사의 업종으로서는 어울리지 않는 것이라고 볼 수도 있지만, 이때까지 오오다니 자신이 걸어온 길로 볼 때는 돈벌이라는 면에서는 이런 일 저런 일 가려온 일이 없는 것이다. 대외적으로든, 대내적으로든, 벌이가 될 만한 것이면 무엇이나 가리지 않고 대어들었던 것이다. 이런 면에서 오늘날 세계적으로 일본사람들의 별명을 이코노믹·애니멀이라고 한다지만, 오오다니 자신이야말로 그 대표적인 사람이라고 스스로 자처하고 있고 실은 이 점에 스스로 자부심과 긍지까지 갖고 있는 것이다.

이를테면 오오다니는 나름대로의 철학을 지니고 있는데 그것은 만주에서 철수해 온 이후, 일종의 비즈니스맨으로 커오는 동안에 생겨진 세계관 혹은 국가관, 인생관인 셈이었다.

금년에 와서 일본인이 이코노믹·애니멀이라는 것으로 범세계적인 지탄을 받고 있을 뿐 아니라, 국내적으로도 해외에 나가서 활동을 하고 있는 비즈니스맨들에게 나라의 위신을 추락시키고 있다는 비난이 들끓고 있는 점에 대해 오오다니는 이를테면 배은망덕이라고 그 나름대로 울분을 느끼고 있는 것이다.

오오다니가 그렇게 주장하는 근거는 이렇다.

명치시대의 국가 목적이 첫째도 둘째도 부국강병이고 세계 열강들과 맞먹는 수준으로 군사력을 키우는 것이었다면 대정大正과 소화昭和를 겪으면서 태평양 전쟁 전까지는 그 국가 목적이 소위 대동아 공영권의 건설로 집약되었었다. 그리고 패전 이후에는 우선 부흥이었고 일본 경제의 중화학공업화, 국제경쟁력 강화가 첫째가는 캐치프레이즈였다. 사실 오늘날 자원이 적은 일본으로서는 가공 무역으로 밖에는 살아 나갈 길이 없다. 상사들이야 말로, 일본의 부는 물론이려니와 일본의 숨통을 좌지우지하고 있다고 해도 과언이 아니다. 해외상사들이 없다면 일본의 산업은 하루아침에 송두리째 붕괴하게 될 것이다. 밀이나 콩을 수입해 들여오지 않는다면 국민의 식생활부터 유지되지 못한다. 일본의 산업들이 필요로 하고 있는 것을, 숱한 상사들이 제각기 정보망을 구사하여 기동력을 발휘, 가장 싼 곳으로부터 재빨리 필요량을 사 모은 데서부터 오늘과 같은 일본 경제의 기적적인 성장이 달성 될 수가 있었던 것이다. 또한 미개인도 좋고 선진국도 좋으니 사람 사는 곳에 반드시 장사 있느니라고 발가벗은 사람이 살면 섬유를, 맨발의 사람들이 있으면 신을, 환자가 있으면 의약품을, 그런 식으로 닥치는 대로 장사에 대어 들어서 수출을 늘렸고 오늘의 일본을 이룩해 놓은 것이다. 앞으로의 일본 경제를 전망할 때도 그렇다. 자원이 부족한 일본으로서 첫째도 둘째도 상사 기능에 의존하지 않고서는 살아나아 갈 수 없을 뿐만 아니라, 소위 왈 후진국 자원을 살살 꼬여 들이는 경제협력이라는 것이 추진력이 되고 또한 그 첨병노릇을 하기도 하는 것이다.

오오다니만 해도 그렇다. 한때는 동남아의 어느 변경에까지 가서 여간 고생을 하지 않으면 안 되었던 것이다. 그는 목재 담당이었다. 일본 국내의 그야말로 무한 요청에 부응하기 위하여 오오다니는 눈코 뜰 사이 없이 바빴던 것이다. 현지에 가서도 화려한 거리나 항구에 그저 앉아서 바라는 목재를 구할 수는 없다. 오지로 오지로 들어갈 밖에 없다. 도저히 길이라고는 할 수 없는 인적미답의 길을 지프차로 달리고 소형 비행기를 이용하여 이리저리 돌아다녀야 한다. 그뿐인가 모기에 뜯기고, 한발 잘못 디디면 그대로 평생이 끝나 버리는 위험한 길도 다니지 않고서는 목적을 달성할 수 없다. 말 그대로 목숨을 내건 일인 것이다. 그러고도 사무실로 돌아오면 건들건들하게 태평인 현지 채용의 고용인들에게 신경이 곤두서면서도, 수송이나 결제의 수순을 마련하고 일본 본사에 전보를 쳐야 한다. 더구나 현지에서 채용한 사람들에게는 그 나라의 사정이나 노동습관에 차이가 있어 일본기업의 노무관리를 그대로 적용할 수 없을 때가 많다. 구미의 지점 같은 곳에서는 현지인 종업원은 거의 귀가해 있고 일본인 종업원만이 잔업하고 있는 경우도 흔하다.

소위 왈 경제협력의 성공한 예로 흔히 거론되고 있는 인도네시아에서, 오오다니 경우도 겉보기의 화려함보다는 가지가지 기막힌 어려움을 거쳤던 것이다. 십여 년 전 일이었다. 현지 사장이라고 듣기는 좋지만, 처음부터 끝까지 제 손으로 해내지 않으면 안 되었다. 그쪽 유휴지를 개간하여 현지의 농업개발과 일본의 사료 확보를 노린 프로젝트였다. 요컨대 이것이 경제협력이라는 것이다. 한데, 원체 굉장한 벽지인데다가 농장 주변에는 큰 구렁이들, 호랑이들이 씨글씨글 하였다. 그뿐인가, 키가 넘는

풀더미는 말라리아모기의 서식처였고 그곳 마을에서 제공해 준 숙사의 침대는 온통 빈대의 덩어리여서 맨흙바닥에서 자지 않으면 안 되었다. 아무리 십여 년 전이라고 하지만 일본인의 생활환경에 익숙했던 사람으로서는 아찔해지는 일이었던 것이다. 노동기준법 같은 것이 있을 리 없고, 그야말로 원초적인 정열과 멸사봉공의 정신 아니고는 해낼 수 없는 일이었던 것이다. 암튼 해외 비즈니스맨은 초인간적이어야 하고 몰인간적인 것이 되지 않을 수가 없다. 바이탈리티가 있고 처음부터 건강한 사람이 채용되지만 그러나 해외주재원으로서 건강을 해친 사람이 날로 늘어나는 형편이다. 최근 선진국 중심의 배치에서 발전도상국이나 환경이 안 좋은 지역의 주재원이 늘어나면서 그 숫자도 늘어나고 있고 현지에서의 외로움과 피로에 지쳐서 노이로제에 걸리는 사람도 적지 않은 것이다.

선진국에 배치된 주재원도 주재원대로 겉보기와는 다르다. 공항의 트랩에서 손을 흔들며 부임해 갈 때는 꽤나 화려해 보이고 현지에 닿아서도 일본에서는 도저히 쓸 수 없는 큰 저택에 자가용차를 굴리고 교재비를 쓰면서 나이트클럽에 출입을 하고 골프장에도 드나들지만 겉보기만 그럴 뿐이다. 나이트클럽에 출입을 하는 것도 상담을 마무리 지으려는 것이요, 유력한 정보를 타사보다 하루라도 빨리 듣기 위한 것이다. 자가용차로 이리저리 돌아가는 것은 본사로부터의 소개장을 갖고 온 거래선의 관광여행자의 안내역을 맡아서인 것이다. 구라파의 어떤 지점에서는 일주일에 일곱 번이나 왕복한 출장비행 경험자가 수두룩하다고 한다. 항공망이 발달한 곳이라 비행기 타기가 수월하다고는 하지만, 토요일 일요일은 쉬는 나라가 많기 때문에 하루에 두 번 출장한 날이 이틀이나 된다는 얘기가 된다. 처음부터 8시간 노동이나 노동기준법 같은 것이 운위될 여지라곤 없다. 그 정도로 바쁘다면 사람을 늘려야 할 테지만, 본사로서는 엄격한 수지타산에 의해 매상이 늘어나 이익이 오르지 않는 한은 더 쓰지 않는다.

최근 아프리카의 모처에서는 동광석 광산의 개발이 진척중인데 이것은 한 상사원의 결사적인 활약으로 이루어진 것이라고 떠들썩하다. 벨지엄령에서 독립하고 얼마 안 된 콩고의 수뇌부가 백인을 기피하여 유색인종과 손을 잡고 자원개발을 할 의향임을 탐지한 현지 주재원은 재빨리 그 수뇌와 접촉, 벨지엄계 광산회사의 동광구 가운데 미개발 부분을 곧 국유화하게 되는데 그 일부를 일본에 돌리게끔 하겠다는 약속을 얻어 냈다. 그러나 콩고는 독립 후에도 내란이 계속되어 각지에서 총격전이 벌어지고 있었다. 이 내란이 끝나면 이제 곧 개발 프로젝트에 착수하게 될 것이다. 그러니 하루 빨리 일본 본사에 연락을 취하여 준비를 서두르도록 하지 않으면 안 된다. 현지 주재원은 총격전이 벌어지고 있는 위험한 속을 극비의 탐광 지도를 아랫배에 감은 채 호텔을 뛰쳐나와 국경으로 달렸다. 그 후 미국계 자본이 자본력만 믿고 대어 들었는데, 이 총격전 속에서의 탈출이 결정적인 계기가 되어 일본 쪽이 선수를 잡을 수가 있었다고 한다. 목숨을 내건 포연 속의 탈출, 그것은 전시중의 군대라면 몰라도 전후 평화와 풍요를 구가하는 일본사회에서는 거의 상상도 할 수 없는 행동양식이었다. 그러나 평화와 풍요를 구가하는 일본사회를 만들어 낸 그 장본인들은 바로 이 사람들인 것이다.

오오다니 생각으로는, 비즈니스맨들의 이렇듯 목숨을 내걸고 자신을 희생시키는 행동은 비단 어제오늘에 시작된 것은 아니라는 생각이었다. 명치시대에서 오늘날까지 비즈니스맨들이 자신의 목숨도 돌보지 않고 오직 나라를 위해 멸사봉공한 예는 수다 하다고 보고 있다. 오늘날에 와서는 비록 상사들의 역할이 많이 변하였고 기능도 많이 진보되었지만, 그 속에서 일하는 비즈니스맨들의 인간적인 발상이나 행동의 패턴은 거의 같다고 하지 않을 수 없고 전통화해 가고 있는 형편인 것이다.

그것은 무엇인가. 우선 비즈니스맨들의 뜨거운 사명감이라고 할 수 있다.

지금 오오다니 자신이 경영하고 있는 종합상사도 일본각지에 수다하게 널려져 있고, 이 회사들의 운영체제는 어느 나라에도 없는 일본에만 독특한 것으로서 일종의 군대식이다. 옛날의 군대는 일단 그 속에 들어가면 나라를 위해서 멸사봉공한다는 분위기였는데 오늘의 상사들도 성격은 다르지만 그와 비슷한 점이 없지 않다. 어느 상사를 물론하고 목적은 국내외의 라이벌에 이기고 매상고를 늘려서 이익을 올리는 일이다. 세계 각지에 지점을 분포하고 미사일부터 라면에 이르기까지 가지가지 광범위한 상품을 취급하고 있는 만큼, 처음부터 복잡한 목표설정은 불가능한 것이다. 그러니 별 수 없이 거의 대부분은 현지에 나가 있는 주재원들의 전략 전술에 모든 일이 위임되어 있다. 또한 거대한 조직임에도 정보 시스템을 완비함으로써 해외 주재 비즈니스맨과 본사 중추가 직결되어 있어 현지 의향도 금방금방 빨아올리도록 되어 있다. 게다가 회사를 위해서 일한다는 것은 곧 나라를 위하는 길이고, 그것은 동시에 자기의 승진이나 급여에도 이어진다는 가치관으로만 일관되어 있다. 사내의 시스템부터 능력주의라는 이름 밑에 이것이 관철되어 있는 것이다. 해외 주재원의 자유재량이 최대한으로 살려지는 만큼 사명감도 곁들여져서 분명한 행동으로 나타나는 일도 비일비재하다. 더구나 큰 상사의 경우 사원 전체가 만 명 가량인데 해외 주재원은 불과 7~8백 명 정도이니, 상사에 근무하는 것 자체가 엘리트 비즈니스맨인데, 해외주재원은 그 가운데서도 다시 선택된 사람들이라고 할 수 있다. 따라서 상사들의 기대와 동료 후배들의 선망을 모으며 공항의 트랩을 오를 때부터 투쟁의욕을 불태우지 않을 수 없는 것이다. 이러한 지나친 자부심으로 하여, 때로는 노이로제에 빠져들기도 하는데 어떻든 자신을 죽여서라도 일의 성과를 올리자는 것이 이 세계의 일반적인 풍토이다. 이러한 섭리를 더욱 조장하는 것이 상사의 인사정책이나 교제비 등을 통한 컨트롤 수단이다. 능력주의로 일관되어 있는 만큼 이 속에서는 혁혁한 전과의 경력을 갖지 않고서는 간부사원이 될 수가 없다. 또한 큰 프로젝트에 착수하면 교제비는 그야말로 한정 없이 쓸 수 있다. 큰일을 위해서는 본사는 얼마든지 돈을 쏟는 것이고 그것이 현지에서는 격려가 되고 더욱 열을 내게 된다. 사장이하 전무, 상무, 부장급들이 한자리에 모여 제가끔 옛날 얘기로 꽃을 피우며 제각기 왕년의 전과를 자랑하면서 그야말로 사내다운 경력들을 펴내는 환경 속에서 자연 젊은 상사원들은 이를 악물며 기회를 기다리게 된다. 그렇게 일단 기회가 닥치면 개인의 자유라든지 존엄성이라든지 하는 것들을 스스로 저 너머로 밀어버리는 무엇인가가 작용한다. 그 싸움에서 결의는 옛날의 군인 심리와 공통된 것이 있을 것이다.

바로 그들이야말로 대표적인 일본인, 이코노믹·애니멀 그 자체라고 할 수 있을 것이다.

오늘날 종합상사라는 운영형태는 세계에서 일본밖에 없고 일본만의 독자적인 방식이다. 어째서 이 방식이 일본에서만 통할 수 있느냐 하면, 이런 운영 형태는 각자가 굉장히 부지런하고 기민할 뿐만 아니라 교육레벨이 높고 경쟁심이 강해야 하는 일본인의 특성을 그냥 그대로 살린 것이기 때문이다. 이 종합상사는 운영방식으로 세계적인 이목을 끌게 되자, 이태리나 멕시코 같은 중진국들도 기구만이라도 이런 식으로 만들고 싶어 하지만 기구만으로는 아무 소용이 없다. 왜냐하면 가장 핵심은 요컨대 해외 주재원이 일본의 상사맨들처럼 일을 해주느냐에 달려 있기 때문이다.

오오다니는 이렇듯 종전 후 상사의 해외 주재원으로부터 시작하여 오늘 독자적인 오오다니상사를 경영할 정도로까지 될 만큼, 이 면에서의 그의 인생관 세계관은 철저하다. 본질적인 면에서는 명치 이후의 일본이 일관되어 있으며 전혀 달라진 것이 없다고 보고 있다. 명치에서 소화 초기까지의 그것은 국가적인 차원의 장삿속이 부국강병이라는 논리 속으로 짜여들어져 있었을 뿐이었고, 대동아 공영권에서도 보듯이 국가이익이 그 당시에 세계적인 추세도 곁들여서 정치 군사와 일체화 되어 그 그늘 밑으로 가려져 있었지만, 지금 와서는 정치 경제는 그늘로 잦아들고, 장삿속이 제대로 표면화 되었을 뿐이다. 이런 점으로 본다면 밀리타리·애니멀이나 이코노믹·애니멀이나 그 나타나는 양태만 다르다 뿐 본질은 매한가지다. 모든 겉치레와 위선을 걷어내고 보면 요컨대 옛날이나 지금이나 싸우기는 매한가지이다. 싸움에서 이기면 그만이다. 이기는 자가 강한 자이고 지는 자는 약한 자이다. 이기면 잡아먹고 지면 먹힐 뿐이다. 이것은 생명의 기본논리여서 국가 간에나 민족 간에나 매한가지이다. 다만, 그때그때의 시류를 쫓아서 싸움의 형태가 다를 뿐이다. 전쟁이라는 형식으로 지나치게 노골화되는 싸움이 있고 외교라는 형식으로 혹은 오늘과 같은 국제시장에서의 피비린내 나는, 그러나 겉보기에는 신사적인 흥정싸움이 있다. 그리고 일본인의 특성에는 지금과 같은 형식의 싸움이 훨씬 기질에 맞는다. 일본도를 휘두르며 무지막지하게 적진 속으로 쳐들어가는 것도 일본적이지만 일본인의 영악성은 역시 그쪽보다는 지금과 같은 장삿속이 더 어울린다고 오오다니는 생각하는 것이다.

따라서 오오다니의 논리에 의하면 일본인 아닌 다른 족속이 일본인을 가리켜 이코노믹・애니멀이라고 지탄하는 것은 그런대로 이해가 되지만 자국민 가운데서 이런 소리를 운운하고 심지어 모모하는 큰 상사의 사장들까지도 국회에 나가서 쩔쩔매는 사례 같은 것은 말도 안 된다는 생각이다. 왜냐하면 일본인 자체가 부지런한 일벌의 집단이고 해외에서 본다면 이코노믹・애니멀의 집단인데다가, 전후의 일본을 오늘과 같은 1등국으로 올려놓은 것도 정치인 몇몇 혹은 경제인 몇몇의 덕이 아니라 바로 이름 없는 숱한 상사맨들의 공이라고 생각하기 때문이다.

어쨌든 오오다니는 다쯔오의 얘기에 조금은 귀가 솔깃해졌다. 큰 먹이는 아니지만 그런 투자도 고려해봄직하였고, 무엇보다도 오오다니 같은 발상법을 가진 사람으로서는 여러모로 한국이 구미에 당기는 것이다.

(2권에 계속)